Black Eagle Books First Book Award 2023

ଅନ୍ଧାର ପରେ କିଛି

ଅନ୍ଧାର ପରେ କିଛି

ସ୍ମୃତିକଳା ମହାନ୍ତି

ବ୍ଲାକ୍ ଇଗଲ୍ ବୁକ୍ସ
ଭୁବନେଶ୍ୱର, ଓଡ଼ିଶା

BLACK EAGLE BOOKS
Dublin, USA

ଅନ୍ଧାର ପରେ କିଛି / ସ୍ମୃତିକଳା ମହାନ୍ତି

ବ୍ଲାକ୍ ଈଗଲ୍ ବୁକ୍ସ : ଭୁବନେଶ୍ୱର, ଓଡ଼ିଶା • ଡବ୍ଲିନ୍, ଯୁକ୍ତରାଷ୍ଟ୍ର ଆମେରିକା

BLACK EAGLE BOOKS

USA address:
7464 Wisdom Lane
Dublin, OH 43016

India address:
E/312, Trident Galaxy, Kalinga Nagar,
Bhubaneswar-751003, Odisha, India

E-mail: info@blackeaglebooks.org
Website: www.blackeaglebooks.org

First International Edition Published by
BLACK EAGLE BOOKS, 2023

ANDHARA PARE KICHHI
by **Smrutikala Mohanty**

Cover & Interior Design: Ezy's Publication

ISBN- 978-1-64560-458-7 (Paperback)

Printed in the United States of America

ଉତ୍ସର୍ଗ

ତମାମ୍ ଜୀବନ ଦୁଃଖ ଓ ଯନ୍ତ୍ରଣାର ଅନ୍ଧାରରେ ରହି ମୋତେ ଆଲୋକ ଦେବାର ଚେଷ୍ଟାରେ ସ୍ମିତାରୁ ସ୍ୱୟଂସିଦ୍ଧା ପାଲଟି ଯାଇଥିବା ମୋ ମା' ସ୍ମିତା ମହାନ୍ତିଙ୍କୁ

ସ୍ମୃତିରୁ ପଦେ...

ଜୀବନ ରାସ୍ତାରେ ଚାଲୁ ଚାଲୁ ବେଳେବେଳେ ମଣିଷ ଅନ୍ଧାରକୁ ଭେଟେ। ଏଇ ଅନ୍ଧାର ଭିତରେ କିଛି କ୍ଷଣ ପାଇଁ ସେ ହଜିଯାଏ, ଭାଙ୍ଗି ଯାଏ, ହାରିଯାଏ, ରାସ୍ତା ନ ପାଇ ଥକି ଯାଏ ହେଲେ ସେ ଅନ୍ଧାର ପରେ...

ତାପରେ ଆସେ ନୂଆ ଆଶା, ନୂଆ ବିଶ୍ୱାସ, ପୁରୁଣା ସ୍ୱପ୍ନକୁ ନୂଆ କରି ଦେଖିବାର ପ୍ରୟାସ, ରଙ୍ଗହୀନ ଜୀବନରେ ନୂଆ ରଙ୍ଗ ମାରି ଆପଣାକୁ ରଙ୍ଗୀନ କରିବାର ସାହସ।

ଅନ୍ଧାରରେ ବାଟ କାଟି ଆଗକୁ ବଢୁଥିବା ମଣିଷ ପାଇଁ ଅପେକ୍ଷା କରିଥାଏ ନୂଆ ସ୍ୱପ୍ନ ଓ ନୂଆ ସମ୍ଭାବନାର ଜୀବନ। ଅନ୍ଧାରକୁ ଭୋଗୁଥିବା ମଣିଷଟି ହିଁ କେବଳ ଆଲୋକକୁ ନିବିଡ଼ ଭାବେ ଉପଭୋଗ କରିପାରେ।

ଜୀବନରେ ସମସ୍ୟା ଆସେ, ଦୁଃଖର କଳା ବାଦଲ ଘୋଟିଯାଏ, ନିଜ ଉପରୁ ବିଶ୍ୱାସ ତୁଟିଯାଏ, ସ୍ୱପ୍ନର ତାଜମହଲ ଦଲକାଏ ପବନରେ ଭାଙ୍ଗିଯାଏ ହେଲେ ତା ପରେ...

ନିଜକୁ ନିଜେ ଚିହ୍ନିବାକୁ ହୁଏ, ଭୁଲ ଭିତରୁ ଠିକକୁ ବାଛିବାକୁ ହୁଏ, ଅନ୍ଧାରକୁ କାଟି ଆଗକୁ ବଢ଼ିବାକୁ ହୁଏ, ଭାଙ୍ଗି ଯାଇଥିବା ଆତ୍ମବିଶ୍ୱାସକୁ ପୁଣିଥରେ ଜଗେଇବାକୁ ହୁଏ। ଏମିତି କିଛି କଥାକୁ ନେଇ ମୋ ଗପ ସଂକଳନ 'ଅନ୍ଧାର ପରେ କିଛି'।

ଗାଳ୍ପିକା ହେବାର ମୋହରେ ମୁଁ କେବେ ଗଳ୍ପ ଲେଖି ନାହିଁ। ଭୋଗିଥିବା ଯନ୍ତ୍ରଣା, ଦେଖିଥିବା ଦୁଃଖ, ସହିଥିବା କଷ୍ଟ ମନ ଭିତରେ ଯେତେବେଳେ ଅଧିକ ହୋଇଯାଏ ସେତେବେଳେ ଶବ୍ଦ ମୋର କଲମରେ ରୂପ ପାଇଛି। ସମ୍ବେଦନଶୀଳ ମଣିଷଟିଏ ହୋଇଥିବାରୁ ଚାରିପାଖର ଘଟଣା ଓ ଚରିତ୍ରମାନେ ଅନେକ ସମୟରେ ମୋ ମନକୁ ଆନ୍ଦୋଳିତ କରିଥାନ୍ତି। ଜୀବନକୁ ବେଳେବେଳେ ଅନେକ ପ୍ରଶ୍ନ ଅସ୍ତବ୍ୟସ୍ତ କରିଦିଏ ଆଉ ସେ ସବୁ ପ୍ରଶ୍ନର ଉତ୍ତର ପାଇବାକୁ ମୁଁ ଖୋଜିବୁଲେ

ଏମିତି କାଇଁ ହେଲା ?

ସେମିତି କାଇଁ ହେଲାନି ?

ପ୍ରଶ୍ନ ପରେ ପ୍ରଶ୍ନ... ଅନେକ ପ୍ରଶ୍ନ...

ହେଲେ ସବୁ ପ୍ରଶ୍ନର କ'ଣ ଉତ୍ତର ଥାଏ ?

ସବୁ ପ୍ରଶ୍ନ ଓ ଉତ୍ତରର ଉର୍ଦ୍ଧ୍ୱରେ ଥାଏ ଜୀବନ। କିଛି ଆଲୋକ, କିଛି ଅନ୍ଧାରର ସମାହାର।

ଏ ଗଳ୍ପ ସଙ୍କଳନର ଅନେକ ଚରିତ୍ର ଅନ୍ଧାରରେ ବାଟ ଭୁଲି ଯାଇ ଜୀବନ ପାଖରୁ ହାରି ଯିବାକୁ ବସିଛନ୍ତି, କେତେକ ଚରିତ୍ର ଭୁଲ ବୁଝାମଣାର ଶିକାର ହୋଇ ସମ୍ପର୍କ ଭାଙ୍ଗି ଦେବାକୁ ବସିଛନ୍ତି, କେତେକ ଚରିତ୍ର କିଛି କ୍ଷଣ ପାଇଁ ଅସହାୟ ଅବସ୍ଥାରେ ଅନ୍ୟାୟ ଦେଖି ଚୁପ୍ ରହିଛନ୍ତି ହେଲେ ପର ମୁହୂର୍ତ୍ତରେ ସେମାନେ ଉଠିଛନ୍ତି ସଂଗ୍ରାମ କରିଛନ୍ତି, ସମ୍ପର୍କ ସାଉଁଟି ଛନ୍ତି, ଅନ୍ୟାୟକୁ ପ୍ରତିରୋଧ କରିଛନ୍ତି। ସବୁ ସମସ୍ୟା ଓ ପ୍ରତିକୂଳତା ଭିତରେ ବି ସେମାନେ ବଞ୍ଚିଛନ୍ତି । ସବୁ ପରେ ବି ସେମାନେ 'ଅନ୍ଧାର ପରେ ରହିଥିବା କିଛି'କୁ ଦେଖିବାକୁ ଆଗଭର ହୋଇଛନ୍ତି।

ଆଖି ସମସ୍ତଙ୍କର ଥାଏ ହେଲେ ସମସ୍ତେ କ'ଣ ସ୍ୱପ୍ନ ଦେଖିପାରନ୍ତି ? ଆମ ଜୀବନରେ ଏମିତି ହାତଗଣତି କିଛି ଜଣ ଥାଆନ୍ତି ଯେଉଁମାନେ ଆମକୁ ସ୍ୱପ୍ନ ଦେଖାନ୍ତି ଏବଂ ସ୍ୱପ୍ନ ପୂରଣ କରିବା ପାଇଁ ସବୁ ପ୍ରକାର ସହଯୋଗ କରିଥାନ୍ତି। ମୋ ଜୀବନରେ ଏମିତି ଜଣେ ମଣିଷ ମୋର ପ୍ରିୟ ସଂଘମିତ୍ରା ଭଞ୍ଜ ମାମ୍। ମୁଁ ଯେ ଗପ ଲେଖି ପାରିବି ସେ ବିଶ୍ୱାସ ମୋ ଉପରେ ରଖି ମୋ ଭିତରେ ଆତ୍ମବିଶ୍ୱାସ ଭରି ଦେଇଥିବାରୁ ମୁଁ ତାଙ୍କୁ କୃତଜ୍ଞତା ଜଣାଉଛି। ତାଙ୍କ ବିନା ଏ ଗପ ବହି କେବେ ବି ସମ୍ଭବ ହୋଇପାରି ନଥାନ୍ତା।

ପୁରୀର ସାମନ୍ତ ଚନ୍ଦ୍ରଶେଖର ମହାବିଦ୍ୟାଳୟରେ ସ୍ନାତକୋତ୍ତର ପଢୁଥିବା ବେଳେ ମୋତେ ଏକ ସୁନ୍ଦର ସାହିତ୍ୟିକ ପରିବେଶ ଦେଇ ସାହିତ୍ୟ ରଚନା କରିବାକୁ ପ୍ରେରଣା ଯୋଗାଇ ଦେଇଥିବା ମୋର ପୂଜ୍ୟ ଗୁରୁ ଦିଲିପ କୁମାର ସ୍ୱାଇଁଙ୍କ ଅବଦାନ ଓ ସହଯୋଗ ମୋ ପାଇଁ ଅବିସ୍ମରଣୀୟ।

ଏହି ପରିପ୍ରେକ୍ଷୀରେ ମୁଁ ମୋ ପରିବାରବର୍ଗ ଏବଂ କିଛିଜଣ ଖୁବ୍ ଆପଣାର ମଣିଷମାନଙ୍କ ସହଯୋଗ ଓ ପ୍ରେରଣାକୁ ସ୍ମରଣ କରୁଛି। ଯେଉଁମାନେ ମୋ ଗପ ବହି କେବେ ଆସିବ ବୋଲି ମୋ ଠାରୁ ଅଧିକ ଉତ୍କଣ୍ଠାର ସହ ଅପେକ୍ଷା କରି ରହିଛନ୍ତି।

ଆଖିର ସ୍ୱପ୍ନକୁ ବାସ୍ତବତାର ରୂପ ଦେବାପାଇଁ ମୋତେ ସୁଯୋଗଟିଏ ଦେଇଥିବାରୁ ସୁସାହିତ୍ୟିକ ତଥା 'ବ୍ଲାକ ଈଗଲ ବୁକ୍ସ'ର ନିର୍ଦ୍ଦେଶକ ସତ୍ୟ ପଟ୍ଟନାୟକ ସାରଙ୍କୁ ମୁଁ କୃତଜ୍ଞତା ଜଣାଉଛି।

– ସ୍ମୃତିକଳା ମହାନ୍ତି

ସୂଚିପତ୍ର

ନିଷ୍ପତ୍ତି	୧୧
ସୁଯୋଗ	୧୯
ଅବ୍ୟକ୍ତ ଅନୁତାପ	୨୪
ବଦଳୁ ନଥିବା ସମ୍ପର୍କ	୨୯
ଘରୁଆ ଝିଅ	୩୬
ସମ୍ପର୍କର ସରହଦ	୪୨
ଆଲୋକର ପଥେ	୪୬
ଛଟେଇ	୫୦
ଭଡ଼ାଟିଆ	୫୩
ପାଉଁଜି	୫୯
ଆଖି	୬୪
ମାଛ ମୁଣ୍ଡ	୬୮
ତଥାପି ନିଆରା	୭୨
ବେପାରୀ	୭୬
ବଦଳୁ ଥିବା ସମୟ	୮୨
ଅଜଣା ଆତ୍ମୀୟତା	୮୫

ନିଷ୍ପତ୍ତି

ରାତି ଆସି ଦୁଇଟା ବାଜିବାକୁ ବସିଲାଣି।

ସାରା ସହରଟା ନିଦରେ ଶୋଇଥିଲା ବେଳେ ମୋ ଆଖିରୁ ସତେ ଯେମିତି ନିଦ କୁଆଡେ ହଜି ଯାଇଛି। ଘର ଭିତରର ଶୂନ୍ୟତା ମୋତେ ଅଣ ନିଃଶ୍ୱାସୀ କରିଦେବାରୁ ମୁଁ ଆସି ବସିଛି ଛାତ ଉପରେ। କ'ଣ କରିବି କିଛି ଭାବି ପାରୁନାହିଁ। ଗୋଟିଏ ପଟେ ନିଜ ଜନ୍ମ କଲା ପୁଅ କରୁଥିବା ଅନ୍ୟାୟ ଆଉ ଗୋଟେ ପଟେ ବଦନାମ ହେବାକୁ ଯାଉଥିବା ଗୋଟିଏ ସରଳ ଝିଅଟିର ଭବିଷ୍ୟତ। କେମିତି ଗୋଟେ ଅଜବ ପରିସ୍ଥିତିରେ ଆସି ପହଞ୍ଚି ଯାଇଛି ମୁଁ। ନା ଆଗକୁ ଯାଇ ପାରୁଛି ନା ପଛକୁ ଫେରି ପାରୁଛି।

ଜୀବନରେ ଆଜି ଯାଏ ଭଗବାନ ସବୁବେଳେ ମୋତେ ଏମିତି କିଛି ନା କିଛି ପରିସ୍ଥିତିରେ ଆଣି ଠିଆ କରେଇ ଦେଇଛନ୍ତି ଯେତେବେଳେ ମୋତେ ଏମିତି ରାତି ଅନିଦ୍ରା ହୋଇ ଗୋଟିଏ ଗୋଟିଏ ବଡ ନିଷ୍ପତ୍ତି ନେବାକୁ ପଡ଼ିଛି। ଘର ଲୋକଙ୍କ ଜିଦି ଆଗରେ ହାର୍ ନମାନି ପାଠ ପଢ଼ିବା ହେଉ ବା ସମସ୍ତଙ୍କର ବିରୁଦ୍ଧରେ ଯାଇ ପ୍ରେମ ବିବାହ କରିବା ହେଉ କି ପ୍ରେମ କରିଥିବା ମଣିଷଟି ହାତ ଛାଡ଼ି ଚାଲିଯିବା ପରେ ଛ' ମାସର କୁନି ପୁଅକୁ ନେଇ ଜୀବନ ସହ ସଂଗ୍ରାମ କରିବା ହେଉ ସବୁବେଳେ ମୋତେ ହିଁ ଏମିତି ରାତି ଅନିଦ୍ରା ହେବାକୁ ପଡ଼ିଛି। ହେଲେ ଆଜିର ଅନିଦ୍ରା ପୁରା ଅଲଗା ଥିଲା। ଗୋଟି ଗୋଟି କରି ପୁରୁଣା ସ୍ମୃତିଗୁଡ଼ିକ ମୋତେ ଆଜିର ନିଷ୍ପତ୍ତି ନେବା ପୂର୍ବରୁ ବାରମ୍ବାର ଆନ୍ଦୋଳିତ କରୁଥିଲେ।

ମୋର ମନେ ପଡିଗଲା ସେଦିନ ଥିଲା ୨୦୧୫ ଡିସେମ୍ବର ମାସ। ମୁଁ ରୋଷେଇ ଘରେ ରୋଷେଇ କରୁଥିବା ବେଳେ ହଠାତ୍ ମୋ ପୁଅ ମୋତେ ଆସି କହିଲା,

-'ଦେଖ ବୋଉ କିଏ ଆସିଛି।'

କିଏ ଆସିଥିବ ଭାବି ରୋଷେଇ ଘରୁ ବାହାରି ଆସୁ ଆସୁ କେହି ଜଣେ ମୋ ପାଦକୁ ଛୁଇଁ ମୁଣ୍ଡିଆ ମାରିଲା। ଚାହିଁ ଦେଖେ ତ ଷୋହଳ କି ସତର ବର୍ଷର ଝିଅଟିଏ। ଗୋରା ତକତକ ଦେହ, ସରଳ ମୁହଁରେ ଭୟରେ ଓଦା ହୋଇ ଆସୁଥିବା ଝାଳକୁ ନେଇ ଠିଆ ହୋଇଛି ସେ।ସେ କିଏ କ'ଣ ପାଇଁ ଆସିଛି ଭାବିବା ପୂର୍ବରୁ ମୋ ପୁଅ କହି ଉଠିଲା

-'ବୋଉ ଏ ହେଉଛି ଜ୍ୟୋତି। ତତେ କହି ନଥିଲି ଭାବୁଥିଲି କହିଲେ କାଳେ ତୁ କ'ଣ କହିବୁ। ସେଥିପାଇଁ ସିଧା ଆଜି ତୋ ପାଖକୁ ନେଇ ଆସିଛି। ସେ ଆସିବାକୁ ମନା କରୁଥିଲା ହେଲେ ମୁଁ ତାକୁ ବାଧ କରି ଆଣିଛି ଆଉ ମୁଁ ତାକୁ ଭଲପାଉଛି ତାକୁ ହିଁ ବାହା ହେବି।'

'ଆରେ ଏମିତି କ'ଣ କିଏ ମାଆକୁ ସିଧାସିଧା କହିପାରେ? ଝିଅଟିକୁ ଘରକୁ ଆଣିବା ପୂର୍ବରୁ ତ ଥରେ ମୋତେ ଜଣେଇବା କଥା ନା ନାହିଁ।' - ମୋ ମନ ଏକଥା ପୁଅକୁ ଚାହୁଁଥିଲା କହିବାକୁ...

ହେଲେ ମୋ ପୁଅ ପିଲାଟି ଦିନରୁ ସେମିତି ଯାହା ବୁଝି ଥିବ ସେଇଆ। କାହାକୁ ମାନିବା କି ଖାତିର କରିବା ବୋଧେ ସେ ଆଜି ଯାଏଁ ଶିଖି ପାରିଲାନି। ମୋ ପୁଅ ହେଲେ ବି ମୁଁ ଆଜି ଯାଏ ତାକୁ ଏକଥା ଶିଖେଇ ପାରିନି ସେଇଟା ହେଲା ମୋର ଅପାରଗତା। ସବୁକିଛି ହରାଇ ସାରିବା ପରେ ସେ ମୋ ଜୀବନର ଏକମାତ୍ର ସାହାରା ହୋଇଥିବା କାରଣରୁ ହେଉ ବା ବାପା ନଥିବା ଏବଂ ଗୋଟିଏ ପୁଅ ହୋଇଥିବା ହେତୁ ଅତ୍ୟଧିକ ସ୍ନେହ ଓ ଭଲ ପାଇବାର ପରିଣାମ ସ୍ୱରୂପ ଆଜି ତା'ର ଏ ଅବସ୍ଥା। ସେଦିନ ବି ତାକୁ କିଛି କହି ପାରି ନଥିଲି।ସବୁଥର ପରି ମୋର ଇଚ୍ଛା ଅନିଚ୍ଛାର ପ୍ରଶ୍ନ ହିଁ ତା' ପାଖରେ କିଛି ନଥିଲା।

ସେଦିନ ପ୍ରଥମ କରି ଜ୍ୟୋତି ସହ ମିଶିଥିଲି। ଷୋହଳଟି ଫଗୁଣକୁ ଭେଟି ସାରି ନୂଆ କରି ସତରଟି ଫଗୁଣକୁ ଭେଟିବାକୁ ଯାଉଥାଏ ସେ। ଖୁବ୍ ସରଳ ପିଲାଟେ। ଖୁବ୍ କମ୍ କଥା କହୁଥିଲା। ତା'ର ସେଇ ସରଳ ଗୁଣ ମୋତେ ଅଜାଣତରେ ତା' ଆଡ଼କୁ ଆକୃଷ୍ଟ କରିଦେଲା ପ୍ରଥମ ଦେଖାରେ। ଏହା ପରେ ତା' ସହ ମୋର ବହୁତ୍ ଥର ଦେଖା ହୋଇଛି। ପୁଅ କଥା ହେଲା ବେଳେ ଫୋନ ଆଣି ମୋତେ ଦିଏ। ସେ ଏ କିଛି ଦିନ ଭିତରେ ଯେମିତି ମୋ ଝିଅ ପାଲଟି ଯାଇଥିଲା। ଆଜି ଯାଏଁ ଝିଅ ନାହିଁ ବୋଲି ମୋ ମନରେ ଯେଉଁ ଦୁଃଖ ଥିଲା ସେ କେଜାଣି କେମିତି ତାକୁ ଅଳ୍ପ ଦିନରେ ଦୂର କରିଦେଲା।

ଜ୍ୟୋତି ସହ କଥା ହେବା, ସେ ଘରକୁ ଆସିଲେ ତା' ମନ ପସନ୍ଦର ଖାଇବା

ତିଆରି କରିବା, ତା' ସହ ବୁଲିବାକୁ ଯିବା ଯେମିତି ମୋ ଜୀବନରେ ଜ୍ୟୋତି ଏକ ଅବିଚ୍ଛେଦ୍ୟ ଅଙ୍ଗ ପାଲଟି ଯାଇଥିଲା। ସ୍ୱାମୀ ଚାଲିଯିବା ପରେ ମୋ ଭିତରେ ଥିବା ନିସଂଗତା ଜ୍ୟୋତି ଆସିବା ପରେ ପୁରା କମି ଯାଇଥିଲା। ଆଜି ଯାଏ କେହି ବି ମୋ ଜନ୍ମ ଦିନକୁ ମନେ ରଖି ନଥିବା ବେଳେ ଜ୍ୟୋତି ମୋ ପାଇଁ ନୂଆ ଶାଢ଼ୀ ଆଣିବା, ମୋତେ ଭଲ ଲାଗିଲା ପରି ସବୁ ଜିନିଷ ଆଣିବା ଏମିତି କି କେବେ ଯଦି ଦେହ ଖରାପ ହେଲା ତେବେ ତା'ର ମୋ ପାଇଁ ବ୍ୟସ୍ତ ହୋଇ ପଡିବା ହିଁ ତାକୁ ଝିଅ ଭାବେ ଗ୍ରହଣ କରିବାକୁ ମୋତେ ବେଶୀ ସମୟ ଦେଇ ନଥିଲା। ଏଇ କିଛି ଦିନ ଭିତରେ ସେ ମୋର ଅତି ଆପଣାର ହୋଇ ଉଠିଥିଲା। ତା' ପରି ଭଲ ଝିଅ କେମିତି ମୋ ପୁଅକୁ କେମିତି ଭଲ ପାଇଲା ଭାବିଲା ବେଳେ ତା' ପ୍ରତି ମୋର ସହାନୁଭୂତି ଆସୁଥିବା ବେଳେ ସେ ମୋ ପୁଅକୁ ବାହା ହେଲେ ମୋ ପୁଅ କାଳେ ବଦଳି ଯିବା ଭାବି ମୋ ମନରେ ସ୍ୱାର୍ଥପରତା ଭାବ ଫୁଟି ଉଠୁଥିଲା।

ଏମିତି କିଛି ଦିନ ଗଲା ପରେ ମୋତେ ଲାଗିଲା ଯେମିତି ଜ୍ୟୋତିର ମନ କେମିତି ଗୋଟେ ଦୁଃଖରେ ଅଛି।ସବୁବେଳେ ହସୁଥିବା ତା' ମୁହଁରେ କେମିତି ଗୋଟେ ଦୁଃଖର କଳା ବାଦଲ ଘୋଟି ଯାଇଛି। ମନ ଦୁଃଖର କାରଣ ଜ୍ୟୋତିକୁ ପଚାରିବାରୁ ସେ କହିଲା ପରୀକ୍ଷା ପାଇଁ ସେ ଟିକେ ଟେନ୍ସନରେ ଅଛି ହେଲେ କ'ଣ ପାଇଁ କେଜାଣି ସେଦିନ ତା'ର ସେଇ କଥାରେ ମୋର ବିଶ୍ୱାସ ହୋଇ ନଥିଲା। ଲାଗୁଥିଲା ଯେମିତି ସେ ମୋତେ କିଛି ଲୁଚାଇବାକୁ ଚେଷ୍ଟା କରୁଥିଲା। ସେଥିପାଇଁ ମୋ ପୁଅକୁ ଜ୍ୟୋତିର ମନ ଦୁଃଖ କଥା ପଚାରିବାରୁ ସେ ଓଲଟା ମୋତେ କହିଲା କାଇଁ ଜ୍ୟୋତି ତତେ କିଛି କହୁଥିଲା କି? ପୁଅର ଏମିତି ସାମାନ୍ୟ କଥାରେ ରାଗିଯିବା ମୋତେ କେମିତି ଗୋଟେ ଦ୍ୱନ୍ଦରେ ପକେଇ ଦେଲା ସେଥିପାଇଁ ସେଦିନ ମୁଁ କଥାର ମୋଡ଼ ବଦଳେଇ ଦେଇଥିଲି। ଏହାପରେ ଜ୍ୟୋତିର ମୋତେ ଫୋନ କରିବା କି ଆମ ଘରକୁ ଆସିବା ପ୍ରାୟ କମ୍ ହୋଇ ପଡ଼ିଲା। ତା'ର ଏମିତି ବଦଳି ଯିବା ମୋତେ କଷ୍ଟ ଆଉ ବିଚଳିତ କରୁଥିଲେ ମଧ୍ୟ କାଳେ ତା' ପରୀକ୍ଷା କି ପଢା ଥିବ ସେଥିପାଇଁ ମୁଁ ତାକୁ କିଛି କହି ପାରୁ ନଥିଲି।

ଦିନେ ପୁଅ ମୋତେ ରଥ ଦେଖିବାକୁ ନେଇଥିଲା। ସେଦିନ ଜ୍ୟୋତି ବି ସେଠାକୁ ଆସିଥିଲ। ସେଦିନ କାଇଁ ମୁଁ ଲକ୍ଷ୍ୟ କଲି ପୁଅ ମୋର ତାକୁ ଡରେଇକି ରଖିଛି। ସେ ଯେମିତି କଣ୍ଢେଇଟିଏ ପାଲଟି ଯାଇଛି। ଇଚ୍ଛା ହେଲା ରୋକିବାକୁ ହେଲେ ମୋ ପୁଅ କ'ଣ କେବେ ମୋ କଥା ଶୁଣେ। ସେଦିନ ସେ ଦୁଇ ଜଣଙ୍କୁ ଦେଖି ମୋତେ କାଇଁ କିଛି ଠିକ୍ ଥିଲା ବୋଲି ମନେ ହେଲାନି। ପୁଅର ତା' ଉପରେ ବିନା

କାରଣରେ ରାଗିବା ମୋ ଆଗରେ ତାକୁ ଜୋରରେ ପାଟି କରିବା ମୋତେ ଖୁବ୍ ଦୁଃଖ ଦେଉଥିଲା। ବାଧ୍ୟ ହୋଇ ପୁଅକୁ କହିଥିଲି -'ଏମିତି କ'ଣ କିଏ କୋଉ ଝିଅ ସହ କରେ'।

ହେଲେ ସେ କହିଲା

-'ବୋଉ ତୁ କିଛି ଜାଣିନୁ ମୁଁ ତା' ଭଲ ପାଇଁ ହିଁ ତା' ଉପରେ ରାଗୁଥିଲି ଆଉ ମୁଁ ତାକୁ ବହୁତ୍ ଭଲ ପାଏ।'

ମୁଁ ବି ଭାବିଲି ଭଲ ପାଇବାର ଏମିତି ବେଳେବେଳେ ଝଗଡ଼ା ହୋଇଯାଏ। ମୁଁ ମୁଣ୍ଡ ପୁରେଇଲେ କାଳେ ତାଙ୍କ ଭିତରେ ମନମାଳିନ୍ୟ ଅଧିକ ହେବ ସେଥିପାଇଁ ସେଦିନ ମୁଁ ଚୁପ୍ ରହିଥିଲି। ଧୀରେ ଧୀରେ ମୁଁ ଜାଣିବାକୁ ପାଇଲି ସେମାନଙ୍କ ମଧ୍ୟରେ ତିକ୍ତତା ବଢିବାରେ ଲାଗିଛି। ପୁଅର ତା' ଉପରେ ଟିକେ ଟିକେ କଥାରେ ସନ୍ଦେହ କରିବା ତାକୁ ଖରାପ ଭାଷାରେ ଗାଳି କରିବା ଯେମିତି ଧୀରେ ଧୀରେ ସୀମା ଅତିକ୍ରମ କରିବାକୁ ବସିଛି। ଏମିତି ପରିସ୍ଥିତିରେ କ'ଣ କରିବାକୁ ପଡ଼ିବ ମୁଁ କିଛି ବୁଝି ପାରିଲି ନାହିଁ।

ସେଥିପାଇଁ ଗୋଟେ ଦିନ ଜ୍ୟୋତିକୁ ମୁଁ ମୋ ଆଡୁ ଫୋନ କରି କଥା ହେବାକୁ ଚେଷ୍ଟା କଲି ସିଧା ସଳଖ ନହେଲେ ମଧ୍ୟ ଯେମିତି ସେ ମୋ କଥା ବୁଝି ପାରିବ ସେମିତି ତାକୁ ତାଙ୍କ ଭିତରେ କ'ଣ ଚାଲିଛି ବୋଲି ପଚାରିଲି ହେଲେ ସେ କିଛି ନାହିଁ ସବୁ ଠିକ୍ ଅଛି କହି କଥାଟା ଏକ ପ୍ରକାର ଟାଳିଦେଲା। ମୁଁ ବି ନିଜକୁ ବୁଝାଇବାରେ ଲାଗିଲି କି ହୁଏତ ମୁଁ ଅଧିକ କିଛି ଭାବି ଦେଉଛି।

ଏହା ପରେ ଦିନେ ହଠାତ୍ ପୁଅ ଆସି କହିଲା କି ଜ୍ୟୋତି ତାଙ୍କ ବିଭାଗରେ ଟପର ହୋଇଛି। ତା' କଥା ଶୁଣି ମୋତେ ବହୁତ୍ ଖୁସି ଲାଗିଲା ହେଲେ କାଇଁ ସେ ଖୁସି ମୁଁ ମୋ ପୁଅ ମୁହଁରେ ଦେଖି ପାରିଲିନି। ସେ କାଇଁ ଖୁସି ନୁହେଁ ପଚାରିବା ଆଗରୁ ସେ କହିଲା

-'ବୋଉ ଜ୍ୟୋତି କହୁଚି ପିଜି କରିବ ତୁ କହିଲୁ ସେ ଅଧିକ ପଢ଼ିଲେ କାଳେ ମୋତେ ଭୁଲିଯିବ।'

ପୁଅର ଏକଥା ଶୁଣି ମୁଁ ତାକୁ କ'ଣ କହିବି କିଛି ଭାବି ପାରୁ ନଥିଲି। ଭଲ ପାଇବାରେ ଜଣଙ୍କର ଖୁସି ଦେଖା ଯାଏ। ଜଣେ ଜଣଙ୍କର ସ୍ୱପ୍ନ ପୂରଣ କରିବା ପାଇଁ ପରସ୍ପରକୁ ସାହାଯ୍ୟ କରିବା ହିଁ ପ୍ରକୃତ ଭଲ ପାଇବା, ବାନ୍ଧି କରି ରଖିବା ଯେ ଭଲପାଇବା ନୁହେଁ ଏକଥା ମୁଁ ତାକୁ ବୁଝେଇବାକୁ ଚେଷ୍ଟା କରି ମଧ୍ୟ ପାରି ନଥିଲି। ଧୀରେ ଧୀରେ ଜ୍ୟୋତିର ପଢା କଥାକୁ ନେଇ ପୁଅ ଆଉ ତା' ଭିତରେ ଝଗଡ଼ା

ବଢ଼ିବାରେ ଲାଗିଲା। ଆଉ ଶେଷରେ ଜ୍ୟୋତି ନିଷ୍ପତ୍ତି ନେଲା କି ଯାହା ବି ହେଇଯାଉ ସେ ଆଗକୁ ପଢିବ। ବହୁତ୍ ବୁଝାସୂଜା କଲା ପରେ ପୁଅ ମୋର ରାଜି ହେଲା। ହେଲେ କେଜାଣି କ'ଣ ପାଇଁ ଦିନକୁ ଦିନ ସେ ହିଂସ୍ର ହୋଇ ଉଠୁଥିଲା।

ମୁଁ ପୁଅକୁ ବୁଝାଇବାକୁ ଚେଷ୍ଟା କରୁଥିଲି ପ୍ରକୃତ ଭଲ ପାଇବା ଯେତେ ଦୂରରେ ରହିଲେ ବି ଦୂରେଇ ଯାଏନି। ଆଉ ଜ୍ୟୋତି ଆମର ବହୁତ୍ ଭଲ ଝିଅ ତୁ ତାକୁ ତା' ଇଛାରେ ବଞ୍ଚିବାକୁ ଦେ। ଆଉ ନିଜେ ଗୋଟେ ଭଲ ଚାକିରୀ କର ହେଲେ ସେ ଯେମିତି ମୋ ପୁଅ ନୁହେଁ ଗୋଟିଏ ଅଜଣା ମଣିଷରେ ଦିନକୁ ଦିନ ବଦଳି ଯାଉଥିଲା। ମୁଁ ଜାଣି ପାରୁ ନଥିଲି ପୁଅ ମୋର ଏମିତି ବଦଳି ଯାଉଛି କେମିତି। ଆଗରୁ ସେ ଜିଦି କରୁଥିଲା ହେଲେ ଏବେ ସେ ଯେମିତି ଧୀରେ ଧିରେ ଅମଣିଷ ପାଲଟି ଯାଉଥିଲା। ସବୁକିଛି ଭୁଲି ଜ୍ୟୋତି ରହୁଥିବା ହଷ୍ଟେଲ ପାଖରେ ସବୁବେଳେ ଯାଇକି ଠିଆ ହେବା, ଜ୍ୟୋତିଠାରୁ ତା' ଫେସବୁକ୍‌ଠାରୁ ଆରମ୍ଭ କରି ସମସ୍ତ ସୋସିଆଲ ସାଇଡର ପାଶୱର୍ଡ ଆଣି ନିଜ ପାଖରେ ରଖିବା ଯେମିତି ତା'ର ନୀତି ଦିନିଆ କାମ ପାଲଟି ଯାଉଥିଲା। ଖାଇବା, ପଢ଼ିବା କି ଅନ୍ୟ କୌଣସି କଥାରେ ସତେ ଯେମିତି ତା'ର କିଛି ସମ୍ପର୍କ ନଥିଲା।ବହୁତ୍ ଚେଷ୍ଟା କରି ମଧ୍ୟ ମୁଁ ତାକୁ ବୁଝେଇ ପାରୁ ନଥିଲି।ଧୀରେ ଧୀରେ ସେ ମୋ ଉପରେ ରାଗିବା ମୋତେ କଷ୍ଟ ହେଲା ପରିକା କଥା କହିବା ମଧ୍ୟ ଆରମ୍ଭ କରିଦେଇଥିଲା। ଏପରିକି ମୋ ଆଗରେ ନିଶା ଖାଇବାକୁ ମଧ୍ୟ ପଛାଉ ନଥିଲା। ସନ୍ଦେହ ରୂପକ ରାକ୍ଷସ ତାକୁ ଧୀରେ ଧିରେ ମଣିଷରୁ ରାକ୍ଷସରେ ପରିଣତ କରି ଦେଉଥିଲା।

ଆଜି ଯାଏ ତା' ବାବାଙ୍କ ଅଭାବ ତାକୁ ଅନୁଭବ କରିବାକୁ ମୁଁ କେବେ ବି ସୁଯୋଗ ଦେଇନଥିଲି। ତା' ମୁହଁ ଚାହିଁ ମୁଁ ସ୍ୱାମୀଙ୍କ କଥା କେବେ ମଧ୍ୟ ଭାବୁ ନଥିଲି ହେଲେ ଏବେ ସେ ଯେମିତି ହେଉଥିଲା ଧୀରେ ଧିରେ ମୋର ତା' ବାବାଙ୍କ କଥା ଖୁବ୍ ମନେ ପଡ଼ୁଥିଲ। ଛ ମାସର ଛୁଆକୁ ଧରି ସ୍ୱାମୀ ଚାଲିଗଲା ପରେ ମୁଁ ଯେତିକି ଭାଙ୍ଗି ପଡିନଥିଲି ଆଜି ସେ ଚବିଶ ବର୍ଷ ହେଲା ପରେ ମୁଁ ସେତିକି ଏକୁଟିଆ ପାଲଟି ଯାଉଥିଲି। ଭାବୁଥିଲି ତା' ବାବା ଥିଲେ ହୁଏତ ଆଜି ସେ ଏମିତି ହୋଇନଥାନ୍ତା। ନିଜ ଉପରେ ବହୁତ୍ ଅଭିମାନ ଆସୁଥିଲା କି ମୁଁ ହୁଏତ ତାକୁ ଠିକରେ ସଂସ୍କାର ଦେଇ ପାରିଲିନି।

ଏହା ପରେ ଦିନେ ରାତିରେ ମୁଁ ଛାତ ଉପରେ କାହାର ପାଟି ଶୁଣି ଉଠିଲା ବେଳେ ଶୁଣିବାକୁ ପାଇଲି ପୁଅ ଫୋନରେ ଜ୍ୟୋତିକୁ କହୁଛି -'ତୁ ଭଲରେ ମୋ କଥାରେ ରାଜି ହୋଇଯା ନହେଲେ ମୁଁ ତୋର କ'ଣ ଅବସ୍ଥା କରିବି ତୁ ନିଜେ ବି

ଜାଣି ପାରିବୁନି।' ତା' ପରେ ସେ ଯାହା ସବୁ କହିଲା ମୁଁ ନିଜ କାନକୁ ବି ବିଶ୍ୱାସ କରି ପାରିଲିନି କି ସେ ମୋ ପେଟରୁ ଜନ୍ମ ହୋଇ ଏମିତି କଥା ଗୋଟେ ଝିଅକୁ କହି ପାରୁଛି। ନିଜ ଉପରେ ବହୁତ୍ ଘୃଣା ଆସିଲା କେମିତି ମୁଁ ଏପରି ପିଲାକୁ ଜନ୍ମ କରି ପାରିଲି। ନିଜକୁ ଆଉ ସମ୍ଭାଳି ନ ପାରି ପୁଅ ଆଗକୁ ଯାଇ ପଚାରିଲି ସେ ଏମିତି କ'ଣ ପାଇଁ ହେଉଛି ହେଲେ ସେ ମୋତେ କହିଲା ତୁ ଦେଖେ ମୁଁ ସେ ଜ୍ୟୋତିର କ'ଣ କରୁଛି।ତାକୁ ମୁଁ ଶାନ୍ତିରେ ବଞ୍ଚିବାକୁ ବି ଦେବିନି। ଏତିକି କହି ସେ ପଳେଇ ଥିଲା। ସବୁଥର ପରି ମୁଁ କିଛି କରି ନ ପାରି ଖାଲି ଯାହା ଆକାଶକୁ ଚାହିଁ ଆଖିରୁ ଲୁହ ଝରାଇବାରେ ଲାଗିଲି।

ତା' ପରଦିନ ସକାଳେ ମାନେ ଆଜି ପୁଅ ନଥିବା ବେଳେ ଜ୍ୟୋତି ଆମ ଘରକୁ ଆସିଥିଲା। ତାକୁ ଆଗରୁ ଏମିତି ମୁଁ କେବେ ଦେଖି ନଥିଲି ତା'ର ସେ ମୁହଁରେ ହସ ବଦଳରେ ଆଖିରେ ଥିଲା ଆଖିଏ ଲୁହ।କାନ୍ଦିକାନ୍ଦି ତା' ଆଖି ଯେମିତି ଫୁଲି ଯାଇଥିଲା। ସେଦିନ ସେ ମୋତେ ଯାହା କହିଲା ମୁଁ ନିଜ କାନକୁ ବିଶ୍ୱାସ କରି ପାରିଲିନି।ଆଜି ଯାଏ ପୁଅ ତା' ସହ କେମିତି ସବୁ ବ୍ୟବହାର କରିଛି ମୁଁ ଶୁଣି ନିଜକୁ ଆଉ ସମ୍ଭାଳି ପାରିଲିନି।ଟିକେ ଟିକେ କଥାରେ ତାକୁ ସନ୍ଦେହ କରି ହାତ ଉଠେଇବାକୁ ମଧ୍ୟ ମୋ ପୁଅ ପଛାଉ ନାହିଁ ଏକଥା ଶୁଣିଲା ପରେ ମୁଁ ଜ୍ୟୋତିକୁ ପଚାରିଲି - 'ମା ତୁ ଏତେ ଅନ୍ୟାୟ ସହୁଥିଲୁ କ'ଣ ପାଇଁ।'

ସେ ଟିକିଏ ରହିଗଲା ଆଉ କହିଲା

- 'ମା ମୁଁ ଆପଣଙ୍କ ପୁଅକୁ ବହୁତ୍ ଭଲ ପାଏ ଆଉ ଆପଣଙ୍କୁ ମଧ୍ୟ। ମୁଁ ଭାବୁଥିଲି ସେ କାଳେ ବଦଳି ଯିବେ ସେଥିପାଇଁ ସବୁ ସହି ଯାଉଥିଲି ହେଲେ ଏବେ ଆଉ ପାରୁନି। ଏବେ ଆପଣଙ୍କ ପୁଅ ମୋତେ ଧମକ ଦେଉଛନ୍ତି କି ସେ ମୋତେ ବଦନାମ କରିଦେବେ ମୋର ସବୁ ଫୋଟ ଫେସବୁକରେ ଛାଡ଼ିବେ ବୋଲି। ଏତିକି କହିଲା ବେଳେ ପୁଅର ଫୋନ ଆସିଲା ଏବେ ଜ୍ୟୋତି ମୋ ଆଗରେ ଫୋନକୁ ଲାଉଡ ସ୍ପିକର ଦେଲା ସେପଟୁ ପୁଅ କହୁଥିଲା ଏବେ ଦେଖେ ଫେସବୁକ୍ ମୁଁ କେମିତି ତୋର ସବୁ ଫୋଟ ଆଉ ଭିଡିଓକୁ ଭାଇରାଲ୍ କରୁଛି।

ଏସବୁ ଶୁଣିଲା ପରେ ଜ୍ୟୋତି କହିଲା

- 'ମା ମୁଁ ଏବେ କ'ଣ କରିବି। ଘର ଲୋକଙ୍କ ଆଗରେ ମୁଁ କିଛି କହି ପାରୁନି କାରଣ ଆଜି ଯାଏ ମୁଁ ସବୁ କଥା ଲୁଚେଇ ଆସିଥିଲି ଏବେ ସେମାନେ ଜାଣିଲେ କ'ଣ ହେବ ଭାବିବାକୁ ମଧ୍ୟ ମୋତେ ଡର ଲାଗୁଛି।'

କୁହନ୍ତୁ ତ ମା' ଜଣଙ୍କୁ ବିଶ୍ୱାସ କରିବା କ'ଣ ଭୁଲ ? ଆଗକୁ ପଢ଼ିବା କ'ଣ

ଭୁଲ ?ନିଜ ସ୍ୱପ୍ନକୁ ପୂରଣ କରିବା କ'ଣ ଭୁଲ ?ଆଉ ସବୁ କଥାରେ ନିଜ ଇଚ୍ଛାକୁ ଜୋର୍ କରି ଲଦି ଦେବା କ'ଣ ଠିକ୍ ? ଟିକେ ଟିକେ କଥାରେ ସନ୍ଦେହ କରିବା କ'ଣ ଠିକ୍ ? ସମ୍ପର୍କ ବିଶ୍ୱାସରେ ଗଢି ଉଠେ ଆଉ ଯୋଉ ସମ୍ପର୍କରେ ପ୍ରତି ମୁହୂର୍ତ୍ତରେ ପ୍ରମାଣ ଦେବାକୁ ପଡେ ଯେଉଁ ସମ୍ପର୍କରେ ପ୍ରତି ମୁହୂର୍ତ୍ତରେ ମରିବା ପାଇଁ ମଣିଷ ବାଧ୍ୟ ହେଇଯାଏ ସେପରି ସମ୍ପର୍କରେ ସାରା ଜୀବନ ରହିବା କ'ଣ ସମ୍ଭବ ?

ଜ୍ୟୋତି ଆଉ କ'ଣ କହି ଯାଉଥିଲା ହେଲେ ତା' ପ୍ରଶ୍ନର ଉତ୍ତର ମୋ ପାଖରେ ନଥିଲା। ମୁଁ ମୋ ପୁଅକୁ ଫୋନ କରି ବୁଝେଇବାକୁ ଚେଷ୍ଟା କରିବାରୁ ସେ କହିଲା ତୁ ଚୁପ୍ କର ମୋ ଇଚ୍ଛା ଯାହା ହେବ ମୁଁ କରିବି। ସବୁଥରପରି ଏଥର ବି ମୁଁ ଚାହିଁ ମଧ୍ୟ କିଛି କରି ପାରି ନଥିଲି। ଗୋଟିଏ ଅବାଧ୍ୟ, କୁଳାଙ୍ଗାର ପୁଅ ମାଆର ଅସହାୟତା ବୋଧ ହୁଏ ଦୁନିଆର କୌଣସି ମଣିଷ ବୁଝି ପାରିବନି।

ସେଦିନ ଜ୍ୟୋତି ମୋ ପାଖରୁ ଗଲା ବେଳେ ତା'ର ସେ କଥା କୁହା ଆଖିରେ ବହୁତ୍ ପ୍ରଶ୍ନ ଉଙ୍କି ମାରୁଥିଲା। ମୋ ଅସହାୟତାକୁ ହୁଏତ ସେ ନିଜେ ମଧ୍ୟ ଅନୁଭବ କରି ପାରୁଥିଲ।

ସେଦିନ ସେ ଗଲା ପରେ ପରେ ପାଖ ଘରର ଝିଅଟି ଆସି କହିଲା ମାଉସୀ ଦେଖିଲେଣି ଆଦି ଭାଇ(ମୋ ପୁଅ) ଟିଭିରେ ବାହାରିଛନ୍ତି। ମୁଁ କିଛି ବୁଝି ନପାରି ଟିଭି ଲଗେଇବାରୁ ଦେଖିଲି ପୁଅ ମୋର କହୁଛି କେମିତି ପାଞ୍ଚ ବର୍ଷ ଧରି ଗୋଟେ ଝିଅ ତା' ସହ ପ୍ରେମ କରି ଶେଷରେ ତାକୁ ଧୋକା ଦେଇଛି।ଏମିତି କି ତା'ଠାରୁ ଅନେକ ଦାମୀ ଜିନିଷ ନେଇ ଆଜି ତା'ଠାରୁ ଦୁରେଇ ଯାଇଛି। ଏହା ସହ ସେ ଦେଖାଉଛି ସେମାନଙ୍କର କିଛି ଅନ୍ତରଙ୍ଗ ମୁହୂର୍ତ୍ତର ଫୋଟ ଆଉ ଭିଡିଓ।

ଆଉ କ'ଣ ସବୁ କହି ଚାଲିଥିଲା ଟିଭିରେ। ମୁଁ ବୁଝି ପାରୁ ନଥିଲି ଆଜି ଯାଏ ମୋଠାରୁ ପଇସା ନେଇ ଖର୍ଚ୍ଚ କରୁଥିବା ମୋ ପୁଅ ଜ୍ୟୋତିକୁ ଦାମିକା ଜିନିଷ ଦେଲା କେତେବେଳେ ? ଆଉ ଜ୍ୟୋତି ତାକୁ ଧୋକା ଦେଲା କେତେବେଳେ ? ଏ ସବୁ ପ୍ରଶ୍ନର ଉତ୍ତର ଖୋଜି ଖୋଜି ଆଜି ମୁଁ ଅନିଦ୍ରା, ସନ୍ଧ୍ୟାବେଳୁ ସବୁଥିରେ ସେଇ ଗୋଟିଏ କଥା। ଫେସବୁକ୍‌ଠାରୁ ଆରମ୍ଭ କରି ଟିଭି ଯାଏ। ବନ୍ଧୁ ବାନ୍ଧବଙ୍କଠାରୁ ଆରମ୍ଭ କରି ସାହି ପଡିଶା ଏମିତି କି ମୋ ପୁଅର ସାଙ୍ଗମାନେ ମଧ୍ୟ କେତେ ଜଣ ଆସି ଟିଭିରେ ସାକ୍ଷାତକାର ଦେଇ ସାରିଲେଣି।ଜ୍ୟୋତିକୁ କିଏ କେତେ କଥା କହି ଚାଲିଛନ୍ତି। ଏବେ ଅପେକ୍ଷା କେବଳ ମୋତେ ଆଉ ମୋ କଥାକୁ। ପୁଅ ମୋର ସନ୍ଧ୍ୟା ବେଳେ ଆସି କହି ଦେଇଛି କାଲି ସକାଳେ ମୋ ପାଖକୁ ମିଡିଆ ଭାଇମାନେ ଆସିବେ ସାକ୍ଷାତକାର ନେବା ପାଇଁ ଆଉ ମଧ୍ୟ କହିଛି ସେମାନଙ୍କ ଆଗରେ ମୋତେ

କ'ଣ ସବୁ କହିବାକୁ ପଡ଼ିବ। ଆଉ ଗୋଟିଏ ରାତି ଦେଇଛି ସମୟ ମୋତେ ନିଷ୍ପତ୍ତି ନେବାକୁ।

ଏମିତି ଭାବୁ ଭାବୁ ଭୋର୍ ହେବାକୁ ବସିଲାଣି। ପାହାନ୍ତି ତାରା ଧୀରେ ଧୀରେ ଲୁଚିବାକୁ ଆରମ୍ଭ କଲାଣି। ନୂଆ ସୂର୍ଯ୍ୟୋଦୟ ସାଙ୍ଗକୁ ନୂଆ ସକାଳ ଧୀରେ ଧୀରେ ଆସିବାକୁ ଯାଉଚି। ଆଉ ମୁଁ ଛାତ ଉପରୁ ଆସି କେତେବେଳେ ଘର କବାଟ ଡେଇଁ ରାସ୍ତା ପାର ହୋଇ ଜ୍ୟୋତି ଘରେ ପହଁଚି ଯାଇଛି ନିଜେ ଜାଣିନି। ଜ୍ୟୋତି ଘରେ ପହଁଚି ତା' ହାତ ଧରି ମୁଁ ଆଗେଇ ଚାଲିଛି। ଆମେ ଦୁହେଁ ଆଗେଇ ଚାଲିଛୁ ରାସ୍ତାରେ ନା ସେ ମୋତେ କିଛି ପଚାରୁଛି ନା ମୁଁ ତାକୁ କିଛି କହୁଛି। ହେଲେ ତା' ହାତ ଉପରେ ମୋ ହାତର ସ୍ପର୍ଶ ଅନୁଭବ କରି ଆମେ ପରସ୍ପରର ଭରସା ପାଲଟି ଯାଇଛୁ। ଏମିତି ଚାଲୁ ଚାଲୁ ଆମେ ଯାଇକି ପହଁଚି ଯାଇଛୁ ମହିଳା ଥାନା ଆଗରେ। ଥାନାରେ ଯାଇ ପୁଅ ନାଁରେ କେସ ଦେଇ ଫେରିଲା ବେଳକୁ ଥାନା ଦୁଆର ମୁହଁରେ ଠିଆ ହୋଇଛନ୍ତି ମିଡିଆ ଭାଇମାନେ।ସେମାନଙ୍କୁ ଦେଖି ଜ୍ୟୋତି ମୁହଁ ଲୁଚାଇଥିବା ଦେଖି ମୁଁ ତାକୁ କହିଲି

'- ତୁ କାହିଁ ମୁହଁ ଲୁଚେଇବୁ? ତୁ କ'ଣ କିଛି ଭୁଲ କରିଛୁ? ଯିଏ ଭୁଲ କରିଛି ସେ ହିଁ ମୁହଁ ଲୁଚାଇବ? ତୁ ଡରୁଛୁ କ'ଣ ପାଇଁ ତୋ ସାଥିରେ ପରା ତୋ ମା ଅଛି।'

ଏତିକି କହି ତା' କାନ୍ଧରେ ହାତ ଦେଇ ମୁଁ ସାମ୍ନା କରିବାକୁ ଆଗେଇ ଯାଉଥିଲି ତାକୁ ପଚରା ଯାଉଥିବା ଗୋଟିଏ ପରେ ଗୋଟିଏ ପ୍ରଶ୍ନକୁ। ଆଉ ଜୀବନରେ ନେଇଥିବା ସବୁଠୁ ବଡ଼ ନିଷ୍ପତ୍ତିକୁ ଠିକ୍ ରୂପେ ଦୁନିଆ ଆଗରେ ଉପସ୍ଥାପିତ କରିବାକୁ।

■

ସୁଯୋଗ

ବର ଆସି ଗାଆଁ ମୁଣ୍ଡରେ ପହଞ୍ଚି ଗଲାଣି । ବାଜା, ବାଣ ସାଙ୍ଗକୁ ବରଯାତ୍ରୀମାନଙ୍କ ନାଚରେ ରାସ୍ତାଟା ଯେମିତି ଦୋହଲି ଯାଉଛି । ସମସ୍ତଙ୍କର ହସ ହସ ମୁହଁ । ଏପଟେ ବରକୁ ବରଣି କରିବାକୁ ଭାଇ ପ୍ରସ୍ତୁତ ହୋଇ ଗଲେଣି । ପାଣି ଢ଼ାଳ, ପିଢ଼ା ପଟା, ପୁରୋହିତ, ବରଣ ମାଳ ସବୁ ପ୍ରସ୍ତୁତ । ମଣ୍ଡପଟି ନିଜ ଲୋକଙ୍କ ଗହଳିରେ ପୁରି ଉଠିଛି । ସମସ୍ତେ ଖୁସି ମନରେ ନିଜ ନିଜ କାମ କରିବାରେ ଲାଗିଛନ୍ତି । ଝିଅର ସାଙ୍ଗମାନେ ତାକୁ ବିଭିନ୍ନ କଥା କହି ପରିହାସ କରିବା ଏବଂ ଏକାଠି ହସର ଲହରୀରେ ସାରା ପରିବେଶ ଯେମିତି ଆନନ୍ଦ ମୁଖରିତ ହୋଇ ଉଠୁଛି । ସମସ୍ତେ ତରତର ହେଲେ ଏତେ ଚଞ୍ଚଳତା ଭିତରେ ଏକମାତ୍ର ମୁଁ ଯେମିତିକି ସ୍ଥାଣୁ ପାଲଟି ଯାଇଛି । ଗୋଟିଏ ଅଜଣା ଆଶଙ୍କାରେ ସତେ ଯେମିତି ମୋ ସର୍ବାଙ୍ଗ ଦେହ ଥରି ଉଠୁଛି ।

ମୁଁ ଜାଣିପାରୁନି ମୋର ଏବେ କ'ଣ କରିବା ଦରକାର । ସମସ୍ତେ କହୁଥିବା କଥାକୁ ମାନିନେଇ ମୁଁ ଚୁପ୍ ରହିବି ନା ମୋ ବିବେକ କହୁଥିବା ଅନୁସାରେ ମୋତେ ଠିକ୍ ଲାଗୁଥିବା କାମ କରିବି । କ'ଣ କରିବି କିଛି ବୁଝି ପାରୁ ନଥିଲି । ଯେଉଁ କଥାକୁ ମନରେ ରଖି ମୁଁ ଆଜିକୁ ପଚିଶ ବର୍ଷ ଧରି କଷ୍ଟ ପାଉଛି ସେଇ କଷ୍ଟ ପୁଣି ଥରେ ମୋ ଝିଅ ଜୀବନରେ ଆସୁ ବୋଲି ମୁଁ କେବେ ବି ଚାହୁଁ ନଥିଲି । ସମ୍ପର୍କଟିଏ ମିଛରୁ ଆରମ୍ଭ ହେଲେ ତା'ର ଯେ ପରିଣତି କିପରି ହୋଇଥାଏ ସେକଥା ମୋଠାରୁ ବୋଧହୁଏ ଅଧିକ କେହି ଅନୁଭବ କରି ନାହାନ୍ତି ।

ସବୁ କଥା ପଛରେ କୌଣସି ନା କୌଣସି କାରଣ ଥିଲା ପରି ମୋର ଏଇ ଆତଙ୍କ ପଛରେ ବି ଗୋଟିଏ କାରଣ ଅଛି । ଆଜି ହେଉଛି ମୋ ଝିଅ ସମ୍ଭାବନାର ବାହାଘର । ଡାକ ନାଁ ସିମି । ସବୁ ଝିଅଙ୍କ ପରି ସେ ମଧ୍ୟ ଆଜି ବାହା ହେଉଛି ହେଲେ

ତା' ଜୀବନରେ ଘଟି ଯାଇଥିବା ଅତୀତ ଘଟଣା କଥା ଭାବିଲେ ମୋତେ ତା' ଭବିଷ୍ୟତ ପାଇଁ ଖୁବ୍ ଡର ଲାଗୁଛି।

ଆଜିକୁ ପ୍ରାୟ ପାଞ୍ଚ ବର୍ଷ ତଳେ ସିମି ଗୋଟେ ଭୁଲ ମଣିଷକୁ ବିଶ୍ୱାସ କରିଥିଲା। ନୂଆ ନୂଆ କଲେଜରେ ପାଦ ଦେଲା ବେଳେ ରିତେଶ ପ୍ରେମରେ ପଡ଼ି ଯାଇଥିଲା। ଯେଉଁ ରେତିଶ ତାକୁ ମିଠା ମିଠା କଥା କହି ନିଜ ଆୟତ୍ତକୁ ଆଣିଥିଲା। ଯିଏ ସବୁ ନିଶା ଖାଇବାରେ ଓସ୍ତାଦ ଥିଲା ଏବଂ ଝିଅ ମାନଙ୍କ ସହ ଟାଇମପାସ କରିବା ତା'ର ସଉକ ଥିଲା। ସିମି ଯେତେବେଳେ ସବୁ କଥା ଜାଣି ପାରିଥିଲା ସେତେବେଳେ ସେ ରିତେଶଠାରୁ ଦୁରେଇବାକୁ ଚାହିଁଲା ଯାହାର ଫଳସ୍ୱରୂପ ରିତେଶ ତା'ର ସବୁ ଫୋଟ ସୋସିଆଲ ମିଡ଼ିଆରେ ଛାଡି ଦେଇଥିଲା। ସବୁ ବାପାମାଆଙ୍କ ପରି ଆମେ ମଧ୍ୟ ଝିଅର ଏ ଭୁଲ ପରେ ତା' ଆଗରେ ଢାଲ ପରି ଠିଆ ହେଲୁ। ତାକୁ ସାଙ୍ଗରେ ନେଇ ଆମେ ଯାଇକି ଥାନାରେ ପହଞ୍ଚି ଯାଇଥିଲୁ। ରିତେଶ ନାଁରେ କେସ କରିବା, ଝିଅକୁ ଭୁବନେଶ୍ୱରରୁ ଆଣି ଦିଲ୍ଲୀରେ ଥିବା ତା' ମାଉସୀ ଘରେ ଛାଡ଼ିବା ଆଉ ଯା ଭିତରେ ତା' ପାଇଁ ବାହାଘର ଖୋଜିବା କେମିତି କେଜାଣି ଖୁବ୍ ଜଲଦି ଜଲଦି ଘଟି ଯାଇଥିଲା।

ଖୁବ୍ କମ୍ ଦିନ ଭିତର ତା' ପାଇଁ ଉପଯୁକ୍ତ ଘର ଆଉ ବର ତା' ବାବା ଦେଖି ସାରିଥିଲେ। ସେଥିପାଇଁ ସେ ଖୁବ୍ ସନ୍ତୋଷ ଅନୁଭବ କରୁଥିଲେ। ଏ ବାହାଘର ଯେମିତି ଭାଙ୍ଗି ନଯାଏ ସେଥିପାଇଁ ସେ ଖୁବ୍ ସଜାଗ ଥିଲେ। ଗାଁ ଲୋକ ଓ ବନ୍ଧୁ ବାନ୍ଧବ ଲୋକଙ୍କ ମଧ୍ୟରେ ଖୁବ୍ କମ୍ ଜଣଙ୍କୁ ସେ ବାହାଘର ପାଇଁ ନିମନ୍ତ୍ରଣ ଦେଇଥିଲେ। ପୁଅ ଘର ଯେମିତି ସିମିର ଅତୀତ ବିଷୟରେ କିଛି ନ ଜାଣି ପାରିବେ ସେଥିପାଇଁ ମଧ୍ୟ ସବୁ ପ୍ରକାର ବ୍ୟବସ୍ଥା ବି କରି ସାରିଥିଲେ। ବାହାଘର ସେଇ ଦିଲ୍ଲୀର ଗୋଟେ ବଡ଼ ମଣ୍ଡପରେ ହେଉଥିଲା। ସମସ୍ତେ ସଜାଗ ଥିଲେ ଯେମିତି ପୁଅ ଘର କେହି କିଛି କଥା ନ ଜାଣି ପାରନ୍ତୁ ବୋଲି।

ମୋତେ ବି ତାଙ୍କର କଡ଼ାକଡ଼ି ନିର୍ଦ୍ଦେଶ ଥିଲା ମୁଁ ଯେମିତି କାହାକୁ କିଛି ନ କୁହେ। ତାଙ୍କ ମତରେ ଅତୀତ ହେଉଛି ଏକ ଇତିହାସ। ଯାହା ଗଲା ଗଲା ତାକୁ ଆଉ ମନେ ପକାଇଲେ କିଛି ଲାଭ ନାହିଁ। ବାହାଘର ପୂର୍ବରୁ ଅନେକ ଝିଅ ଏମିତି ଭୁଲ କରନ୍ତି। ବାହା ହେବା ଆଗରୁ କିଏ କେତେ ଭୁଲ କରନ୍ତୁ ବା କାହିଁକି ହେଲେ ବାହା ସରିଲା ପରେ ନିଜ ସ୍ୱାମୀ ଓ ସଂସାରକୁ ନେଇ ଘର କରନ୍ତି। ଯଦି ସମସ୍ତେ ଏମିତି ଅତୀତର ଭୁଲକୁ ନେଇ ବସି ରୁହନ୍ତେ ତେବେ ଦୁନିଆରେ କେହି ବି ଖୁସିରେ ରହି ପାରନ୍ତେ ନାହିଁ। ମଣିଷକୁ ଭବିଷ୍ୟତର ମୋହରେ ଅତୀତକୁ ଭୁଲି ଯିବାକୁ ପଡ଼େ। କରିଥିବା ଭୁଲରୁ ମଣିଷ ଶିଖି ଆଗକୁ ବଢ଼ିଥାଏ। ଭୁଲ ପରେ ବି ମଣିଷକୁ ସୁଯୋଗ

ମିଳେ ଆଉ ଥରେ ନିଜକୁ ଗଢ଼ିବା ପାଇଁ। ଝିଅ ବି ତା' ବାବାଙ୍କ କଥା ମାନି ସବୁ କିଛି ଭୁଲିବାକୁ ଚେଷ୍ଟା କରୁଥିଲା ସେ ଏବେ ନିଜକୁ ପରିସ୍ଥିତି ସହ ସାମିଲ କରିବାକୁ ଚେଷ୍ଟା କରୁଥିଲା।

ସବୁ କିଛି ଠିକ୍ ଠିକ୍ ଚାଲିଥିଲା କେବଳ ମୋ ମନର ଭାବନାକୁ ଛାଡି। ମୁଁ ଖୁବ୍ ଚିନ୍ତାରେ ଥିଲି କି ଆମେ ଯାହା କରୁଛୁ ଠିକ୍ କରୁଛୁ କି ନାହିଁ ବୋଲି ଭାବି। ଯାହାକୁ ଜୀବନ ସାଥି କରିବ ତା' ପାଖରେ ନିଜ ଅତୀତ କଥା ଲୁଚାଇବା କ'ଣ ଠିକ୍? ଆଉ ଯଦି ପର ମୁହୂର୍ତ୍ତରେ ସେ ସବୁ ସତ କଥା ଜାଣିପାରେ ତେବେ କ'ଣ ହେବ? ଏମିତି ଅନେକ ପ୍ରଶ୍ନ ମୋ ମନରେ ଉଙ୍କି ମାରୁଥିଲା, ଠିକ୍ କୋଉଟା ଭୁଲ କୋଉଟା ସେଇ ମୁହୂର୍ତ୍ତରେ ମୁଁ ଜାଣି ପାରୁ ନଥିଲି।

ମୁଁ ନିଜେ ଅନୁଭବ କରିଥିଲି ଟିକିଏ ମିଛ କେମିତି ପୂରା ସଂସାରକୁ ନଷ୍ଟ କରି ଦେଇପାରେ। ସିମିର ବାବା କଲେଜ ସମୟରେ ମଧ୍ୟ ଏମିତି କିଛି ଭୁଲ କରିଥିଲେ ଆଉ ମୋତେ ସେ କଥା ଲୁଚାଇ ଥିଲେ ଯାହା ପାଇଁ ଏଯାଏ ମୁଁ ତାଙ୍କୁ କ୍ଷମା ଦେଇ ପାରିନଥିଲି। ସେ ମୋତେ ପର ମୁହୂର୍ତ୍ତରେ ତାଙ୍କୁ ଆଉ ଥରେ ସୁଯୋଗଟିଏ ଦେବା ପାଇଁ ଅନୁରୋଧ କରିଥିଲେ ମଧ୍ୟ ଭାଙ୍ଗି ଯାଇଥିବା ବିଶ୍ୱାସ ଆଉ ଥରେ ଆସି ପାରିବନି ବୋଲି କହି ମୁଁ ତାଙ୍କଠାରୁ ଏକ ପ୍ରକାର ଦୂରେଇ ଯାଇଥିଲି। ସେ ଭୁଲ କରିଥିଲେ ବୋଲି ଯେ ମୁଁ ତାଙ୍କୁ ଭୁଲ ବୁଝିଥିଲି ସେ କଥା ନୁହେଁ ବରଂ କରିଥିବା ଭୁଲକୁ ମୋ ପାଖରେ ଲୁଚାଇ ଥିବା ହେତୁ ମୁଁ ତାଙ୍କଠାରୁ ଦୂରେଇ ଯାଇଥିଲି। ଝିଅ ଜନ୍ମ ହେଲା ପରେ ଆମେ ପରସ୍ପରକୁ କେବଳ ସଂସାର ଚଳେଇବା ପାଇଁ ବରଦାସ୍ତ କରୁଥିଲୁ। ହେଲେ ମନରୁ ମୁଁ ତାଙ୍କୁ ଗ୍ରହଣ କରି ପାରୁ ନଥିଲି। ପ୍ରତି ମୁହୂର୍ତ୍ତରେ ଲାଗୁଥିଲା କି ସେ ମୋତେ ସତ ଲୁଚାଇଛନ୍ତି। ଯାହା ପାଇଁ ପ୍ରତିଟି ଦିନ ମୁଁ ମାନସିକ ଚାପରେ ରହୁଥିଲି।

କୁହନ୍ତି କି ଯାହା ପୁଅକୁ ସାପ କାମୁଡି ଥାଏ ତା' ମାଆ ପାଳ ଦଉଡ଼ି ଦେଖିଲେ ଡରେ ସେଇ ନ୍ୟାୟରେ ମୋ ସହ ଘଟିଥିବା ଘଟଣା ହିଁ ମୋତେ ଅଧିକରୁ ଅଧିକ ଆତଙ୍କିତ କରି ଦେଉଛି। ତା' ବାବା କହୁଥିବା କଥା ସତ କି ଆଜି କାଲି ଏସବୁ କଥା ସାଧାରଣ ହୋଇଗଲାଣି ହେଲେ ସେକଥା ମୋ ମନ ବୁଝିବାକୁ ପ୍ରସ୍ତୁତ ହେଉନି। ମୁଁ ତା' ବାବାଙ୍କ ବାରମ୍ବାର କହିଛି ଆମେ ସବୁ ସତ କଥା କହିଦେବା ତାପରେ ସେମାନଙ୍କ ଇଚ୍ଛା। ଯଦି ରାଜି ହେବେ ବାହାଘର କରିବା ଯଦି ମନା କରିବେ ତେବେ ବି ଠିକ୍ ଅଛି। ଆମ ଝିଅ କ'ଣ ଏତେ ଜଲଦି ବୁଢ଼ୀ ହୋଇଯାଉଛି। ହେଲେ ଖୁବ୍ ଭଲ ପ୍ରସ୍ତାବ ବୋଲି କହି ତା' ବାବା ମୋ କଥାକୁ ପ୍ରତିଥର ଆଡେଇ ଦେଇଛନ୍ତି।

ଏହା ଭିତରେ ବର ଆସି ମଣ୍ଡପ ପାଖରେ ପହଞ୍ଚି ଗଲାଣି। ବରଯାତ୍ରୀମାନେ

ବର ପାଖରୁ ଯାଇ କନ୍ୟା ପାଖରେ ଫୋଟ ଉଠେଇବାରେ ବ୍ୟସ୍ତ ଅଛନ୍ତି। ଏତିକି ବେଳେ ମନ ଭିତରର ବ୍ୟସ୍ତତା ମୋତେ ଆଉ ଚୁପ୍ ରହିବାକୁ ଦେଇନି। ସମସ୍ତଙ୍କର ନଜର ଆଢୁଆଳରେ ମୁଁ ଯାଇ ପହଁଚିଲି ବର ପାଖରେ। ସିମିର ବର ରାଜେଶ। ଖୁବ୍ ଭଲ ପିଲା ବୋଲି ସମସ୍ତେ ବାହାଘର ପୂର୍ବରୁ କହୁଥିଲେ। ଭଲ ଚାକିରୀ ବି କରୁଛି, ଦେଖିବାକୁ ଖୁବ୍ ସୁନ୍ଦର ନହେଲେ ବି ଅସୁନ୍ଦର ନୁହେଁ। କିଛି ଦିନର କଥାବାର୍ତ୍ତା ଭିତରେ ସିମିର ବାବା ରାଜେଶକୁ ପ୍ରଶଂସାରେ ପୋତି ପକାଉଥିଲେ। ହେଲେ ମୁଁ ଆଗରୁ କେବେ ରଜେଶଙ୍କ ସହ କଥା ହେବାର ଯେ ସୁଯୋଗ ପାଇ ନଥିଲି ସେକଥା ନୁହେଁ ବରଂ ମୁଁ ଜାଣି ଜାଣି କେବେ କଥା ହୋଇ ନଥିଲି। ମୋ ମନରେ ଉଙ୍କି ମାରୁଥିବା ପ୍ରଶ୍ନର ଉତ୍ତର ମୁଁ ସେତେବେଳେ ଖୋଜି ପାଇବାକୁ ଅସମର୍ଥ ସେତେବେଳେ ମୁଁ ତାଙ୍କ ସହ କ'ଣ କଥା ହେବି ଭାବି ନିଜେ ନିଜେ ନିଜକୁ ଏ ବାହାଘରଠାରୁ ଦୂରେଇ ରଖିଥିଲି। ହେଲେ ଆଜି ମୋତେ ରାଜେଶ ସହ କଥା ହେବାକୁ ପଡ଼ିବ ବୋଲି ଭାବି ମୁଁ ଯାଇ ତାଙ୍କ ପାଖରେ ପହଞ୍ଚିଲି।

ବର ବେଶରେ ସେ ଭଲ ଦେଖା ଯାଉଥିଲେ। ମୋତେ ଦେଖି ଠିଆ ହେବାକୁ ଯାଉଥିବା ବେଳେ ମୁଁ ତାଙ୍କୁ କହି ଉଠିଲି

–' ତମେ ସବୁ କଥା ଜାଣିଛ ତ ? ଆମେ ତୁମଠାରୁ ଗୋଟେ ବଡ଼ କଥା ଆଜି ଯାଏ ଲୁଚେଇ ରଖିଛୁ? ସିମି ତୁମକୁ ବାହା ହେବା ଆଗରୁ ହିଁ ବଦନାମ... ଏତିକି କହିଲା ବେଳକୁ ହିଁ ରାଜେଶ କହି ଉଠିଲେ ମୁଁ ସବୁ ଜାଣିଛି ମା।'

ତାଙ୍କ କଥା ଶୁଣି ମୁଁ ଆଶ୍ଚର୍ଯ୍ୟ ହୋଇ ତାଙ୍କ ମୁହଁକୁ ଚାହିଁ ରହିଲି ଆଉ ସେ କହି ଚାଲିଲେ - ସିମି ଆଉ ମୁଁ ଗୋଟେ କଲେଜରେ ପଢୁଥିଲୁ। ଅବଶ୍ୟ ସିମି ମୋତେ ଜାଣିନି ହେଲେ ମୁଁ ତାକୁ ବହୁତ୍ ଭଲ ଭାବରେ ଜାଣିଛି। ରିତେଶ ସହ ତାଙ୍କ ସମ୍ପର୍କକୁ ଖାଲି ମୁଁ ନୁହେଁ ସେ ଅଞ୍ଚଳର ସବୁ ଲୋକ ଜାଣିଥିଲେ। ସିମିର ରିତେଶ ସହ ବୁଲାବୁଲି କରିବା, ଫୋଟ ଉଠେଇବା, ରିଲ୍ସ କରିବା ସାରା କଲେଜ ଜାଣିଥିଲା। ହେଲେ ରିତେଶ ତାକୁ ଧମକ ଦେଇ, ହଇରାଣ କରିବା, ମାରଧର କରିବା କଥାକୁ କେବଳ ମୁଁ ଜାଣିଥିଲି। ମୁଁ ଓ ରେତେଶ ଖୁବ୍ ଭଲ ସାଙ୍ଗ ଥିଲୁ କିନ୍ତୁ ରିତେଶର ଅଭ୍ୟାସ ଯୋଗୁ ମୁଁ ତାଠୁ ଦୂରେଇ ଯାଇଥିଲି। ହେଲେ ତା'ର ସବୁ କଥା ଉପରେ ମୁଁ ନଜର ରଖୁଥିଲି। ମୁଁ ରିତେଶର ସାଙ୍ଗ ବୋଲି ସିମି ଜାଣିନି। ଆପଣ ମଧ୍ୟ ତାକୁ କିଛି କହିବେନି ସେ ଯଦି ଜାଣିବ ମୁଁ ସବୁ କଥା ଜାଣିଛି ତେବେ ସେ ନିଜକୁ ମୋ ପାଖରେ ଛୋଟ ବୋଲି ମନେ କରିବ ଯୋଉ କଥାକୁ ମୁଁ କେବେ ବି ଚାହୁନାହିଁ। ମୁଁ ଚାହେଁ ସେ ସବୁବେଳେ ଖୁସିରେ ରହୁ ଯେମିତି ଅଛି ସେମିତି ରହୁ। ଭୁଲ ତ ସମସ୍ତେ କରନ୍ତି ସେ

ବି କରିଛି ହେଲେ ତା'ର ସେଇ ଗୋଟେ ଭୁଲ ପାଇଁ ମୁଁ କ'ଣ ତାକୁ ଗୋଟେ ସୁଯୋଗ ଦେବିନି ?

ରାଜେଶ ଏମିତି କେତେ କଥା କହି ଚାଲିଥିଲେ ହେଲେ ମୋ ଆଖି ସେତେବେଳକୁ ଅନୁତାପର ଲୁହରେ ପୁରି ଉଠିଥିଲା। ମୁଁ ଭାବୁଥିଲି କେମିତି କେଜାଣି ଏ ପଚିଶ ବର୍ଷର ସମ୍ପର୍କ ଭିତରେ ମୁଁ ରାଜେଶ ପରି ଭାବି ପାରିଲି ନାହିଁ। ଏମିତି ଭାବି ଭାବି ଆସିଲା ବେଳେ ମୋ ଆଖି ଆଗରେ ସିମିର ବାବା ଠିଆ ହୋଇଥିଲେ ହେଲେ ଆଜି କାଇଁ ସେ ମୋତେ ସେ ନାଲି ପଞ୍ଜାବୀରେ ଖୁବ୍ ସୁନ୍ଦର ଲାଗୁଥିଲେ।

ଅବ୍ୟକ୍ତ ଅନୁତାପ

ସତରେ ଜଗନ୍ନାଥଙ୍କ ଡୋରି ନ ଲାଗିଲେ ଯେତେ ଚେଷ୍ଟା କଲେ ମଧ୍ୟ ତାଙ୍କ ପାଖକୁ ଯାଇ ହେବନି। ହେଇ ଦେଖୁନ ଆଜିକୁ ତିନି ବର୍ଷ ହେଲା ପୁରୀ ଆସିବୁ ଆସିବୁ ବୋଲି ଭାବି ଭାବି ଆସି ପାରୁ ନଥିଲୁ। ଏମିତି ବି କେତେ ଥର ହୋଇଥିବ ପୁରୀ ଯିବା ପାଇଁ ସବୁ କିଛି ଠିକ୍ ହୋଇଯାଇଥିବ, ଟ୍ରେନ ଟିକେଟ, ରହିବା ପାଇଁ ହୋଟେଲ ସବୁ ହେଲେ ତା' ପରେ ବି ଶେଷ ମୁହୂର୍ତ୍ତରେ କୌଣସି ନା କୌଣସି କାରଣରୁ ଯାଇ ହେଉନଥିବ। ମିଛରେ କ'ଣ କୁହନ୍ତି ନଟିଆ ଠାକୁର। ହେଲେ ଆଜି ସବୁ ପ୍ରତୀକ୍ଷାର ଅନ୍ତ ହୋଇଛି ଆଉ ଆମେ ଜଗାକୁ ଦେଖିବାକୁ ପୁରୀ ବାହାରିଛୁ।

ଟ୍ରେନ ଭୋର୍ ପାଞ୍ଚଟାରୁ। ପୁରୀରେ ତିନି ଦିନର ରହଣି। ସେଥିପାଇଁ ସବୁକିଛି ଠିକ୍‌ଠିକ୍ ମନେକରି ରଖିବାକୁ ପଡୁଛି। ୟାଙ୍କ ଚଷମା, ମୋର ମେଡିସିନ, ୟାଙ୍କ ଜାକେଟ ମୋର ଚାଦର ସବୁ କିଛି କାଲି ରାତିରୁ ସଜାଡି ରଖି ଦେଇଛି। ଜଗାକୁ ଦେଖିବାର ଆନନ୍ଦ ମନକୁ ଖୁବ୍ ଆନନ୍ଦିତ କରିଦେଉଛି। ସ୍ୱାମୀ ସ୍ତ୍ରୀ ଦୁଇଜଣଙ୍କର ଚାକିରି ଜୀବନ, ତାପରେ ଝିଅର ପାଠପଢା, ତା' ବାହାଘର ପାଇଁ ଜୀବନଟା ଆଜିକୁ ପଇଁତିରିଶି ବର୍ଷ ହେଲାଣି ଖୁବ୍ ଜଞ୍ଜାଳମୟ ହୋଇ ଉଠିଥିଲା। ହେଲେ ଏବେ ଆମେଦୁହେଁ ଯାକ ଅବସରପ୍ରାପ୍ତ ସେଥିପାଇଁ ପଇଁତିରିଶ ବର୍ଷ ହେଲା ମନରେ ରହିଯାଇଥିବା ସବୁ ଇଚ୍ଛାକୁ ଆମେ ପୂରଣ କରିବାକୁ ଭାରତର ସମସ୍ତ ତୀର୍ଥ ସ୍ଥାନ ବୁଲିବାକୁ ଯାଉଛୁ। ସବୁ ଜାଗା ବୁଲି ସାରିଥିଲେ ମଧ୍ୟ ପୁରୀ ଯିବାପାଇଁ ଜଗାର ଡୋରି ଆଜି ଲାଗିଛି।

ଆମେ ଦୁଇଜଣ ଯଥା ସମୟରେ ଯାଇ ଷ୍ଟେସନରେ ପହଁଚି ଯାଇଛୁ। ସେଦିନ କ'ଣ ପାଇଁ କେଜାଣି ଟ୍ରେନ ଖୁବ୍ ଭିଡ଼। ବହୁତ୍ କଷ୍ଟରେ ଯାଇ ନିଜ ଜାଗାରେ ବସିଲା ବେଳକୁ କେହି ଜଣେ ଆସି ଆମକୁ ମୁଣ୍ଡିଆ ମାରିଲା ମୁହଁଟିର ଗଢ଼ଣ ଟିକେ

ବଦଳି ଯାଇଥିଲେ ମଧ୍ୟ ଚିହ୍ନିବାରେ କୌଣସି ଅସୁବିଧା ହେଉ ନଥିଲା। କେମିତି ବା ଚିହ୍ନି ପାରିବୁନି ଯାହାକୁ ନିଜ ମନରୁ ପୁଅ ବୋଲି ଗ୍ରହଣ କରି ସାରିଥିଲୁ, ଯାହା ପ୍ରତି ହେଉଥିବା ଅନ୍ୟାୟକୁ ଚାହିଁ ମଧ୍ୟ ଆମେ ରୋକି ପାରୁ ନଥିଲୁ ଆଉ ଯାହା ପାଇଁ ଆଜି ଯାଏ ଆମେ ନିଜେ ନିଜ ପାଖରେ ଦୋଷୀ ହୋଇ ଯାଇଥିଲୁ ତାକୁ କ'ଣ ଏତେ ସହଜରେ ମନରୁ ପାସୋରି ଦିଆ ଯାଇପାରେ ?

ସେ ଥିଲା ରାହୁଲ। ମୋ ଝିଅ ପ୍ରୀତିକୁ ନିଜ ଜୀବନଠାରୁ ଅଧିକ ଭଲ ପାଉଥିବା ପୁଅ। ଆଜିକୁ ଆଠ ବର୍ଷ ତଳର କଥା। ଝିଅ ଭୁବନେଶ୍ୱରରେ ପିଜି କରୁଥିବା ସମୟର ଥରେ ଫୋନରେ ରାହୁଲ ବିଷୟରେ କହିଥିଲା। ଯୋଉ ରାହୁଲ ତା'ର ସିନିୟର୍ ଥିଲା। ସେ ପିଜି କରୁଥିବା ୟୁନିଭର୍ସିଟିରେ ରାହୁଲ ପିଏଚଡ଼ି କରୁଥିଲା। ପ୍ରତି ଦିନର କଥାବାର୍ତ୍ତା, ଏକାଠି କାମ କରିବା, ସେମିନାର, ପ୍ରୋଜେକ୍ଟ ପରି କିଛିଟା ଜିନିଷ ସେମାନଙ୍କୁ ନିକଟତର କରି ଦେଇଥିଲା ଯାହାର ଫଳ ସ୍ୱରୂପ ରାହୁଲକୁ ବାହା ହେବା ପାଇଁ ଜିଦ୍ କରି ଆମ ସହ ଦେଖା କରେଇବାକୁ ଝିଅ ଚାହୁଁଥିଲା। ଆମେ ମଧ୍ୟ ଦୁଇଜଣ ରାହୁଲ ସହ କଥା ହୋଇଥିଲୁ। ଝିଅର ଖୁସି ପାଇଁ ଆମେ ରାହୁଲ ସହ କଥା ହେଇଥିଲୁ। ପ୍ରଥମ ଦେଖାରୁ ହିଁ ତା'ର ସେଇ ଅମାୟିକ ବ୍ୟବହାରରେ ଆମେ ତାକୁ ପୁଅ ବୋଲି ଗ୍ରହଣ କରି ନେଇଥିଲୁ।

ଏହା ପରେ ରାହୁଲର ଆମ ସହ ମିଶିବା, ଘରକୁ ଆସିବା, ଏକାଠି ବୁଲିବାକୁ ଯିବା ରୀତି ମତ ଅଭ୍ୟାସ ପାଲଟି ଯାଇଥିଲା। ଝିଅ ସହ ମିଳାମିଶା କରିବାକୁ ମଧ୍ୟ ଆମେ ମାନେ ବାରଣ କରି ନଥିଲୁ। ଆମ ଘର ତାଙ୍କ ଘର ଏବଂ ଉଭୟଙ୍କ ପରିବାର ଲୋକ ସେମାନଙ୍କ ସମ୍ପର୍କକୁ ଜାଣି ଥିଲେ। ଏମିତି ଭାବରେ ଗୋଟେ ବର୍ଷ ବିତି ଯାଇଥିଲା।

ତାପରେ ରାହୁଲ ଖଡଗପୁର ପଳେଇ ଯାଇଥିଲା ତା' ରିଚର୍ଚ୍ଚ କାମରେ। ଝିଅ ମଧ୍ୟ ପିଜି ସାରି ପିଏଚଡ଼ି ଜଏନ କରି ଦେଇଥିଲା। ଏବେ ରାହୁଲ ସହ କଥାବାର୍ତ୍ତା ଫୋନରେ କେବଳ ହେଉଥିଲା। ଦିନସାରା ତା' ସହ କ'ଣ ସବୁ ହେଉଥିଲା ସନ୍ଧ୍ୟା ସମୟରେ ସେ ଆମକୁ ଫୋନ କରି ସବୁ କହୁଥିଲା। ଝିଅ ପଛେ ସନ୍ଧ୍ୟାରେ ଫୋନ କରି ନପାରେ ହେଲେ ରାହୁଲ ଯେ ଆମକୁ ଫୋନ କରିବନି ଏକଥା ପୂରା ଅସମ୍ଭବ ଥିଲା।

ଧୀରେ ଧିରେ ଝିଅର ବ୍ୟବହାର ପରିବର୍ତ୍ତନ ଆସିଲା। ଏବେ ରାହୁଲ ସହ ସେ ଆଉ କଥା ହେଉନଥିଲା। ଘରେ ଖାଲିରେ ସେ ସୋସିଆଲ ମିଡିଆ ଚଲାଉଥିବ ହେଲେ ରାହୁଲ ଫୋନ କଲେ ପାଠ ପଢୁଛି, ବ୍ୟସ୍ତ ଅଛି କହି ଫୋନ କାଟିଦେବ।

ପ୍ରଥମେ ପ୍ରଥମେ ତା'ର ଏମିତି ବ୍ୟବହାର ପାଇଁ ଆମକୁ ଖୁବ ଖରାପ ଲାଗୁଥିଲା। ରାହୁଲ କଥା ପଚାରିଲେ ସେ ବିରକ୍ତ ହେଉଥିଲା। ଗୋଟେ ଥର ଫୋନ କରି ମୋତେ କହିଲା କି ରାହୁଲ ସହ ତା'ର ଆଉ ତା'ର କିଛି ସମ୍ପର୍କ ନାହିଁ। ମୁଁ ବୁଝି ପାରୁ ନଥିଲି ପଦିଏ କଥାରେ କ'ଣ ସମ୍ପର୍କ ଭାଙ୍ଗି ଯାଇପାରେ। ହେଲେ ଆଜିକାଲିର ଛୁଆ ଉପରେ କଥା କହିବାକୁ ବାବା ମା ବି ସାହସ ପାଆନ୍ତି ନାହିଁ।

ଆମେ ମଧ୍ୟ ଶୁଣିବାକୁ ପାଇଲୁ ଝିଅ ଏବେ ଆଉ କାହା ସହ ବୁଲାବୁଲି କରୁଛି ଆଉ କାହା ସହ କଥା ହେଉଛି। ତାକୁ ଥରେ ଏ ବିଷୟରେ ପଚାରିବାରୁ ସେ କହିଲା ସେ ଏମିତି ଲଙ୍ଗ ଡିଷ୍ଟାନ୍ସ ରେଲେସନଶିପରେ ରହି ପାରିବନି। ରାହୁଲ ସବୁବେଳେ ତା' ଗବେଷଣା ପାଇଁ ବ୍ୟସ୍ତ ରହୁଛି ଆଉ ଯେତେବେଳେ ବି ଫୋନ କରୁଛି ଖାଲି ସେଇ ପାଠ କଥା ହିଁ କହୁଛି। ସେ ତା' ସହ ରହି ରହି ବିରକ୍ତ ହୋଇଗଲାଣି। ଏବେ ଆଉ ସେମାନଙ୍କର କୌଣସି ସମ୍ପର୍କ ନାହିଁ। ତା' କଥା ଶୁଣି ଆମେ ଦୁଇଜଣ ଯାକ ଖୁବ୍ ବ୍ୟସ୍ତ ହୋଇ ପଡିଥିଲୁ। ତା' ବାବା ମଧ୍ୟ ତା' ଉପରକୁ ହାତ ଉଠେଇବାକୁ ପଛେଇଲେ ନାହିଁ ହେଲେ ଝିଅ ଖୁବ୍ ଜିଦିଆ। ଯାହା ବୁଝିଥିବା ସେଇଆ।

ଦିନେ ହଠାତ୍ ରାହୁଲ ଫୋନ କରି କହିଲା ସେ ଝିଅକୁ ବାହା ହେବାକୁ ଚାହେଁ ଆଉ ତାଙ୍କ ଘର ଲୋକଙ୍କ ସହ ସେ ଆସନ୍ତା ଗୁରୁବାର ଦିନ ଆମ ଘରକୁ ଆସିବାକୁ ଚାହୁଁଚି। ଆମେ ମଧ୍ୟ ଦୁଇଜଣ ଖୁବ୍ ଖୁସି ଥିଲୁ ଭାବିଥିଲୁ ଝିଅ ବୋଧହୁଏ ଅଭିମାନରେ ଏମିତି କହୁଥିଲା ହେଲେ ଏବେ ରାହୁଲ ଆସିବା ପରେ ତା' ମନରେ ପରିବର୍ତ୍ତନ ହୋଇଯିବ। ସେଥିପାଇଁ ଆମେ ରାହୁଲକୁ ଘରକୁ ଡ଼ାକିଥିଲୁ ହେଲେ ଝିଅ ରାହୁଲକୁ ଘରେ ଦେଖି ଖୁବ୍ ରାଗି ଯାଇଥିଲା। ଆମରି ଆଗରେ ତାକୁ ବହୁତ୍ ଗାଳି କରିଥିଲା ଆଉ ସିଧା ସିଧା କହି ଦେଇଥିଲା ଏ ଘରୁ ଆଉ ତା' ଜୀବନରୁ ଚାଲି ଯିବା ପାଇଁ। ଏମିତି କି ରାହୁଲର ବାବା ମାଆଙ୍କୁ ମଧ୍ୟ ଗାଳି କରିବାକୁ ପଛେଇଲା ନାହିଁ। ଆଉ ଆମକୁ ମଧ୍ୟ କହିଥିଲା ଯଦି ଆମେ ତାକୁ ରାହୁଲ ସହ ବାହା ହେବା ପାଇଁ ବାଧ୍ୟ କରୁ ତେବେ ସେ ଆତ୍ମହତ୍ୟା କରିଦେବ। ଆମେ ତା' କଥା ଶୁଣି ଚୁପ୍ ରହିଥିଲୁ ଯେମିତି ଚୁପ୍ ଥିଲୁ ରାହୁଲକୁ ବାହା ହେବ ନହେଲେ ସେ ମରିଯିବ ବୋଲି କହିଲା ବେଳେ।

ରାହୁଲ ଚାଲି ଯାଇଥିଲା ବିନା କୌଣସି ଶବ୍ଦ ଉଚ୍ଚାରଣ କରି। ଗଲା ବେଳେ ତା' ଆଖିରେ ଜଣଙ୍କୁ ବିଶ୍ୱାସ କରି ଜୀବନଠାରୁ ଅଧିକ ଭଲ ପାଇବାର ଲୁହ ଥିଲା ଆଉ ଆମ ଦୁଇ ଜଣ ଆଖିରେ ମଧ୍ୟ ଥିଲା ଲୁହ ସେ ଲୁହ ଅବ୍ୟକ୍ତ ଅନୁତାପର।

ରାହୁଲ ଗଲା ପରେ ଆମେ ଆଉ ଝିଅର କୌଣସି କଥାରେ ମୁଣ୍ଡ ଖେଳାଇ

ନଥିଲୁ। ସେବେଠାରୁ ଆମେ ଦିଜଣ ନିଜ ଭାଗ୍ୟକୁ ନିନ୍ଦା କରୁଥିଲୁ କେମିତି ଆମଠାରୁ ଏମିତି ବାଜେ ପ୍ରକୃତିର ଝିଅଟିଏ ଜନ୍ମ ନେଲା ବୋଧ ହୁଏ ଆମେ ତାକୁ ଉପଯୁକ୍ତ ଶିକ୍ଷା ଓ ସଂସ୍କାର ଦେଇ ପାରିଲୁନି।

ଆମର ଏ ଉଦାସୀନତାକୁ ଝିଅ ଦୁର୍ବଳତା ବୋଲି ଭାବିନେଲା। ଏହା ପରେ ସେ ଖୁବ୍ ବେଖାତିର ହୋଇଗଲା। ରାତି ଅଧ ଯାଏ ବାହାରେ ରହିବା, ଅନେକ ପୁଅଙ୍କ ସହ କଥା ହେବା ସେମାନଙ୍କ ସହ ବୁଲିବା ସବୁ କିଛି ତା'ର ଅଭ୍ୟାସ ହୋଇ ଯାଇଥିଲ। ପିଏଚଡ଼ି କାମ ମଧ୍ୟ ସେ ଅଧାରୁ ଛାଡ଼ି ଦେଇଥିଲା। ଆମ ଦୁଇ ଜଣଙ୍କୁ ଖୁବ୍ କଷ୍ଟ ହେଉଥିଲା, ଇଚ୍ଛା ହେଉଥିଲା ତାକୁ ବାରଣ କରିବାକୁ ହେଲେ ରାହୁଲ ପ୍ରତି ସେ ଯୋଉ ଅନ୍ୟାୟ କରିଥିଲା ସେକଥା ଭାବିଲା ବେଳକୁ ଆମ ମନ ଘୃଣାରେ ପୂରି ଉଠୁଥିଲା। ତାକୁ ବାରଣ କଲେ ମଧ୍ୟ କିଛି ଲାଭ ନଥିଲା ନା ସେ ଆମକୁ ସମ୍ମାନ ଦେଉଥିଲା ନା ଆମର କୌଣସି କଥା ଶୁଣିବାରେ ତା'ର ଆଗ୍ରହ ଥିଲା।

ଦିନେ ଝିଅ କହିଲା ସେ ବାହା ହେବାକୁ ଚାହୁଁଛି ଜଣେ ବ୍ୟବସାୟୀକୁ। ଆମର ମଧ୍ୟ ତାକୁ କିଛି କହିବାର ନଥିଲା। ବାପା ମା ହେବାର କର୍ତ୍ତବ୍ୟ ପାଇଁ ଆମେ ସେ କହୁଥିବା ଜାଗାରେ ତା'ର ବାହାଘର କରେଇ ଦେଇଥିଲୁ। ବାହାଘର ପରେ କିଛି ଦିନ ସେ ଖୁବ୍ ଖୁସି ଥିଲା। ହେଲେ ପରେ ପରେ ତା' ଜୀବନରେ ଅଶାନ୍ତି ଲାଗି ରହିଲା। ଝିଅର ଏମିତି ହାବଭାବ ସେ ପୁଅକୁ ସିନା ବାହାଘର ପୂର୍ବରୁ ଭଲ ଲାଗୁଥିଲା ହେଲେ ବାହାଘର ପରେ ଏ ଗୁଣ ପାଇଁ ସେ ଝିଅକୁ ମାରଧର କଲା। ପ୍ରଥମରୁ କାହା କଥା ଶୁଣୁ ନଥିବା ମୋର ଏକ ଜିଦିଆ ଝିଅ ମଧ୍ୟ ସ୍ୱାମୀ ଆଉ ଶାଶୁ ଘରେ ରହି ପାରିଲା ନାହିଁ। ବାହାଘରର ଗୋଟେ ବର୍ଷ ଭିତରେ ସ୍ୱାମୀକୁ ଛାଡ଼ପତ୍ର ଦେଇଦେଇଥିଲା। ଏବେ ଏକ ଛୋଟ ସ୍କୁଲରେ ଅଳ୍ପ ଦରମାରେ ଶିକ୍ଷକତା କରି ନିଜ କଲା କର୍ମ ପାଇଁ କେବଳ ଅନୁତାପ କରିବା ଛଡ଼ା ତା' ପାଖରେ ଆଉ କିଛି ବିକଳ୍ପ ନଥିଲା।

ମୋର ଏ ଭାବନା ଭିତରେ ରାହୁଲର ସ୍ୱର ଶୁଣି ମୁଁ ଚେତନାକୁ ଫେରି ଆସିଲି। ସେତେବେଳକୁ ସେ ଆମ ଦୁଇ ଜଣଙ୍କ ପାଇଁ ଚା ଆଣି ସାରିଲାଣି। ଏତେ ବର୍ଷପରେ ଏତେ ଅନ୍ୟାୟ ସହିଲା ପରେ ବି ତା' ବ୍ୟବହାରରେ କିଛି ପରିବର୍ତ୍ତନ ଘଟିନି। ଆମ ଉପରେ ତା'ର କୌଣସି ଅଭିମାନ କି ଅଭିଯୋଗ ନାହିଁ। ଖୁବ୍ ସହଜରେ ସେ ନିଜ ସମ୍ପର୍କରେ ଆମେ ପଚାରିବାରୁ କହି ଚାଲିଛି କି ସେ ଏବେ ଖଡଗପୁରରେ ଆସିଷ୍ଟାଣ୍ଟ ପ୍ରଫେସର ହୋଇଯାଇଛି। ତା' ବାପା ମାଆଙ୍କୁ ମଧ୍ୟ ନିଜ ପାଖରେ ନେଇକି ରଖିଛି। ସ୍ତ୍ରୀ କଥା ପଚାରିବାରୁ ସେ କହିଛି ସେ ଏଯାଏ ବାହା ହୋଇନି, ବାହା ହେବ

କି ନାହିଁ ପଚାରିବାରୁ ସେ କହିଛି ଏଯାଏ ସେ ଆମ ଝିଅକୁ ଭୁଲି ପାରିନି କି ତା' ପରେ ଆଉ କୋଉ ଝିଅକୁ ଭରସା କରି ପାରୁନି।

କିଛି ସମୟ ପରେ ସେ ମୁହଁ ତଳକୁ କରି ପ୍ରୀତି କେମିତି ଅଛି ବୋଲି ଆମକୁ ପଚାରିଲା। ତା' କଥା ଶୁଣି ଆମେ ପରସ୍ପରର ମୁଁହକୁ ଅନେଇବାରେ ଲାଗିଲୁ। ଉତ୍ତରରେ ଆମେ ଝିଅ ଖୁବ୍ ଖୁସିରେ ଅଛି ବୋଲି କହି କଥାକୁ ଟାଳି ଦେଇଥିଲୁ କାରଣ ଆମେ ଜାଣିଥିଲୁ ଝିଅ ଯଦି ଦୁଃଖରେ ଅଛି ବୋଲି ସେ ଶୁଣିବ ତେବେ ସେ ତା' ପାଖକୁ ଚାଲିଯିବ ହେଲେ ଆମେ ଚାହୁଁ ନଥିଲୁ ତା' ପରି ଏତେ ଭଲ ପିଲା ଜୀବନରେ ଆମ ଝିଅ ପୁଣି ଥରେ ଆସୁ କି ତା' ପ୍ରତି ହୋଇଥିବା ଅନ୍ୟାୟର ପୁନରାବୃତ୍ତି ଘଟୁ ବୋଲି। କିଛି ସମୟ ଏମିତି କଥାବାର୍ତ୍ତା ପରେ ସେ ଟ୍ରେନରୁ ଓହ୍ଲାଇ ନିଜ ଗନ୍ତବ୍ୟ ପଥରେ ଚାଲି ଯାଇଥିଲା। ଗଲାବେଳେ ଆମେ ଦୁଇଜଣ ତା' ପାଖରେ ନିଜ ପୂର୍ବ ଅସହାୟତା ପାଇଁ ତାକୁ ଭୁଲ ମାଗିବାକୁ ଚାହିଁ ମଧ୍ୟ ମାଗି ପାରି ନଥିଲୁ। ଖାଲି ଯାହା ଅତୀତକୁ ଭୁଲିଯାଇ ସେ ନୂଆ କରି ଜୀବନ ଆରମ୍ଭ କରୁ ବୋଲି କହି ଆମେ ଆମ ଝିଅର ଭୁଲ ପାଇଁ ପ୍ରାୟଶ୍ଚିତ କରିଥିଲୁ।

ସେ ଗଲା ପରେ ଆମ ଦୁଇ ଜଣଙ୍କୁ କାନ୍ଦିବାକୁ ଖୁବ୍ ଇଚ୍ଛା ହୋଇଛି। ଆଜି ଯାଏ ମନ ଭିତରେ ଥିବା ଅବ୍ୟକ୍ତ ଅନୁତାପ ଲୁହ ବାଟେ ବାହାରି ଆସୁ ଥିବାରୁ ଆମେ ତାକୁ ସବୁଥର ପରି ଆଉ ଲୁଚେଇବାକୁ ଚେଷ୍ଟା କରି ନଥିଲୁ।

■

ବଦଳୁ ନଥିବା ସମ୍ପର୍କ

ସବୁ ଦିନ ପରି ଆଜି ମଧ୍ୟ ଏକ ସୁନ୍ଦର ସ୍ୱପ୍ନରେ ଆଖି ଦୁଇଟି ମସଗୁଲ୍ ଥିବା ବେଳେ ଚିରାଚରିତ ଭାବେ ମା ତା'ର ଅଭିଯୋଗର ତାଲିକା ପ୍ରସ୍ତୁତ କରି ଚାଲିଛି। ପ୍ରତି ଥର ପରି ଆଜି ମଧ୍ୟ ରାଗ ତମ ତମ ହୋଇ ମୋତେ ଶୁଣେଇ ଶୁଣେଇ କାନ୍ଥ ବାଡକୁ ଗାଳି ବର୍ଷଣ କରି ଚାଲିଛି। ସେ ସବୁବେଳେ ଏମିତି, ରାଗିଗଲେ କି ତାକୁ ଭଲ ଲାଗୁ ନଥିବା କାମ ଯଦି କିଏ କରେ ତେବେ ସେ କାନ୍ଥ ବାଡକୁ ଦେଖେଇ ଦେଖେଇ ଗାଳି କରିଥାଏ। ଆଜି ତା' କଥା ଶୁଣିବାକୁ ଆମ ଘରେ କିଏ ଶ୍ରୋତା ଥିଲେ କି ନାହିଁ ହୁଏତ ମୁଁ ଜାଣିନି ହେଲେ ତା'ର ସେଇ କଥା ଶୁଣି ନିହାତି ଭାବେ ମୋ ସ୍ୱପ୍ନ ମାନେ ଭୟରେ ପଳାୟନ କରୁଛନ୍ତି।

ସ୍ୱପ୍ନ ମାନେ ଚାଲିଗଲା ପରେ ମୁଁ ଏକ ପ୍ରକାର ନିଦରୁ ଉଠି ସାରିଥିଲେ ମଧ୍ୟ ମାଆର ଗାଳି ଶୁଣି ଖଟ ଉପରେ ଶୋଇବାର ଅଭିନୟ କରୁଥିଲି। ଶତ କଥା ହେଲା ଏତେ ଜଲ୍‌ଦୀ ମୋତେ ନିଜ ପାଖରୁ ଛାଡ଼ିବାକୁ ଯେମିତି ସେ ଖଟ ପ୍ରସ୍ତୁତ ନଥିଲା। ମୁଁ ତା' କଥାକୁ ନ ଶୁଣି ପୁଣି ଥରେ ଶୋଇବାକୁ ଚେଷ୍ଟା କରୁଥିବା ବେଳେ ତା' କଥା ଗୁଡାକ ସିଧା ଆସି ମୋ କାନ ରେ ବାଜୁଥିଲା।

ସେ ବଡ଼ ପାଟିରେ କହି ଚାଲି ଥିଲା

– 'ଦେଖୁନ କେତେ ବଡ଼ ଝିଅଟେ ହେଲାଣି ଦିନ ନଅଟା ଯାଏ ଶୋଇଛି। ରାତି ବାରଟା ଯାଏଁ ଫୋନ ଧରିକି ବସିବ ଆଉ ଦିନ ବାରଟା ଯାଏ ଶୋଇବ। ପାଠ – ଶାଠ ତ କିଛି ନାହିଁ ସବୁବେଳେ ଖାଲି ସେ ଫୋନ ପାଖରେ ମନ। ସେ ଫୋନରୁ କ'ଣ ମିଳୁ କି ନ ମିଳୁ ହେଲେ ସେ ଆଖି ଦୁଇଟା ଆଉ ଅଳ୍ପ ଦିନରେ ନଷ୍ଟ ହୋଇଯିବ। ଆମ ପାଖରେ ଥିଲା ବେଳେ ତ ଏତେ ବେଳ ଯାଏ ଶୋଉଛି ଆଉ ମେସ ରେ ଥିଲା ବେଳେ କ'ଣ କରୁ ନଥିବ।

ମନା କରୁଥିଲି ତାକୁ ବାହାରେ ରଖି ପଢେଇବାକୁ ହେଲେ ମୋ କଥା କ'ଣ କିଏ ଶୁଣିଲା। ସେଠି ରହି ରହି ସେ ଏମିତି ଅଳସୁଆ। ଆରେ ତା' ବୟସର ପିଲା ବାହା ସାହା ହୋଇ ଘର ସଂସାର କଲେଣି ହେଲେ ଆମ ମହାରାଣୀଙ୍କୁ ଦେଖ ହାତରେ ଗଣ୍ଡେ ବାଢ଼ିକି ଖାଇବାକୁ ବି କଷ୍ଟ। ତା' ବୟସ ବେଳକୁ ମୁଁ ପୁଣି ବାହା ହୋଇ ଏତେ ବଡ଼ ସଂସାର ଚଳାଉ ଥିଲି ନା ନାହିଁ। ଏବେ ମୋ କଥା ଶୁଣ ପାଠ ସେତିକି ଥାଉ ଗୋଟେ ଭଲ ପ୍ରସ୍ତାବ ଟେ ଦେଖ, ଭଲ ପ୍ରସ୍ତାବ ଦେଖି ବାହା କରିଦେଲେ ଗୋଟେ କାମ ଯିବ।'

ସେ ଆଉ କ'ଣ କହି ଚାଲୁଥିଲା ହେଲେ ମୁଁ ଆଉ ସହି ପାରିଲି ନାହିଁ ହଠାତ୍ ରାଗି ଖଟରୁ ଉଠି ପଡ଼ି ବାବାଙ୍କ ପାଖକୁ ଯାଇ ତା' ଅଭିଯୋଗକୁ ଖଣ୍ଡନ କରିବାକୁ ନିଜେ ନିଜର ଓକିଲ ସାଜିଲି।

ଆଉ କହି ଉଠିଲି

– 'ଦେଖ ବାବା, ମୁଁ ଏତେ ବଡ ଝିଅଟେ ହେଲାଣି ହେଲେ ମା ସବୁବେଳେ ମୋ ଉପରେ ରାଗୁଛି। ଏମିତି ସବୁବେଳେ ସବୁ କଥାରେ ମୋ ଉପରେ ରାଗିଲେ ମୁଁ ଆଉ ଘରକୁ ଆସିବିନି ସେଇ ମେସରେ ହିଁ ରହିଯିବି।

ମୁଁ ସିନା ଘରେ କିଛି କାମ କରୁନି ହେଲେ ମେସ୍ ରେ ଥିଲାବେଳେ ତ ପୁଣି ସବୁ କାମ କରେ, ନିଜେ ରୋଷେଇ କରି ଖାଇକି ନଅଟା ଭିତରେ ପୁଣି କଲେଜ୍ ଯାଏ କାଇଁ ସେତେବେଳେ ତ ମୋର କେହି ପ୍ରଂଶସା କରନ୍ତିନି। ମୋ ଭଲ ଗୁଣ କାହାକୁ ଦେଖା ଯାଏନି ହେଲେ ମୁଁ ଯଦି କେତେବେଳେ କ'ଣ ଭୁଲ୍ କରିଦେଲି ସେତେବେଳେ ସମସ୍ତେ ଗାଳି କରିବାକୁ ବାହାରି ଆସନ୍ତି।'

ଏତିକି କହିଲା ବେଳକୁ ଅଜଣାତରେ ମୋ ଆଖି ଓଦା ହୋଇ ଆସିଥିଲା ଓ କଣ୍ଠ ରୁଦ୍ଧ ହୋଇ ଯାଉଥିଲା। ଲୁହ ଓ କୋହ ଏକା ସାଙ୍ଗରେ ବାହାରକୁ ବାହାରି ଆସି ଆଜିର ଘଟଣାକୁ ମୋ ସପକ୍ଷରେ ଆଣିବାରେ ସାହାଯ୍ୟ କରୁଥିଲା। ପିଲାଟି ଦିନରୁ ହିଁ ଟିକେ ଟିକେ କଥାରେ କାନ୍ଦିବା ମୋର ଅଭ୍ୟାସ ଥିଲା। ଏ କାନ୍ଦିବା ଗୁଣ ଟି ମୋର ଦୁର୍ବଳତା ହୋଇଥିବା ସତ୍ତ୍ୱେ କେତେକ କ୍ଷେତ୍ରରେ ମୋ ପାଇଁ ଲାଭ ପ୍ରଦ ବି ଥିଲା ବିଶେଷ କରି ବାବାଙ୍କ ପାଖରେ। ମୋ ଆଖିର ଲୁହ ସେ କେବେବି ଦେଖି ପାରୁ ନଥିବାରୁ ମୋର ସମସ୍ତ ଇଚ୍ଛା ଆଉ ଜିଦକୁ ମୁଁ ଏଇ କାନ୍ଦିବା ଦ୍ୱାରା ହିଁ ଅତି ସହଜରେ ପୂରଣ କରି ପାରୁଥିଲି।

ଆଜି ମଧ୍ୟ ଠିକ୍ ସେମିତି ହେଲା। ମୋ ଆଖିର ଲୁହ ଦେଖି ବାବା ଖୁବ୍ ବ୍ୟସ୍ତ ହୋଇ ଉଠିଲେ।

ମୋ ତରଫରୁ ମା'କୁ କହି ଉଠିଲେ

- 'ତୁମେ ଏମିତି ସବୁ କଥାରେମୋ ଝିଅକୁ ଦୋଷ ଦେବା ବନ୍ଦ କର। ମୋ ଝିଅର କେତେ ବୁଦ୍ଧି ହେଇଗଲାଣି। ସପ୍ତାହକୁ ଗୋଟେ ଦିନ ପାଇଁ ହିଁ ଘରକୁ ଆସୁଛି ସେଇ ଗୋଟେ ଦିନ ପାଇଁ ତାକୁ ଖୁସିରେ ରହିବାକୁ ଦିଅ। ମୋ ଧନକୁ କ'ଣ ଟିକେ ଶାନ୍ତିରେ ଶୋଇବାକୁ ଦେବନି ନା କ'ଣ ? ତା' ଇଚ୍ଛା ସେ ଯାହା କରିବା କଥା କରୁ ତମେ ତାକୁ ଏମିତି ସବୁବେଳେ ଗାଳି କରନି।'

ଏତିକି କହି ସେ ମୋତେ ତାଙ୍କ ଛାତି ଉପରକୁ ଆଉଜାଇ ନେଇ ଲୁହ ଓ କୋହ ମିଶା ମୋ ମୁହଁକୁ ତାଙ୍କ ସ୍ନେହ ଭରା ହାତରେ ପୋଛି ଦେଇଥିଲେ। ଦୁନିଆର ସବୁବାପା ବୋଧହୁଏ ସବୁବେଳେ ଏମିତି, ଝିଅ ମାନେ ସତେ ଯେମିତି ତାଙ୍କ ଜୀବନ। ବାପା ଟିଏ ଦୁନିଆର ସବୁ ସବୁ ସହିପାରେ ହେଲେ ନିଜ ଝିଅ ଆଖିରେ ଲୁହ କେବେ ବି ଦେଖି କେବେ ବି ସହି ପାରେ ନାହିଁ। ମୋ ବାବା ବି ସେଥିରୁ ବାଦ୍ ପଡନ୍ତେ କେମିତି ?

ବାବାଙ୍କ କଥା ଶୁଣି ମୋ ଛାତି କୁଣ୍ଢେମୋଟ ହେଇଗଲା। ଶେଷରେ ଏହି ମା ଝିଅଙ୍କ ଶୀତଳ ଯୁଦ୍ଧରେ ମୋର ବିଜୟ ହୋଇଥିବାରୁ ମୁଁ ଏକ ବିଦ୍ରୁପ ଭରା ହସରେ ମାଆକୁ ଚାହିଁଲି। ମା ପରାଜିତ ମଣିଷଟେ ପରି ଥରେ ବାବାଙ୍କ ଆଡେ ଆଉ ଥରେ ମୋ ମୁହଁକୁ ଚାହିଁ ଦେଇ ରାଗରେ ମୁହଁ ମୋଡ଼ି ରୋଷେଇ ଘରକୁ ଚାଲିଗଲା।

ସେଦିନ ଝଗଡ଼ା ଆମର ସେଇଠି ସମାପ୍ତ ହୋଇ ନଥିଲା। ଝଡ଼ର ପୂର୍ବବର୍ତ୍ତୀ ଆକାଶ ଶାନ୍ତ ଥିବା ପରି ସେଦିନ ମଧ୍ୟ ସେହି ସମୟରେ ଆମ ଘରେ ଶାନ୍ତିର ବାତାବରଣ ଖେଳି ଯାଇଥିଲା। ମୁଁ ସେଠୁ ଉଠି ସିଧା ଗାଧୋଇବାକୁ ପଳେଇ ଥିଲି ଆଉ ବାବା ଯାଇଥିଲେ ତାଙ୍କ କାମକୁ। ଗାଧୋଇ ସାରି ଆସିଲା ବେଳକୁ ଦିନ ଏଗାରଟା ତିରିଶି। ସେତେବେଳକୁ ମୋ ପେଟରେ ମୂଷା ଦୌଡ଼ିଲେଣି। ସକାଳର ଘଟଣା ପାଇଁ ରାଗ ଲାଗୁଥିଲେ ମଧ୍ୟ ରାଗଠାରୁ ଅଧିକ ଭୋକ ଲାଗୁଥିବା କାରଣରୁ ରାଗକୁ ନିଜ ଭିତରେ ରଖି ମୁଁ କହି ଉଠିଲି

'ମା' ମତେ ଭୋକ ଲାଗିଲାଣି। ମୋ ପାଇଁ ଖାଇବାକୁ ଆଣ। ମୋ ଦୋଷର ତାଲିକା କରିବା ପରିବର୍ତ୍ତେ ମୋ ଖାଇବା କଥା ମଧ୍ୟ ଟିକେ ବୁଝିବା ଉଚିତ୍।'

ଏମିତିରେ ସକାଳର ଘଟଣା ପାଇଁ ମାଆ ଖୁବ୍ ରାଗିକି ଥିଲା ଏବେ ମୋ କଥା ତାକୁ ଯେମିତି କଟା ଘା ରେ ଚୂନ ଦେବା ପରି ମନେ ହେଲା ସେଥିପାଇଁ ମୋ କଥା ନସରୁଣୁ ରୋଷେଇ ଘରୁ ମାର ରାଗ ତମତମ୍ କଥା ଆରମ୍ଭ ହୋଯାଇଥିଲା। ସେ ରୋଷେଇ ଘରୁ ବଡ଼ ପାଟିରେ କହିବାକୁ ଲାଗିଲା।

'କାଇଁ ଆମ ମହାରାଣୀଙ୍କର ଫୋନ୍ ଦେଖା କାର୍ଯକ୍ରମ ସରିଗଲା କି ? ଏବେ ଜମାରୁ ଏଗାରଟା ତିରିଶି ହେଇଛି ଆଉ କିଛି ସମୟ ଫୋନ୍ ଦେଖା ହଉ'।

ତାପରେ ରୋଷେଇ ଘରୁ ଖାଇବା ଆଣି ପ୍ଲେଟକୁ ମୋ ଆଗରେ ରଖିଦେଇ ପୁଣି ତା' ପୂର୍ବଲୋଚିତ ଅଧ୍ୟାୟର ପୁନରାବୃତ୍ତି କରିବାକୁ ଲାଗିଲା। କେମିତି ମୋ ବୟସର ଝିଅ ବାହା ହୋଇ ଶାଶୁଘରେ ସବୁ କାମ କରୁଛନ୍ତି, ସେ ମଧ୍ୟ ମୋ ବୟସରେ କେମିତି ଏତେ ବଡ ଘର ଚଳାଉ ଥିଲା, ସେ ଦାମ ମଉସାଙ୍କ ଝିଅ କେମିତି ମୋ ଠୁ ପାଞ୍ଚ ବର୍ଷ ସାନ ହୋଇ ମଧ୍ୟ ଏତେ ବଡ଼ ପରିବାରର ବଡ ବୋହୂ ହୋଇ ସବୁ କାମ କରୁଛି.. ଇତ୍ୟାଦି ଇତ୍ୟାଦି.....

ଏମିତିରେ ତ ସକାଳର କଥା ପାଇଁ ମୁଡ୍ ପୁରା ଖରାପ ଥିଲା ପୁଣିଥରେ ଏବେ ସେଇ କଥା ଘଟିବାରୁ ମୁଁ ଆଉ ସହି ପାରିନଥିଲି। ଖାଇବା ପ୍ଲେଟକୁ ଟିକେ ଦୂରକୁ ରଖିଦେଇ ସିଧା ଯାଇ ମୋ ବ୍ୟାଗ୍ ସଜାଡିବାକୁ ଲାଗିଲି। କାହାକୁ କିଛି ନକହି ସିଧା ବ୍ୟାଗ୍ ଧରି ବସଷ୍ଟାଣ୍ଡକୁ ପଳାଇ ଆସିଲି। କିଛି ସମୟ ପରେ ବସ୍ ଆସିଲା ଆଉ ମୁଁ କିଛି ନଭାବି ସିଧା ବସ ରେ ବସି ମୋ ହଷ୍ଟେଲ ଅଭିମୁଖେ ଯାତ୍ରା କଲି।

ମଣିଷର ପ୍ରକୃତି ବଡ଼ ଅଜବ। ଯେତେବେଳେ ମନ ଖରାପ ଥାଏ ସେତେବେଳେ ହିଁ ତା'ର ଜୀବନର ସବୁ କଷ୍ଟ ଆଉ ଦୁଃଖ ମୁହୂର୍ତ୍ତ ମନେ ପଡି ଯାଇ ମନକୁ ଅଧିକ ଦୁଃଖୀ କରି ଦେଇଥାଏ। ଠିକ୍ ସେମିତି ବସରେ ବସିଥିବା ସମୟରେ ଅତୀତର ସବୁ ଦୁଃଖ ଘଟଣା ମୋର ଗୋଟେ ଗୋଟେ ହୋଇ ସବୁ ମନେ ପଡ଼ିଗଲା। ସକାଳୁ କିଛି ଖାଇ ନ ଥିବାରୁ ଭୋକ ଜୋରରେ ଲାଗୁଥିଲା। ଏ ରାଗ ଆଉ ଭୋକ ମିଶି ଆଖିର ଲୁହ ବାଟେ ବାହାରକୁ ଚାଲି ଆସିବାକୁ ଚେଷ୍ଟା କରୁଥିଲେ। ବସ୍ ଭିତରେ ଏତେ ଲୋକଙ୍କ ସାମ୍ନାରେ କାନ୍ଦିବାଟା ଲଜ୍ୟାର ବିଷୟ ହେବ ଭାବି ମୁଁ ସେ ଲୁହକୁ ଯଥାସମ୍ଭବ ଲୁଚାଇବାକୁ ଚେଷ୍ଟା କରୁଥିଲି।

ଏ ରାଗ ଆଉ ଭୋକ ଭିତରେ ମୁଁ ମୋ ଫୋନ ସାଇଲେଣ୍ଟ ଅଛି ବୋଲି ଏକପ୍ରକାର ଭୁଲିଯାଉଥିଲି। ବସ୍ କଣ୍ଡକ୍ଟରକୁ ଭଡ଼ା ଦେବାପାଇଁ ପର୍ସ ଖୋଲି ଦେଖେ ଏଟିଏମ କାର୍ଡ ଘରେ ଛାଡ଼ିଦେଇ ଆସିଛି। ରାଗରେ ଘରୁ ଆସିଲା ବେଳେ ଟଙ୍କା ବି ଆଣିନି। କ'ଣ କରିବି କିଛି ଭାବି ପାରିଲିନି। ବହୁ ଖୋଜିଲା ପରେ ବ୍ୟାଗରୁ ପଚାଶ ଟଙ୍କିଆ ନୋଟ୍ ଖଣ୍ଡେ ମିଳିଲା। ଯାହା ହେଉ ଅନ୍ତତଃ ପକ୍ଷେ ବସ୍ ଭଡା ତ ହୋଇଯିବ ଭାବି ନିଜ ମନକୁ ଟିକେ ଶାନ୍ତନା ଦେଲି। ଠିକ୍ ସେତିକିବେଳେ ଫୋନ ଦେଖେତ ଘରୁ ଫୋନ କି ମେସେଜ କିଛି ଆସିନି। ମୋ ରାଗ ଦ୍ୱିଗୁଣିତ ହୋଇଗଲା। କିଛି କାହାକୁ ନକହି ଘରୁ ରାଗିକି ଚାଲି ଆସିଥିବାରୁ ମନରେ ଥିବା ଟିକକ ଦୋଷୀପଣ

ମଧ୍ୟ ସେ ରାଗରେ ମିଳେଇ ଗଲା। ମନେ ମନେ ଭାବିଲି ଠିକ୍ କରିଛି ପଳେଇ ଆସିଛି। ଯେଉଁ ଘରେ ମୋର ନିଜର କୌଣସି ଅସ୍ତିତ୍ୱ ନାହିଁ ସେ ଘରେ ମୁଁ କ'ଣ ପାଇଁ ରହିଥାନ୍ତି।

ସେ ବସ୍ ଭିତରେ ବସିଥିବା ବେଳେ ମନ ଭିତରେ ସାରା ଜୀବନ ପାଇଁ ଚିନ୍ତା କରିଦେଲି। ଆଉ ଆଜିଠାରୁ ଘରକୁ ଯିବିନି ଏ ପୁରୀରେ ରହି ଚାକିରୀ କରିକି ନିଜେ ପଢ଼ିବି। ଘରୁ ଆଉ ପଇସା ଆଣିବିନି। ମୋର ଫୋନ ନମ୍ବର ଚେଞ୍ଜ୍ କରିଦେବି ଏମିତି ଅନେକ କଥା ଭାବି ସାରିଥିଲି।

ମୋର ଏହି ଭାବନା ଭିତରେ ବସ୍ କେତେବେଳେ ଯାଇ ପୁରୀରେ ପହଞ୍ଚିଯାଇଥିଲା ମୁଁ ନିଜେ ମଧ୍ୟ ଜାଣିନି। ବସ୍ ରୁ ଓହ୍ଲାଇ ଫୋନ ଦେଖେତ ଘରୁ ଗୋଟେ ବି କଲ ଆସିନି। କ'ଣ ପାଇଁ କେଜାଣି ଏବେ ରାଗ ପରିବର୍ତ୍ତେ ଡର ଲାଗିଲା। ଇଛା ହେଲା ଘରକୁ ମୋ ଆଡୁ ଫୋନ କରନ୍ତି କି ପୁଣି ଭାବିଲି ନା ମୁଁ କ'ଣ ପାଇଁ କରିବି। ପ୍ରତିଥର କାଇଁ ମୁଁ ରାଗିବି ଆଉ ମୁଁ ହିଁ ଭୁଲ୍ ମାଗିବି। ଏଥର ମୁଁ ଜମା ମୋ ଆଡୁ ଫୋନ କରିବିନି।

ତାପରେ ରୁମକୁ ନଯାଇ ସିଧା କଲେଜ୍‌କୁ ଗଲି। ସେତେବେଳକୁ ଦୁଇଟା ପିରିୟଡ଼ ସରି ଯାଇଥିଲା। ମୁଁ ଆଜି ଆସିବିନି ବୋଲି ଆଗରୁ କହିଥିଲି ବୋଲି ମୋ ରୁମ୍ମେଣ୍ଟ ରୁମ୍ ରେ ଚାବି ପକେଇ କଲେଜ୍ ପଳେଇ ଆସିଥିଲେ ସେଥି ପାଇଁ ମତେ ବାଧହୋଇ କଲେଜ୍ ଯିବାକୁ ପଡ଼ିଲା।

ସେତେବେଳକୁ ଦିନ ପ୍ରାୟ ଦୁଇଟା। ଭୋକ ଜୋରସେ ଲାଗୁଥିଲା। ହେଲେ ପାଖରେ ପଇସା ନାହିଁ ଖାଇବାକୁ। ବାଧ ହୋଇ କ୍ଲାସ୍ ଭିତରକୁ ପଶୁ ପଶୁ ପଛରୁ ମୋ ରୁମ୍ମେଣ୍ଟ ଜୁଲି ର ସ୍ୱର ଶୁଣାଗଲା। ପଛକୁ ବୁଲିକି ଚାହିଁଲା ବେଳକୁ ସେ ଆସି ମୋ ହାତରେ ଗୋଟେ ପ୍ୟାକେଟ ବିସ୍କୁଟ ଆଉ ଅଣ୍ଡା ଦେଇ କହିଲା- 'ନେ ସ୍ମୃତି ଖାଇଦେ। ସାର୍ କହିଛନ୍ତି ଆଜି ପାଞ୍ଚଟା କ୍ଲାସ ହେବ। ଆଉ ଖାଇବାକୁ ବି ସମୟ ନାହିଁ। ତୁ ଖାଇକି କ୍ଲାସ୍‌କୁ ଆସେ ମୁଁ ଭିତରେ ଅଛି।

ତାକୁ କିଛି କହିବା ଆଗରୁ ହିଁ ସେ କ୍ଲାସ୍ ଭିତରକୁ ପଶିଯାଇଥିଲା ଆଉ ମତେ ବି ଜୋରରେ ଭୋକ ଲାଗୁଥିଲା ମୁଁ ଆଉ କିଛି ନପଚାରି ଖାଇଦେଇ ଥିଲି। ଆଉ ଭାବିଲି କାଇଁ ଏଯାଏ ତ ଘରୁ ଫୋନ୍ କଲେନି ହଉ ନକରନ୍ତୁ ମୁଁ ବି କରିବିନି।

ସେଦିନ କ୍ଲାସ୍ ସରୁ ସରୁ ପାଞ୍ଚଟା। ଆମେ ସମସ୍ତେ ରୁମ୍‌କୁ ଯିବାପାଇଁ ବାହାରିଛୁ ଯେ ମୋ ସାଙ୍ଗ କହିଲା 'ଚାଲ ଆଜି ସମସ୍ତେ ସମୁଦ୍ର କୂଳକୁ ଯିବା। ରୁମ୍ ରେ ରହି ରହି ଭଲ ଲାଗୁନି। ଆଉ ଆଜି ମୋ ତରଫରୁ ସମସ୍ତଙ୍କୁ ଖାଇବାକୁ ଦେବି।'

ଆମେ ସମସ୍ତେ ବି ବୁଲିବାକୁ ବାହାରି ପଡ଼ିଲୁ। ସେଠି ବହୁତ୍ ମଜା ହେଲା। ଏହା ଭିତରେ ମୁଁ ରାଗିକି ଆସିଛି ବୋଲି ସେମାନଙ୍କୁ କହିବାକୁ ସୁଯୋଗ ପାଇଲିନି।

ସେଦିନ ବୁଲିକି ରୁମ୍‌କୁ ଆସିଲା ବେଳକୁ ରାତି ୮ଟା। ରୁମକୁ ଆସି ଯିଏ ଯାହାର ଫୋନ କରି ଘର ଲୋକଙ୍କ ସହ କଥା ହେବାରେ ଲାଗିଲେ। ହେଲେ ମୁଁ ଫୋନ୍ ଦେଖେତ ଘରୁ ଫୋନ୍ ଆସିନି ମତେ ଜୋର୍ ରେ କାନ୍ଦ ଲାଗିଲା ହେଲେ କାହାକୁ କିଛି କହିପାରି ନଥିଲି। ରାତିରେ ଶୋଇବାକୁ ଗଲାବେଳେ କ'ଣ ପାଇଁ କେଜାଣି ଆଉ କାନ୍ଦକୁ ଲୁଚେଇ ପାରୁନଥିଲି। ଜୋରସେ କାନ୍ଦିବାକୁ ଲାଗିଲି। ମୋ କାନ୍ଦ ଦେଖି ମୋ ସାଙ୍ଗ ମାନେ ମତେ କ'ଣ ହେଇଛି ବୋଲି ପଚାରିଲେ ଆଉ ଦିନସାରାର ରାଗ ଆଉ କୋହକୁ ମୁଁ ସେମାନଙ୍କ ଆଗରେ ଲୁହ ଆଉ ଥର ଥର କଣ୍ଠରେ କହି ଉଠିଲି।

'ଦେଖ ଆମ ଘରେ ମତେ କେହି ଭଲ ପାଉନାହାନ୍ତି। ଆଉ ଘରକୁ ଯିବିନି। ମୁଁ ଯଦି ଟିକେ ରାଗିଯାଉଛି, ତେବେ ସେମାନେ ମତେ ବୁଝେଇବା କଥା ନା ନାହିଁ ହେଲେ ସେମାନେ ବୁଝେଇବେ କ'ଣ ମୁଁ କୁଆଡ଼େ ଗଲି ଟିକେ କଲ କରି ପଚାରୁ ନାହାନ୍ତି। ମତେ ଲାଗୁଚି ମୁଁ ଅନାଥ ହୋଇଥିଲେ ଭଲ ହେଇଥାନ୍ତା।'

ମୋ ପାଟିରୁ ଶେଷ ପଦ ସରିଛି କି ନାହିଁ ହଠାତ୍ ମୋ ସାଙ୍ଗର ଏକ ଶକ୍ତ ଚାପୁଡ଼ା ମୋ ଗାଲରେ ବାଜିଲା। ମୁଁ କିଛି ବୁଝିବା ଆଗରୁ ସେ କହିଲା- 'ତୁ କ'ଣ ଭାବୁଛୁ ଘରେ ତୋ କଥା ଚିନ୍ତା କରୁନାହାନ୍ତି। ଆରେ ତୁ କିଛି ନକହିକି ଆସିଲା ପରେ ତୋ ମା ମନ କ'ଣ ହଉଛି ତୁ ଜାଣିବାକୁ ଚେଷ୍ଟା କରିଛୁ କି ?ତୁ ଖାଇନୁ ବୋଲି ତୋ ମା ମତେ କଲ୍ କରିକି ତତେ ଖାଇବାକୁ ଦେବାପାଇଁ କହିଥିଲେ। ଆଉ ତୋ ମନ ଦୁଃଖ ଅଛି ବୋଲି ବୁଲିବାକୁ ବି କହିଥିଲେ। ଆଉ ସବୁ ପଇସା ତୋ ମା ମୋ ପାଖକୁ ପଠାଇଥିଲେ।

ସେ ଆଉ କ'ଣ ସବୁ କହି ଚାଲିଥିଲା ହେଲେ ସେତେବେଳକୁ ମୁଁ ଆଉ ଶୁଣିବା ଅବସ୍ଥାରେ ନଥିଲି। ସେଠୁ ସିଧା ଉଠିଯାଇ ଫୋନ୍ ଆଣି ସମୟ ଦେଖେ ତ ରାତି ୧୧.୩୦। ଘରେ ସମସ୍ତେ ୧୦ ଟା ବେଳକୁ ଖାଇ ଶୋଇ ପଡନ୍ତି। ଏତେ ରାତିରେ ଆଉ ଫୋନ୍ ନକରି ୪-୫ ବ୍ଲାଙ୍କ ମେସେଜ ମା'କୁ ପଠେଇ ଦେଲି ହଠାତ୍ ମା ର ମେସେଜ ଆସିଲା କି -'ରାତି ବହୁତ୍ ହେଲାଣି ଯା ଶୋଇପଡ଼। ଫୋନ୍ ଟିକେ ଦୂରରେ ରଖି ଶୋଇବୁ'।

ମୁଁ ଭାବୁଥିଲି ମା ତ ୧୦ଟା ବେଳକୁ ଶୋଇପଡେ ହେଲେ ଏଯାଏ ଶୋଇନି କ'ଣ ପାଇଁ ଆଉ ମୋ ବ୍ଲାଙ୍କ ମେସେଜକୁ ସେ ପଢିଲା କେମିତି ?

ଏମିତି ଭାବୁ ଭାବୁ କେତେବେଳେ ଯେ ମୁଁ ଶୋଇପଡିଛି। ସକାଳୁ ଫୋନ୍ ବାଜିବାରୁ ଉଠି ଦେଖିଲା ବେଳକୁ ମାର ୮ ଟା ମିସ୍ଡ କଲ୍।

କ'ଣ କହିବି ? କେମିତି ସରି କହିବି ଭାବିକି ଫୋନ୍ ଉଠେଇଲା ବେଳକୁ ସେପଟୁ ସେମିତି ରାଗ ତମ୍ ତମ ଗାଳି ଶୁଣା ଯାଉଥିଲା।

'ଦେଖୁନ ମୋ କଥା ଖରାପ ଲାଗିଲା ବୋଲି ଘରୁ ରଷି ପଳେଇ ଥିଲା ଆଜି ପୁଣି କେମିତି ୯ ଟା ଯାଏ ଶୋଇଛି। ମୁଁ କ'ଣ ମିଛ କହୁଥିଲି କି ?.........

ଆଉ କେତେ କ'ଣ ସେ କହି ଚାଲିଥିଲା ଆଉ ତା' କଥା ଶୁଣି ମୁଁ ପୁଣି ରାଗିକି ଫୋନ୍ କାଟିଦେଇ କହିଲି ଆଉ ଘରକୁ ଯିବିନି....

ଆଉ ଆମ କଥା ଶୁଣି ମୋ ସାଙ୍ଗମାନେ ହସି ହସି କହି ଉଠିଲେ -'ସତରେ ଏ ସମ୍ପର୍କ କେବେବି ବଦଳିବନି।'

■

ଘରୁଆ ଝିଅ

ସକାଳୁ ସକାଳୁ ଠାକୁର ପୂଜା କରିବାକୁ ଠାକୁର ଘରେ ଥିବା ବେଳେ ମୋ ସାଙ୍ଗ ମାଳତିର ଫୋନ ଆସିଲା କି ଆଜି ପୁଅ ଘର ଲୋକ ଦେଖିବାକୁ ଆସୁଛନ୍ତି। ସେମାନେ ବାରଟା ଭିତରେ ଆସି ପହଁଚି ଯିବେ। ଏଥର ବାପା ବୋଉ ସହ ନିଜେ ପୁଅ ମଧ୍ୟ ଦେଖିବାକୁ ଆସୁଛି ତେଣୁ କରି ଏଥର ଯେମିତି ସବୁ ଜଗି ରଖିକି କାମ କରିବାକୁ ପଡ଼ିବ। ଭାଉଜ କହି ହେଉଥିଲେ କି ପୁଅଟି ସରକାରୀ ଚାକିରୀ କରୁଛି, ବାପା ଓ ମା ଉଭୟ ଅବସରପ୍ରାପ୍ତ ଶିକ୍ଷକ ଶିକ୍ଷୟିତ୍ରୀ। ଖୁବ୍ ଭଲ ଲୋକ ଏମାନେ। ତାଙ୍କର ସେମିତି କିଛି ଦରକାର ନାହିଁ ସେମାନେ ଖାଲି ଖୋଜୁଛନ୍ତି ଗୋଟେ ଭଲ ଘରୁଆ ଝିଅଟିଏ। ଭାଉଜ ଏମିତି କେତେ କ'ଣ କହି ଫୋନ ରଖି ଦେଇଥିଲେ ହେଲେ ମୋ ମନଟା ସେଇ ଘରୁଆ ଶବ୍ଦ ପାଖରେ ସତେ ଯେମିତି ଅଟକି ଯାଇଥିଲା।

ମୋର ମନେ ପଡି ଯାଉଥିଲା ମୋ ଘର କଥା। ଯାହାକୁ ମୁଁ ନିଜ ଘର ଭାବି ବାପଘର ଲୋକଙ୍କୁ ଛାଡି ପଳେଇ ଆସିଥିଲି ସେ କେମିତି ମୋତେ ତା' ଘର ଛାଡ଼ି ଆସିବାକୁ ବାଧ୍ୟ କରି ଦେଇଥିଲା। ମନେ ପଡ଼ି ଯାଉଥିଲା ଆଜିକୁ ପଚିଶି ବର୍ଷ ତଳର କଥା ଯେବେ ପ୍ରଥମ କରି ମୁଁ ସୀମାର (ମୋ ବଡ଼ ଝିଅ) ବାବାଙ୍କୁ ଦେଖିଥିଲି। ସେତେବେଳକୁ ମୁଁ ନୂଆ ନୂଆ କଲେଜ ଯାଉଥାଏ। ନୂଆ ଜାଗା ନୂଆ ପରିସ୍ଥିତି ଭିତରେ ସେ କେମିତି ଏତେ ନିଜର ପାଲଟି ଯାଇଥିଲେ ମୁଁ ଏବେ ବି ଭାବି ପାରୁନାହିଁ। ତାଙ୍କର ଖୁବ୍ ସହଜରେ ଅନ୍ୟ ସହ ମିଶିଯିବା, ସବୁବେଳେ ଅନ୍ୟକୁ ନିଜ କଥାରେ ବାନ୍ଧି ରଖିବା, ଖୁବ୍ ସୁନ୍ଦର କବିତା ଲେଖିବା, ସମସ୍ତଙ୍କଠାରୁ ଭଲ ପଢ଼ିବା ଏମିତି ଅନେକ କାରଣ ଭିତରୁ କେଉଁ କାରଣ ମୋତେ ତାଙ୍କ ଆଡ଼କୁ ଟାଣି ନେଇଥିଲା ମୁଁ ନିଜେ ବି ଜାଣି ନଥିଲି। ଏତେ ଝିଅ ତାଙ୍କ ପାଇଁ ପାଗଳ ହୋଇଥିବା ବେଳେ ସେ ମୋ ପରି କିଛି ଆକର୍ଷଣୀୟ ନଥିବା ଝିଅକୁ କେମିତି ଭଲ ପାଇଲେ ମୁଁ ବୁଝି ପାରି

ନଥିଲେ ବି ନିଜକୁ ଖୁବ୍ ଭାଗ୍ୟବତୀ ବୋଲି ଭାବି ମନେମନେ ଗର୍ବ କରୁଥିଲି। ତା' ପରେ ତାଙ୍କ ସହ ପ୍ରେମ, ଘର ଲୋକଙ୍କ ବିରୋଧ ଏବଂ ଶେଷରେ ତାଙ୍କ ପାଇଁ ମୋର ନିଜ ଘର ଛାଡ଼ିବା ଘଟଣା ଖୁବ୍ ଶୀଘ୍ର ଘଟି ଯାଇଥିଲା।

ପ୍ରେମରେ ପଡ଼ିଥିବା ସବୁ ମଣିଷ ବୋଧହୁଏ କିଛି ସମୟ ପାଇଁ ନିଜର ସବୁ ବାସ୍ତବତାକୁ ଭୁଲି ସ୍ୱପ୍ନରେ ବିଚରଣ କରିଥାନ୍ତି। ଆଉ ସେଇ ସ୍ୱପ୍ନ ଭାଙ୍ଗି ଗଲା ପରେ ପୁଣି ଥରେ ବାସ୍ତବତାକୁ ଫେରି ଆସିବାକୁ ସେମାନଙ୍କୁ ଖୁବ୍ କଷ୍ଟ ହୋଇଥାଏ।

ଠିକ୍ ସେମିତି ହୋଇଥିଲା ମୋ ସହ। ନୂଆ ନୂଆ ପ୍ରେମ, ତା' ପରେ ବିବାହ ପରେ ପରେ ସୀମାର ଜନ୍ମ ଏମିତି କିଛି ଘଟଣା ପରେ ସମୟ ଖୁବ୍ ଜଲଦି ବଦଳି ଯାଇଥିଲ। କେବେ କୌଣସି ଦାୟିତ୍ୱ ନେଇ ନଥିବା ସୀମାର ବାବା ଥିଲେ ଖୁବ୍ ବେଖାତିର ମଣିଷ ଟିଏ। ସ୍ୱପ୍ନ ଦେଖିବା ଏବଂ ସ୍ୱପ୍ନ ଦେଖେଇବା ହିଁ ତାଙ୍କର କାମ ଥିଲା। ବାସ୍ତବତାକୁ ନେଇ ବଞ୍ଚିବାକୁ ସେ ଚାହୁଁ ନଥିଲେ। କୌଣସି ଦାୟିତ୍ୱ କେବେ ନେଇ ନଥିବା ଓ ଜୀବନକୁ ଖାଲି ଉପଭୋଗ କରି ସମୟ କାଟୁଥିବା ମଣିଷକୁ ଯେତେବେଳେ କୌଣସି ଦାୟିତ୍ୱରେ ବାନ୍ଧି ଦିଆଯାଏ ସେତେବେଳେ ସେ ସେଥିରୁ ମୁକୁଳିବାକୁ ସବୁବେଳେ ଛାଟିପିଟି ହୋଇ ସୁଯୋଗର ଅପେକ୍ଷାରେ ଥାଏ।

ମଣିଷ ଜୀବନରେ କିଛିଟା ଭୁଲ ନିଷ୍ପତ୍ତି ନେଇ ଯାଇଥାଏ। ଆଉ ସେଇ ଭୁଲ ନିଷ୍ପତ୍ତି ହିଁ ତା' ଜୀବନକୁ ନଷ୍ଟ କରି ଦେଇଥାଏ। ସୀମା ବାବାଙ୍କର ଜୀବନର ସବୁଠୁ ବଡ଼ ଭୁଲ ନିଷ୍ପତ୍ତି ଥିଲା ମୋତେ ବାହା ହେବା ବୋଲି ସେ ମୋତେ ବାରମ୍ବାର କହୁଥିଲେ। ହେଲେ ମୁଁ ତାଙ୍କୁ କହିବାକୁ ଚାହିଁ ମଧ୍ୟ କହି ପାରୁନଥିଲି କି ଭଲ ପାଇବାରେ ଭୁଲ ନିଷ୍ପତ୍ତି କିଛି ନଥାଏ। ଆମେ ପରସ୍ପରକୁ ଭଲପାଇ ଥିଲେ ଆଉ ସାରା ଜୀବନ ଏକାଠି ରହିବା ବୋଲି ହିଁ ବାହା ହେବାକୁ ନିଷ୍ପତ୍ତି ନେଇଥିଲେ ଏବେ ଏ ସଂସାର ଆମର। ଜୀବନରେ ସମସ୍ତଙ୍କୁ କିଛି ନା କିଛି ଦାୟିତ୍ୱ ନେବାକୁ ପଡ଼େ। ଜୀବନରେ କେବେ ରୋଷେଇ କରି ନଥିବା କି କିଛି ଦୁଃଖକୁ ବୁଝୁ ନଥିବା ମୁଁ ନିଜେ କେମିତି ଏବେ ସବୁ କଥାକୁ ତୁଲେଇବା ପାଇଁ ମୋର ସମସ୍ତ ଚେଷ୍ଟା କରୁଛି ସେକଥା ସେ କେମିତି ଦେଖି ପାରୁ ନଥିଲେ କି ଦେଖିବାକୁ ଚେଷ୍ଟା କରୁ ନଥିଲେ ମୁଁ ଆଜି ପର୍ଯ୍ୟନ୍ତ ବି ବୁଝି ପାରୁନି।

ଧୀରେ ଧୀରେ ଝିଅ ହେବା ପରେ ଦାୟିତ୍ୱ ନେବାକୁ ପଡ଼ିବାରୁ ସେ ବଦଳିବାରେ ଲାଗିଲେ। ନିଶା ଖାଇବା, ଜୁଆ ଖେଳିବା, ରାତି ଅଧ ଯାଏଁ ବାହାରେ ରହିବା, ଘରୁ ଜିନିଷ ନେଇ ବିକିବା ଏମିତି ଅନେକ ଖରାପ ଅଭ୍ୟାସ ମୁଁ ତାଙ୍କ ପାଖରେ ଦେଖିବାକୁ ପାଇଲି। ଏକଥା ବି ଧୀରେ ଧୀରେ ଜାଣିବାକୁ ପାଇଲି କି ଏସବୁ

ଅଭ୍ୟାସ ତାଙ୍କର ମୋତେ ବାହା ହେବା ପୂର୍ବରୁ ହିଁ ଥିଲା । ହେଲେ ସେତେବେଳେ ମୁଁ ତାଙ୍କ ପ୍ରେମରେ ଏତେ ଅନ୍ଧ ହୋଇ ଯାଇଥିଲି ଯେ ମୋତେ ତାଙ୍କର କିଛି ଖରାପ ଗୁଣ ଦେଖା ଯାଉ ନଥିଲା । ତାଙ୍କୁ ବଦଳେଇବାକୁ ମୁଁ ବହୁତ୍ ଚେଷ୍ଟା କରିଥିଲି । କେତେ ଓଷା, କେତେ ଉପବାସ କେତେ ମନ୍ଦିର ଏମିତି କି ଗୁଣିଆ ପାଖକୁ ଯିବାକୁ ବି ମୁଁ ପଛେଇ ନଥିଲି ହେଲେ ମୋର କୌଣସି କଥା ତାଙ୍କ ଉପରେ କିଛି ବି ପ୍ରଭାବ ପକାଉ ନଥିଲା ।

ଏମିତି ଭାବରେ ମୋର ଆଉ ଗୋଟେ ଝିଅ ମାମା ର ଜନ୍ମ ମୋ ଜୀବନକୁ ପୁଣି ବଦଳେଇ ଦେଇଥିଲା । ଏଥର ସେ ମୋ ଉପରକୁ ହାତ ଉଠେଇବାକୁ ଆରମ୍ଭ କରିଦେଇଥିଲେ । ଧୀରେ ଧୀରେ ତାଙ୍କର ସବୁ ଖରାପ ଅଭ୍ୟାସର ସଂଖ୍ୟା ବଢ଼ିବାକୁ ଲାଗିଲା । ଘରେ କେବେ ବି ଦୁଃଖ କ'ଣ ଜାଣି ନଥିଲି ହେଲେ ଯାହା ହାତ ଧରି ସୁଖରେ ରହିବାକୁ ଚାଲି ଆସିଥିଲି ସେ ଯେ ଏମିତି କଷ୍ଟ ଦେବ ସେକଥା ମୁଁ କେବେ ବି ବିଶ୍ୱାସ କରି ପାରୁ ନଥିଲି । ତାଙ୍କୁ ବଦଳେଇ ବାକୁ ଯାଇ ମୁଁ କେତେ ମାଡ଼ ଖାଇଛି, କେତେ ଥର ଚୁଡ଼ି ଭାଙ୍ଗି ମୋ ହାତରୁ ରକ୍ତ ବାହାରିଛି ଏବେ ବି ମନେ ପଡିଲେ ମୋ ଦେହ ଶୀତେଇ ଉଠେ ।

ଧୀରେ ଧିରେ ତାଙ୍କ ଅତ୍ୟାଚାର ବଢ଼ିବାକୁ ଲାଗିଥାଏ । ପିଲା କ'ଣ ଖାଇବେ, ଘର କେମିତି ଚାଲିବ ସେ କଥା ବୁଝିବା ବଦଳରେ ସେ ଘରେ କୋଉଠି କ'ଣ ଜିନିଷ ଅଛି, ଧାନ ବିଲ କେତେ ଅଛି, ଘରକୁ ଆସିଥିବା କୁଣିଆ କେତେ ଟଙ୍କା ଦେଲେ ସେ କଥା ଖୁବ୍ ଭଲରେ ବୁଝୁଥିଲେ । ଆଉ ଏତେ ଭଲରେ ବୁଝୁଥିଲେ ଯେ ଧୀରେ ଧିରେ ସବୁ ବିଲ, ସୁନା ଜିନିଷ ଆମ ଘରୁ ସରି ଆସିଲା । ସବୁ ଜିନିଷକୁ ନେଇ ଜୁଆ ଖେଳିବା ନିଶା ଖାଇବା ହିଁ ତାଙ୍କର ଏକ ମାତ୍ର ଲକ୍ଷ୍ୟ ଥିଲା ।

ସବୁ ଅତ୍ୟାଚାର ସହି ମୁଁ ତାଙ୍କ ସହ ଥିଲି କାଳେ ସେ ବଦଳି ଯିବେ । ଭଲ ପାଉଥିବା ମଣିଷଟି ବଦଳି ଯାଇ ପୁଣି ଥରେ ଭଲ ମଣିଷ ଟିଏ ପାଲଟି ଯାଉ ବୋଲି ସମସ୍ତେ ଚାହାଁନ୍ତି ହେଲେ ସେଇ ଦିନ ସେ ସବୁ ସୀମା ପାର କରିଦେଲେ ଯୋଉ ଦିନ ସେ ଶୋଇଥିବା ବେଳେ ସାନ ଝିଅ ମାମା ଖାଇବା ପାଇଁ ଜୋରସେ କାନ୍ଦିବାକୁ ଆରମ୍ଭ କରିଥିଲା । ଘରେ କିଛି ଖାଇବାକୁ ନଥିଲା ହେଲେ ଛୋଟ ଛୁଆ ସେ କ'ଣ ବୁଝିବ ସେଥିପାଇଁ ସେ ରାହା ଧରି କାନ୍ଦିବାକୁ ଆରମ୍ଭ କରି ଦେଇଥିଲା ଯାହାକୁ ବନ୍ଦ ହେବାର ନାଁ ଧରୁ ନଥିଲା । ନିଶା ଖାଇ ଅଧ ରାତିକୁ ଫେରିଥିବା ତା' ବାବାଙ୍କ ରାତିର ନିଶା ତୁଟି ନଥିବା ବେଳେ ଝିଅର କାନ୍ଦ ତାଙ୍କ ନିଦକୁ ବାରମ୍ବାର ଭାଙ୍ଗି ଦେଉ ଥିବାରୁ ସେ ଖଟରୁ ଉଠି ଆସି ମାମାର ତଣ୍ଟି ଚିପିବାକୁ ଲାଗିଲେ ।

ଗୋଟେ ବାପା କ'ଣ ସତରେ ଏତେ ନିଷ୍ଠୁର ହୋଇପାରେ ଏକଥା ହୁଏତ ଅନେକ ଜଣ ପ୍ରଶ୍ନ କରି ପାରନ୍ତି ହେଲେ ସେଦିନର କଥା ମନେ ପଡ଼ିଲେ ଆଜି ବି ମୋ ଦେହ ଶୀତେଇ ଉଠେ। ମାଆଟିଏ ସବୁ ଅତ୍ୟାଚାର ସହିବ ହେଲେ ନିଜ ସନ୍ତାନ ଉପରେ ହେଉଥିବା ଅତ୍ୟାଚାର ସହି ପାରିବନି। ତେଣିକି ସେ ଅତ୍ୟାଚାର କରୁଥିବା ମଣିଷଟି ନିଜ ସ୍ୱାମୀ ବି ହେଇଥାଉ ନା କାହିଁକି। ଦୀର୍ଘ ବାର ବର୍ଷର ଯନ୍ତ୍ରଣା ଅଭିମାନ ଦୁଃଖ କଷ୍ଟ ସେଦିନ ମୋର କ୍ରୋଧ ରୂପେ ବାହାରକୁ ବାହାରି ଆସିଥିଲା। ଆଉ ତା'ପରେ ...ଯାହାଙ୍କର ଆଜି ଯାଏଁ ମୁଁ ସବୁ ଅତ୍ୟାଚାର ସହି ଆସୁଥିଲି ସେ ସେଦିନ ମୋତେ ମାଡ଼ ମାରି ଘରୁ ବାହାର କରିଦେଇଥିଲେ। ବୋଧହୁଏ ସେ ସେକଥା ବହୁ ଆଗରୁ ହିଁ ଚାହୁଁଥିଲେ।

ଦୁଇ ଦୁଇଟା ପିଲାଙ୍କୁ ନେଇ ମୁଁ ଘର ଛାଡ଼ିଥିଲି। ଯେଉଁ ଘର ମୋର ଥିଲା ଭାବି ମୁଁ ଖୁବ୍ ସଜେଇ ଥିଲି। ବାରମ୍ବାର ଭାଙ୍ଗି ଯାଉଥିବା ସେ ଦୁର୍ବଳ ଘରଟିକୁ ମୁଁ ସ୍ନେହ ଆଉ ଭଲ ପାଇବାର ଲେପ ଦେଇ ଯୋଡ଼ିବାକୁ ବହୁତ୍ ଚେଷ୍ଟା କଲା ପରେ ବି ସେ ଭାଙ୍ଗି ଯାଉଥିଲା କାରଣ ତା' ମୂଳଦୁଆ ପ୍ରଥମରୁ ହିଁ ଖୁବ୍ ଦୁର୍ବଳ ଥିଲା ବୋଲି ମୁଁ ସେଦିନ ବୁଝିଥିଲି।

ଏହା ପରେ ଆରମ୍ଭ ହୋଇ ହୋଇଥିଲା ମୋର ସଂଘର୍ଷର କାହାଣୀ। ପାଲଟି ଯାଇଥିଲି ସ୍ୱୟଂସିଦ୍ଧା। ଟେଲର କାମ କରି ଦୁଇ ଦୁଇଟା ପିଲାଙ୍କୁ ପାଠ ପଢ଼େଇବା ଆଉ ମଣିଷ କରିବାକୁ ମୋତେ କେତେ କଷ୍ଟ କରିବାକୁ ପଡ଼ିଥିଲା ଆଜି ବି ଭାବିଲେ ଆଶ୍ଚର୍ଯ୍ୟ ଲାଗେ କି ଏତେ ଧର୍ଯ୍ୟ ମୋ ଭିତରେ ଆସିଲା କେମିତି।

ହେଲେ ଆଜି ପଚିଶି ବର୍ଷ ପରେ ସେଇ ଧର୍ଯ୍ୟ ମୋର ଯେମିତି ଭାଙ୍ଗିବାରେ ଲାଗିଲାଣି। ଆଜିର ପୁଅ ଘରକୁ ମିଶେଇ ପାଞ୍ଚ ଜଣ ଦେଖିବାକୁ ଆସିଲେଣି। ଆସୁଛନ୍ତି ଝିଅ ଦେଖୁଛନ୍ତି, ଝିଅ ପସନ୍ଦ କଲା ପରେ ପଚାରୁଛନ୍ତି ଝିଅର ବାପା କାହାନ୍ତି। ସବୁ ଶୁଣିଲା ପରେ ଖବର ପଠାଉଛନ୍ତି ଆମକୁ ଗୋଟେ ଘରୁଆ ଝିଅ ଦରକାର। ମୁଁ ବୁଝି ପାରୁ ନଥିଲି ଘରୁଆ ଝିଅ ମାନେ କ'ଣ। ମୋର ଦୁଇ ଝିଅ ଖାଲି ଦେଖିବାକୁ ନୁହେଁ ପାଠଠାରୁ ଆରମ୍ଭ କରି ନାଚ ଗୀତ ସବୁଥିରେ ଆଗୁଆ। ଆଜି ଯାଏଁ ବୃତ୍ତି ପାଇ ପାଇ ନିଜ ପାଠ ପଢା ସାରିଛନ୍ତି। ବଡ଼ ଝିଅଟି ଏ ବର୍ଷ ପିଜି ପାସ୍ କରି ପିଏଚଡ଼ି ପାଇଁ ପକେଇଛି ତା' ସହ ଅଧ୍ୟାପିକା ଟିଏ ହେବା ପାଇଁ ପରୀକ୍ଷା ମଧ୍ୟ ଦେଇଛି। ଆଉ ସାନ ଝିଅଟି ବିଏ ପାସ୍ କରି ପିଜି କରିବାକୁ ଯାଉଛି।

ଆଗକୁ ପଢିବାକୁ ଦୁଇ ଜଣଙ୍କର ବହୁତ୍ ଇଚ୍ଛା। ହେଲେ ବାପା ନଥିବା ଝିଅକୁ ହାତରୁ ଦୁଇ ହାତ କରିଦେଲେ ମୁଁ ଶାନ୍ତିରେ ମରି ପାରିବି ଭାବି ମୁଁ ବାହାଘର

କରି ଦେବାକୁ ଭାବୁଛି। ବିନା ପୁରୁଷରେ ବଞ୍ଚିବା ଏ ସମାଜରେ କେତେ କଷ୍ଟ ସେକଥା ଜାଣି ସାରିଲା ପରେ ଝିଅ ମାନଙ୍କୁ ଆଉ ସେ କଷ୍ଟ ଯେମିତି ନ ହୁଏ ସେଥିପାଇଁ ବାହାଘର କଥା ମୁଣ୍ଡକୁ ଆସିଛି। ଝିଅର କିଛି ଦୋଷ ନଥାଇ ବାହାଘର ଭାଙ୍ଗି ଯାଉଥିବାରୁ ଏବେ ମୋତେ ନିଜକୁ ଦୋଷୀ ଦୋଷୀ ଲାଗୁଛି। ବହୁତ୍ ଥର ତା' ବାବାଙ୍କ ପାଖକୁ ଯାଇ ମୁଁ ତାଙ୍କୁ ବୁଝାଇବାକୁ ଚେଷ୍ଟା କରିଛି। ସେ ମଦ ଆଉ ଜୁଆ ଖେଳିବା ଛାଡ଼ି ଆମ ପାଖରେ ରୁହନ୍ତୁ ବୋଲି ହେଲେ ଯାହାର ପ୍ରକୃତି ଯାହା ସେ କ'ଣ କେବେ ଛାଡ଼ି ପାରିବ ? ଶେଷରେ ସେ ବଦଳି ଯିବେ ବୋଲି ମୋର ଯୋଉ ଆଶା ଥିଲା ସେ ଆଶା ମୁଁ ଛାଡ଼ି ଦେଇଛି।

ଏତେ ସବୁ ଭଲ ଗୁଣ ଥାଉ ଥାଉ ଏ ଘରୁଆ ଝିଅ ପାଇଁ ମୋ ଝିଅକୁ କିଏ ବୋହୂ କରିବାକୁ ରାଜି ନ ହେବା କଥା ମୁଁ ସହଜରେ ଗ୍ରହଣ କରି ପାରୁ ନଥିଲି। ସେଦିନ ମୋ ସାଙ୍ଗ ମାଳତୀ କହୁଥିଲା ଆଜି କାଲି କୁଆଡେ କରଣ ଘରେ ଝିଅ ମିଳିବା ଖୁବ୍ କଷ୍ଟ। ଝିଅ ପାଠ ପଢ଼ି ଥିଲେ ପୁଅ ଘର ଖୋଜି ଖୋଜି ବାହା କରିବାକୁ ଆସୁଛନ୍ତି। ହେଲେ ସେମିତି ଲୋକ କାଇଁ ଆଜି ଯାଏଁ ମୁଁ ପାଇଲି ନାହିଁ।ଯେଉଁ ମାନେ ଘରୁଆ ଝିଅ ଖୋଜୁଛନ୍ତି ସେମାନେ ଜାଣିବା ଦରକାର ବିନା ବାପା ରେ ଆଜି ଯାଏଁ ବଞ୍ଚିଥିବା ଝିଅ ହିଁ ପ୍ରକୃତ ଘରୁଆ। ନିଜ ସାମର୍ଥ୍ୟରେ ନିଜ ଗୋଡ଼ରେ ଠିଆ ହେବ ପାଇଁ ଆଜି ଯାଏଁ ସଂଘର୍ଷ କରି ଆସିଥିବା ବାପା ନଥିବା ଝିଅ ହିଁ ଗୋଟିଏ ପରିବାରକୁ ଠିକ୍ ଭାବେ ତୁଲେଇ ପାରିବ ସେକଥା ଏ ଶିକ୍ଷିତ ଲୋକେ ବୁଝି ପାରୁ ନାହାଁନ୍ତି କେମିତି ?

ଏମିତି ଭାବୁ ଭାବୁ ସମୟ ହୋଇଗଲାଣି। ପୁଅ ଘର ଲୋକ ଆସିବା ସମୟ ବି ଅତିକ୍ରାନ୍ତ ହେଲାଣି। ତାଙ୍କୁ ଅପେକ୍ଷା କରି କରି ଫୋନକୁ ବାରମ୍ବାର ଦେଖୁଥିବା ବେଳେ ସାନ ଝିଅ ମାମାର ଫୋନ ଆସିଛି। ସେ କହିଛି ସୀମା ଏସଏସବି ପାଇ ଯାଇଛି ଆଉ ସରକାରୀ ଅନୁଦାନପ୍ରାପ୍ତ ମହାବିଦ୍ୟାଳୟରେ ଅଧ୍ୟାପିକାଟିଏ ହେବାପାଇଁ ଯୋଗ୍ୟ ବିବେଚିତା ହୋଇଅଛି। ଆଉ ମାମାର ଗୋଟିଏ ଗପ କଥାର ନବ ପ୍ରତିଭା ପ୍ରତିଯୋଗିତାରେ ପୁରସ୍କୃତ ହେବାକୁ ଯାଉଛି ଯାହାକୁ ଜାଣି କୌଣସି ଏକ ପ୍ରକାଶକ ତା'ର ଏକ ଗଳ୍ପ ସଙ୍କଳନ ପ୍ରକାଶ କରିବାକୁ ଇଚ୍ଛା ପ୍ରକାଶ କରିଛନ୍ତି। ଏତେ ସବୁ ଖୁସି ଖବର ଏକ ସାଙ୍ଗରେ ପାଇ ମୁଁ ଜାଣି ପାରୁ ନଥିଲି କେମିତି ପ୍ରତିକ୍ରିୟା ପ୍ରକାଶ କରିବି।

ମଣିଷ ସବୁବେଳେ ସ୍ୱପ୍ନ ଦେଖୁଥାଏ। ହେଲେ ସେଇ ସ୍ୱପ୍ନ ଯେତେବେଳେ ବାସ୍ତବତା ରୂପ ନିଏ ସେ କିଛି ସମୟ ପାଇଁ ନିଜ ଭାଗ୍ୟ ଉପରେ ବିଶ୍ୱାସ କରି ପାରେନି। ମୋ ଅବସ୍ଥା ବି ଠିକ୍ ଏମିତି ହୋଇଥିଲା। ମୁଁ କିଛି ସମୟ ପାଇଁ ନିଜର

ଚେତନାରେ ନଥିଲି। ହଠାତ୍ ସୀମାର ଡାକ ଶୁଣି ପୂର୍ବ ଅବସ୍ଥାକୁ ଫେରି ଆସିଲି। ମୋ ଆଗରେ ଶାଢ଼ୀ ପିନ୍ଧି ସଜ ହୋଇଥିଲା ସୀମା ପୁଅଘର ଦେଖିବାକୁ ଆସିବା ପାଇଁ। ସେ ଆସି କହିଲା କି ପୁଅ ଘର କୁଆଡେ ଫୋନ କରି ମନା କରିଦେଲେ ମାଳତୀ ମାଉସୀଙ୍କୁ କି ତାଙ୍କୁ ଗୋଟିଏ ଘରୁଆ ଝିଅ ଦରକାର। ଯାହା ବାପା ମା ଅଲଗା ରହୁଛନ୍ତି, ବାପା ମଦୁଆ ସେମିତି ଘରୁ ସେମାନେ ଝିଅ ନେବେନି। ସେ ଆଉ କ'ଣ କହି ଯାଉଥିଲା ହେଲେ ମୁଁ ଉଠି ତାକୁ କୁଣ୍ଢେଇ ଧରି କହିଥିଲି -' ମା ଲୋ ଝିଅ ଜନ୍ମ ଖାଲି ବାହା ହୋଇ ଅନ୍ୟ ଘରକୁ ନିଜ ଘର ବୋଲି ଭାବି ସବୁ ଅତ୍ୟାଚାର ସହିଯିବା ନୁହେଁ। ମୁଁ ଆଜି ମୋ ଭୁଲ ବୁଝି ପାରୁଛି। ବିନା ପୁରୁଷରେ ଦୁନିଆରେ ବଞ୍ଚିବା କଷ୍ଟ ହେଲେ ଅସମ୍ଭବ ନୁହେଁ। ମୁଁ କେମିତି ଭୁଲି ଗଲି ନିଜେ ସ୍ୱୟଂସିଦ୍ଧା ପାଲଟି ତୁମ ମାନଙ୍କୁ ମୁଁ ଆଜି ଯାଏଁ ମଣିଷ କରି ଆସିଛି ଆଉ ତୁମେ ମାନେ ମୋ ଝିଅ ତୁମେ ମାନେ ବି ଜୀବନ ସହ ଲଢ଼ି ଏ ଦୁନିଆରେ ବଞ୍ଚି ପାରିବ। ସେତେବେଳେ ମୁଁ ଏକା ଥିଲି ହେଲେ ଏବେ ତୁମ ମାନେ ଏକା ନୁହେଁ ତୁମ ମାନଂକ ସହ ତମ ମା ଅଛି ସବୁ ପରିସ୍ଥିତି ଆଉ ସବୁ ସମୟରେ।

ଘରୁଆ ଝିଅ ଖୋଜୁଥିବା ଏ ସମାଜରୁ ତ ଏମିତି ବି କିଏ ଥିବେ ଯିଏ ପ୍ରକୃତ ଘର କ'ଣ ବୁଝି ଥିବେ ଆଉ ତୁମ ଦୁଇ ଜଣଙ୍କୁ ନେଇ ସେମାନଙ୍କର ଘର ତିଆରି କରିବେ। ଆଉ ଯଦି ବି ସେମିତି କିଏ ନଥିବେ ତେବେ ବି ଚିନ୍ତା ନାହିଁ। ତୁମେ ନିଜ ଘର ନିଜେ ତିଆରି କରି ପାରିବ ନିଜ ପ୍ରଚେଷ୍ଟାରେ। ଯାହାର ମୂଳଦୁଆ ଖୁବ୍ ଶକ୍ତ ଥିବ। ଟିକିଏ ବର୍ଷା ହେଉ ବା ବାତ୍ୟାର ପବନ ହେଉ ଯାହାକୁ ଦୋହଲେଇ ପାରୁ ନଥିବ।'

ଏତିକି କହି ତା' ମୁଣ୍ଡକୁ ଆଉଁସି ଦେବା ବେଳକୁ ମାମା କେତେବେଳେ ଆସି ମିଠା ଆଣି ଆମକୁ ଖୁଆଇ ଦେଇ କହିଲା ଘରୁଆ ଝିଅରୁ ଏବେ ମୁକ୍ତି ଏବେ ଚାଲ୍ ଆମେ ମିଶିକି ଆମ ସ୍ୱପ୍ନର ଘର ତିଆରି କରିବା। ତା' କଥା ଶୁଣି ଆମେ ମାଆ ଝିଅ ହସି ଉଠିଲୁ ଆଉ ଆମ ତିନି ଜଣଙ୍କ ହସରେ ହସରେ ଘର ବି ଯେମିତି ହସି ଉଠୁଥିଲା। ଯେଉଁ ହସ ଖୁବ୍ ନୀର୍ଭେଜାଲ ଥିଲା।

ସମ୍ପର୍କର ସରହଦ

କଲେଜ ହତାରେ ପାଦ ଦେଉ ଦେଉ ହଠାତ୍ କାହାର ସ୍ୱର ଶୁଣି ସୁନନ୍ଦା ଚମକି ପଡ଼ିଲା। ବୁଲିକରି ପଛକୁ ଚାହିଁଲା ବେଳକୁ ଜଣେ କଲେଜ ଡ୍ରେସ ପିନ୍ଧା ପୁଅ ଟିଏ ହସ ହସ ମୁହଁରେ ତା' ପଛରେ ଠିଆ ହୋଇଥିଲା। କିଛି ବୁଝିବା ଆଗରୁ ପୁଅଟି ତା' ଆଡକୁ ଆସି କହିବାକୁ ଲାଗିଲା

- 'ତୁମେ କ'ଣ ପ୍ରଥମ କରି ଆଜି କଲେଜ ଆସୁଛ ?

ତୁମ ନାଁ କ'ଣ ?

କ'ଣ ପଢୁଚ ?

କୋଉ ୟିଅର୍ ?

ଏମିତି ଅନେକ ପ୍ରଶ୍ନ ଏକା ସାଙ୍ଗରେ ଶୁଣି ସୁନନ୍ଦା ଟିକେ ହଡ଼ବଡେଇ ଯାଇଥିଲା। ଏତେ ସବୁ ପ୍ରଶ୍ନର ଗୋଟିଏ ଉତ୍ତର ଭାବେ ସେ କେବଳ କିଛି ନକହି ତଳକୁ ମୁହଁ ପୋତି କ୍ଲାସ୍ ଆଡ଼କୁ ଚାଲି ଯାଇଥିଲା।

ସୁନନ୍ଦାର ଆଜି ଥିଲା କଲେଜରେ ପ୍ରଥମ ଦିନ। ନୂଆ କରି ଘର ଛାଡ଼ି ଏକା ଦୂରରେ ରହିବାକୁ ଆସିଛି। ନୂଆ ଜାଗା ନୂଆ ପିଲାଙ୍କ ଭିତରେ ସେ ଯେ କେମିତି ରହିବ ଏକଥା ଭାବି କ୍ଲାସ୍ ଆରମ୍ଭ ହେବାର ଏକ ମାସ ପରେ ଯାଇ କଲେଜ ଆସିଛି। ଆଜି ସକାଳୁ ସକାଳୁ କଲେଜ ଆସିବ କି ଆସିବନି ଭାବି ଭାବି ଶେଷକୁ କଲେଜ ଆସୁ ଆସୁ ସେ ଅଜଣା ପୁଅର ଏତେ ସବୁ ପ୍ରଶ୍ନ ଶୁଣି ସେ ଅଧିକ ଡରି ଯାଇଥିଲା। ଭୟରେ ତା'ର ସେ ଗୋରା ତକ ତକ ମୁହଁ ଲାଲ ପଡ଼ି ଯାଇଥିଲା। ପିଲାଟି ଦିନରୁ ସେ ଏମିତି ଖୁବ୍ ଡରକୁଳି। କାହାକୁ ବେଶୀ କଥା କହି ପାରେନା କି କାହା ସହ ବେଶୀ ମିଶି ପାରେନା। ସ୍କୁଲରୁ ଆରମ୍ଭ କରି କଲେଜ ଯାଏଁ କେତୋଟି ହାତ ଗଣତି ଝିଅ ସାଙ୍ଗକୁ ଛାଡ଼ିଦେଲେ ସେ ଆଉ କାହା ସହ ବୋଧ ହୁଏ କେବେ କଥା ହୋଇନି।

ଆଜି ପ୍ରଥମ କରି ସେ ପୁଣି ଘରୁ ଦୂରରେ ଏକା ହଷ୍ଟେଲରେ ରହୁଛି । ଏମିତି ଡରି ଡରି ସେ କଲେଜ ରୁମ୍ ଭିତରକୁ ପଶୁ ପଶୁ କ୍ଲାସ୍ ସାରା ସବୁ ଅଜଣା ମୁହଁ ଦେଖି ତା' ମୁହଁ ଆହୁରି ମଉଳି ଗଲା । ଭୟ ଆଉ ଦୁଃଖକୁ ଛାତିରେ ଚାପି ରଖି ସେ ଗୋଟେ ସାଇଡରେ ବସି ଖାତା ବାହାର କରି ସାରଙ୍କ ଆସିବାକୁ ଅପେକ୍ଷା କରି ରହିଲା ।

ଏହି ସମୟରେ ପୁଣି କାହାର ସ୍ୱର ଶୁଣି ସେ ଚମକି ପଡ଼ିଲା । ଦେଖିଲା ସେଇ ହସ ହସ ମୁହଁ । ଯାହାକୁ ସେ କିଛି ସମୟ ପୂର୍ବରୁ ଦେଖିଥିଲା ।

କିଛି କହିବା ପୂର୍ବରୁ ସେ ପୁଅଟି ଚିହ୍ନିଲା ପରି ତାକୁ ଆସି କହିଲା

- 'ଓଃ ତୁମେ ତାହେଲେ ସୁନନ୍ଦା ପଟ୍ଟନାୟକ । ଆଜି ପ୍ରଥମ କରି କଲେଜ ଆସୁଛ । +୨ ରେ ୮୦% ମାର୍କ ରଖିଛ । ମୁଁ ତମ ବିଷୟରେ ସବୁ ଜାଣିଛି । ତୁମର ଚିନ୍ତା କରିବାର କିଛି ନାହିଁ । ଆଜି ଯାଏଁ ଯାହା ବି କିଛି ପଢା ହୋଇଛି ମୁଁ ସବୁ ନୋଟ୍ ଦେଇଦେବି ମୋ ସାଙ୍ଗ ମାନଙ୍କଠାରୁ ଆଣି । ମୁଁ କିଛି ନୋଟ୍ କରେନି ମ । ସତ କଥା ହେଲା ମୋର ପଢିବାକୁ ଜମାରୁ ଇଛା ନାହିଁ ଖାଲି ଡିଗ୍ରୀ ନେବା ପାଇଁ ବାବାଙ୍କ କଥାରେ ପଢୁଛି । ହେଲେ ତୁମେ ମନ ଦେଇକି ପଢ଼ ଯାହା ଅସୁବିଧା ହେବ ମୋତେ କହିବ ।'

ତା'ର ଏମିତି କଥା ଶୁଣି ସୁନନ୍ଦା ଟିକେ ହସିଦେଇଥିଲା ।

ଏହିପରି ଭାବରେ ବିକାଶ ସହ ସୁନନ୍ଦାର ପରିଚୟ । ଆକସ୍ମିକ ଭାବରେ ହୋଇଥିଲା ପରିଚୟ ସମୟ ଅତି ଅଧିକ ଘନିଷ୍ଠ ହୋଇ ପଡ଼ିଲା । ବିକାଶର ମନଖୋଲା କଥା, ସବୁବେଳେ ହସ ହସ ମୁହଁ ଏଂ ଜୀବନକୁ ଉପଭୋଗ କରିବାର ଶୈଳୀ ତାକୁ ଧୀରେ ଧିରେ ଆକର୍ଷିତ କରିବାକୁ ଲାଗିଲା । ବିକାଶ ସହ ଅଧିକରୁ ଅଧିକ ସମୟ ବିତେଇବାକୁ ତାକୁ ଭଲ ଲାଗିଲା । ତା' ସହ ଏକାଠି ଗୁପଚୁପ ଖାଇବା, ସମୁଦ୍ରକୂଳ ଯିବା, ମନ୍ଦିର ଯିବା, ବିକାଶ ଫୋନ ନକଲେ ତାକୁ ଭଲ ନ ଲାଗିବା ତା' ପାଇଁ ଏକ ଅଭ୍ୟାସରେ ପରିଣତ ହେବାକୁ ଲାଗିଲା ତା' ମନର କଥା ସେ ନ କହିଲେ ବି ବିକାଶ ଜାଣି ପାରିବା ତାକୁ ବେଳେବେଳେ ଚମକୃତ କରି ଦେଉଥିଲା । ଏ ସମ୍ପର୍କର ନାମ ବନ୍ଧୁତା କି ତା'ଠାରୁ ଅଧିକ କିଛି ସେ ଜାଣି ପାରୁ ନଥିଲେ ମଧ୍ୟ ଏହି ସମ୍ପର୍କରେ ସେ ଖୁସି ଥିଲା । ନିଜ ପରିବାର ଲୋକଙ୍କ ସହିତ ତା' ଜୀବନରେ ଆଉ ଜଣେ ମଧ୍ୟ ଏ କିଛି ଦିନ ଭିତରେ ଖୁବ୍ ଗୁରୁତ୍ୱପୂର୍ଣ୍ଣ ହୋଇ ପଡ଼ିଥିଲା ସେ ହେଉଛି ବିକାଶ ।

ଧୀରେ ଧୀରେ ତା'ର ଆଉ ବିକାଶର ସମ୍ପର୍କକୁ ନେଇ କଲେଜ ସାରା ଚର୍ଚ୍ଚା ହେବାକୁ ଲାଗିଥିଲା । ଉପରେ ଉପରେ ରାଗୁଥିଲେ ମଧ୍ୟ ମନ ଭିତରୁ ସେ ଖୁବ୍ ଖୁସି ହେଉଥିଲା ।

ସୁନନ୍ଦା ସବୁବେଳେ ଚାହୁଁ ଥିଲା ବିକାଶ ତାକୁ ତା' ମନ କଥା ଖୋଲି କହିଦେଉ। ସେମାନଙ୍କର ଏଇ ସମ୍ପର୍କର ନାମ ଯେ ଖାଲି ବନ୍ଧୁତା ନୁହେଁ ଏକଥା ସେ ମୁହଁ ଖୋଲି କହିଦେଇ ବନ୍ଧୁତାଠୁ ଅଧିକ ଓ ପ୍ରେମଠାରୁ କମ୍ ଭଳି ସମ୍ପର୍କର ଏକ ନିର୍ଦ୍ଦିଷ୍ଟ ନାମ ଦେଉ। ହେଲେ ବିକାଶ ତାକୁ ସବୁବେଳେ ବନ୍ଧୁ ବୋଲି ସମସ୍ତଙ୍କ ଆଗରେ କହୁଥିଲା ହେଲେ ସେ ଯେ ବନ୍ଧୁଠାରୁ ଅଧିକ ବୋଲି ସବୁବେଳେ ଅନୁଭବ କରାଉ ଥିଲା। ଏମିତି ଏକ ସମ୍ପର୍କରେ ରହି ଧୀରେ ଧୀରେ ସୁନନ୍ଦା ଖୁବ୍ ଭାଙ୍ଗି ପଡୁଥିଲା। ସେ ଚାହୁଁ ଥିଲା ବିକାଶ କେବଳ ତା'ର ହେଇ ରହୁ ଯାହା ପାଇଁ ସେ ଗୋଟେ ନାମ ଚାହୁଁ ଥିଲା।

ଏହା ଭିତରେ ସେମାନଙ୍କର ଯୁକ୍ତ ତିନି ସରି ଯାଇଥିଲା। ବିକାଶ ବାଙ୍ଗାଲୋର ଗଲା ଇଞ୍ଜିନିୟରିଂ ପଢ଼ିବା ପାଇଁ ଏବଂ ସୁନନ୍ଦା ବାଣୀବିହାରରେ ପିଜି କରିବା ପାଇଁ ଭୁବନେଶ୍ୱରରେ ରହିଗଲା। ବାଙ୍ଗାଲୋର ଗଲା ପରେ ପରେ ସେମାନଙ୍କ ସମ୍ପର୍କରେ କେମିତି ଗୋଟେ ଦୂରତା ଆସିଗଲା। ବିକାଶ ନିର୍ଦ୍ୱନ୍ଦ୍ୱରେ ସୁନନ୍ଦାକୁ କହୁଥିଲା ସେ ପଢୁଥିବା କଲେଜର ଝିଅମାନଙ୍କ ସମ୍ପର୍କରେ। କାହା କାହା ସହିତ କଫି ପିଇବାକୁ ଯାଇଥିଲା ଆଉ କିଏ ତାକୁ ଭଲ ଲାଗୁଛି ସେ ସମ୍ପର୍କରେ। ସୁନନ୍ଦା ବୁଝି ପାରୁ ନଥିଲା ବିକାଶ ତାକୁ ଜାଣି ଜାଣି କଷ୍ଟ ଦେଉଛି ନା ନିଜ ଅଜାଣତରେ। ହେଲେ ବିକାଶର ଖୁସି ପାଇଁ ସେ କିଛି କହି ପାରୁ ନଥିଲା।

ଆଜି ବି କଲେଜ ରେ ସମସ୍ତେ ସୁନନ୍ଦା ବିକାଶ ନାଁ ରେ ଚିଡ଼ାଉ ଥିଲେ, ସମସ୍ତେ ଜାଣିଥିଲେ ସୁନନ୍ଦା ଓ ବିକାଶର ପ୍ରେମ ସମ୍ପର୍କ ବିଷୟରେ କେବଳ ସେ ଦୁଇ ଜଣଙ୍କୁ ଛାଡି। ସୁନନ୍ଦାର ଘରଲୋକ ଓ ବିକାଶର ଘରଲୋକ ମଧ୍ୟ ସେମାନଙ୍କୁ ପ୍ରସନ୍ଦ୍ କରୁଥିଲେ ହେଲେ ସୁନନ୍ଦା ଜାଣି ପାରୁ ନଥିଲା ବିକାଶ କ'ଣ ଚାହୁଁଛି ? ବିକାଶ ସବୁବେଳେ କହୁଥିଲା ସେମାନେ କେବଳ ବେଷ୍ଟ ଫ୍ରେଣ୍ଡ୍। ହେଲେ ସତରେ କ'ଣ ସେମାନଙ୍କ ଭିତରେ ଯୋଉ ସମ୍ପର୍କ ଅଛି ସେ ଖାଲି ବନ୍ଧୁତାର !

ଧୀରେ ଧିରେ ଏ ସମ୍ପର୍କ ସୁନନ୍ଦା ଖୁବ୍ କଷ୍ଟ ଦେଉଥିଲା। ବିକାଶ ମଧ୍ୟ ସେ ବାଙ୍ଗାଲୋରରେ ଆଉ କୋଉ ଝିଅ ସହ ଏବେ ବୁଲା ବୁଲି କରୁଥିଲା। ଫେସବୁକରେ, ଇନଷ୍ଟାଗ୍ରାମରେ ସେ ଝିଅ ସହ ଫୋଟ ଛାଡୁଥିଲା ଆଉ ସବୁଠାରୁ ଅଜବ କଥା ହେଉଛି ସେ ଏବେ ବି ସୁନନ୍ଦା ସହ ପୂର୍ବ ପରି କଥା ହେଉଥିଲା। ମଣିଷର ଆଶା ହିଁ ମଣିଷକୁ କଷ୍ଟ ଦେଇଥାଏ ବିକାଶଠାରୁ କରୁଥିବା ଆଶା ହିଁ ସୁନନ୍ଦାକୁ ଅଧିକ କଷ୍ଟ ଦେଉଥିଲା।

ଭଲ ପାଉଥିବା ମଣିଷକୁ ଅନ୍ୟ କାହା ଆଗରେ ଦେଖିଲେ କେତେ କଷ୍ଟ ଲାଗେ ସେକଥା ସେଇ ମଣିଷ ବିନା ଆଉ କିଏ ହୁଏତ ଅନୁଭବ କରି ପାରିବେ

ନାହିଁ। ପ୍ରତି ମୁହୂର୍ତ୍ତରେ ସୁନନ୍ଦା ଏପରି ଏକ ସମ୍ପର୍କ ପାଇଁ କଷ୍ଟ ପାଉଥିଲା ଯେଉଁ ସମ୍ପର୍କର କିଛି ନାଁ ହିଁ ନଥିଲା। ବିକାଶ ଜାଣିଥିଲା ସୁନନ୍ଦା ତାକୁ ଭଲ ପାଏ ବୋଲି ହେଲେ ସେ ସବୁ ଜାଣି ହିଁ ଅଜଣା ହେବାର ଅଭିନୟ ଖୁବ୍ ସୁନ୍ଦର ଭାବେ କରୁଥିଲା।

ସୁନନ୍ଦାକୁ ବେଶୀ କଷ୍ଟ ଲାଗୁଥିଲା ସେତେବେଳେ ଯେତେବେଳେ ବିକାଶ ର ଅନ୍ୟ ଝିଅ ସହ ଉଠେଇ ଥିବା ଫୋଟକୁ ଆଣି ସୁନନ୍ଦାର ସାଙ୍ଗ ଆଣି ତାକୁ ଦେଖାଉଥିଲେ। ସେଇ ସମୟରେ ସୁନନ୍ଦାକୁ ମରିଯିବା ପାଇଁ ଇଚ୍ଛା ହେଉଥିଲ। ଥରେ ସେ ନିଜ ଆବେଗକୁ ଲୁଚାଇ ନପାରି ବିକାଶକୁ ମନ କଥା ସବୁ କହି ଦେଇଥିଲା। ହେଲେ ତା' କଥା ଶୁଣି ବିକାଶ କହିଥିଲା ସେ କେବଳ ତାକୁ ଗୋଟେ ଭଲ ସାଙ୍ଗ ବୋଲି ଦେଖେ ତା'ଠାରୁ ଅଧିକ ନୁହେଁ। ସେତେବେଳେ ସୁନନ୍ଦା କିଛି ସମୟ ଭାବିଲା କି କ'ଣ ଖାଲି ସାଙ୍ଗ ଯଦି ଏତେ ଦିନ ଧରି ଏତେ ମିଛ ଅଭିନୟ କ'ଣ ପାଇଁ। ତା' ପରଠୁ ସେ ମଧ୍ୟ ନିଜକୁ ବୁଝାଇ ଦେଇଥିଲ।

ସମସ୍ତେ କହୁଥିଲେ ବିକାଶ ତାକୁ ଧୋକା ଦେଇଛି ତାକୁ ଏବେ ଭୁଲିଯିବା ଭଲ। ଏମିତି କି ବିକାଶର ମା ମଧ୍ୟ ସେଇ କଥା ସୁନନ୍ଦାକୁ କହିଥିଲେ ହେଲେ ସୁନନ୍ଦା ଜାଣିଥିଲା ବିକାଶ ବିନା ସେ ବଞ୍ଚି ପାରିବନି। ହେଲେ ଏକଥା ବି ଜାଣିଥିଲା ବିକାଶ ତାକୁ ସବୁବେଳେ ବନ୍ଧୁଠାରୁ ଅଧିକ ଓ ପ୍ରେମିକାଠାରୁ କମ୍ ଅଧିକାର ଦେବ ଆଉ ମଧ୍ୟ ଜାଣିଥିଲା ଏକଥା ତାକୁ ଖୁବ୍ କଷ୍ଟ ଦେବ ହେଲେ ସବୁ ପରେ ବି ସେ ବିକାଶ ର ଖୁସି ଚାହୁଁ ଥିଲା। ଏମିତି ଭାବରେ ଦିନ ଗଡି ଚାଲିଲା।

ସେଦିନ କଲ କରି ବିକାଶ କହିଲା-

- 'ଜାଣିଛୁ ନା ସେ ଝିଅ ମୋତେ ଛାଡିଦେଲା।' ସମସ୍ତେ କହୁଥିଲେ ସେ ଝିଅ ଟା ଭଲ ନୁହେଁ ହେଲେ ମୁଁ ତା' ପ୍ରେମରେ ଏତେ ଅନ୍ଧ ହୋଇ ଯାଇଥିଲି ଯେ ତା'ର ସବୁ ଖରାପ ଗୁଣକୁ ମୁଁ ଯେମିତି ଆଖି ବୁଜି ଦେଇଥିଲି। ହେଲେ ଏବେ ସବୁ ବୁଝି ପାରୁଛି।'

ତା' କଥା ଶୁଣି ସୁନନ୍ଦା ହସି ଦେଇଥିଲା। ଆଉ କହିଥିଲା ସତରେ ପ୍ରେମ ହେଉଛି ଅନ୍ଧ। ଯେଉଁ ମଣିଷ କଷ୍ଟ ଦିଏ ଏ ମନ ତାକୁ ହିଁ ଖାଲି ଖୋଜିଥାଏ।

ତା' କଥା ଶୁଣି ବିକାଶ କିଛି ସମୟ ଚୁପ୍ ରହିଥିଲା। ତାପରେ କହିଲା ଏବେ କ'ଣ ପୁଣି ପୂର୍ବ ପରି ଆମେ ଏକାଠି ହୋଇ ପାରିବାନି। ହେଲେ ତା' କଥା ଶୁଣି ସୁନନ୍ଦା କାମ ଅଛି କହି ଫୋନ କାଟି ଦେଇଥିଲା କାରଣ ସେ ଆଉ ଥରେ ସମ୍ପର୍କର ସରହଦ ପାର ହେବାକୁ ଚାହୁଁ ନଥିଲା।

■

ଆଲୋକର ପଥେ

ସେ ଶୋଇ ଯାଇଥିଲେ ନିଦରେ । ସବୁଦିନ ପରି ତାଙ୍କ ନିଃଶ୍ୱାସର ଶବ୍ଦ ମୋ କାନରେ ସ୍ପଷ୍ଟ ଭାବେ ଶୁଣା ଯାଉଥିଲା ଯାହାକୁ ମୁଁ ଖୁବ୍ ପାଖରୁ ଅନୁଭବ କରୁଥିଲି । ତାଙ୍କ ନିଃଶ୍ୱାସରୁ ମୁଁ ତାଙ୍କ ନିଦର ଗଭୀରତା ବେଶ୍ ଭଲରେ ଜାଣି ପାରିଥାଏ । ଏଇ କିଛି ସମୟ ହିଁ ମୁଁ ତାଙ୍କୁ ମୋ ପାଖରେ ପାଇଥାଏ । ଦିନ ସାରା ବ୍ୟସ୍ତ ବିବ୍ରତ ଥିବା ମହାନ୍ତି କମ୍ପାନୀର ମାଲିକ ଅନୁରାଗ ମହାନ୍ତି ଏଇ କିଛି ସମୟ ପାଇଁ ମୋ ପାଖରେ ଛୋଟ ପିଲାଟିଏ ପରି ଶୋଇ ଯାଆନ୍ତି । ଶୋଇଗଲା ପରେ ସେ ଏତେ ନିରୀହ ଆଉ ଏତେ ନିଷ୍ପାପ ଦେଖା ଯାଆନ୍ତି ଯେ ମୋର ବିଶ୍ୱାସ ହୁଏନି ଏ ସେଇ ମଣିଷ ଯିଏ କମ୍ପାନୀ ଆଉ ପଇସା ଛଡା ଆଉ କିଛି ବୁଝନ୍ତିନି । ଦିନ ସାରା ମୋ ସହ କଥା ହେବା କି ମୋ ମନ କଥା ବୁଝିବା ପାଇଁ ତାଙ୍କ ପାଖରେ ସମୟ କି ଆଗ୍ରହ ନଥାଏ । ଦିନରେ ଆମେ ଦୁହେଁ ପରସ୍ପର ପାଇଁ ସମ୍ପୂର୍ଣ୍ଣ ଅପରିଚିତ ପାଲଟି ଯାଇ ନିଜ ନିଜର କର୍ତ୍ତବ୍ୟ ସମ୍ପାଦନା କରୁଥାଉ । ମାତ୍ର ରାତ୍ରିର ଏଇ କିଛି ମୁହୂର୍ତ୍ତ ଆମେ ପରସ୍ପରର ନିକଟତର ହେଉ, ପରସ୍ପରକୁ ଅନୁଭବ କରୁ କେବଳ ଶାରୀରିକ ସ୍ତରରେ ।

ଆଜିକୁ ପଇଁ ତିରିଶ ବର୍ଷ ହୋଇଗଲାଣି ଅନୁରାଗ ମୋ ଜୀବନରେ ଆସିବାର । ପିଜି ପ୍ରଥମ ବର୍ଷ ପଢୁଥିବା ବେଳେ ହିଁ ତାଙ୍କ ସହ ମୋର ବାହାଘର । ଅନୁରାଗ ହେଉଛନ୍ତି ବାବାଙ୍କ ବନ୍ଧୁ ଦେବାନନ୍ଦ ମଉସାଙ୍କ ପୁଅ । ବିଦେଶରୁ ପାଠ ପଢ଼ି ଆସି ପୈତୃକ କମ୍ପାନୀ ର ଦାୟିତ୍ୱ ନିର୍ବାହ କରୁଥିବା ବାପା ମା ଙ୍କର ଗୋଟିଏ ବୋଲି ପୁଅ, ଅଚଳାଚଳ ସମ୍ପତ୍ତି ର ମାଲିକ । ଦେଖିବାକୁ ଖୁବ୍ ଭଲ ନହେଲେ ବି ମନ୍ଦ ମଧ୍ୟ କହି ହେବ ନାହିଁ । ସବୁ ଗୁଣ ଭଲ ଥିବାରୁ ତାଙ୍କ ସହ ବାହାଘର ବେଳେ ମୋ ମତାମତ କେହି ନେଇ ନଥିଲେ । ଦେଲା ନାରୀ ହେଲା ପାରି ନ୍ୟାୟରେ ବାବା ମୋତେ ବାହା କରେଇ ନିଜ ମୁଣ୍ଡରୁ ବୋଝ କାଢି ଦେଇଥିଲେ ।

ସବୁ ଝିଅଙ୍କ ପରି ଆଖିରେ ଆଖିଏ ସ୍ୱପ୍ନ ନେଇ ମୁଁ ମହାନ୍ତି ପରିବାରର ବୋହୂ ହୋଇଥିଲି। ହେଲେ ବିବାହର ପ୍ରଥମ ରାତିରେ ହିଁ ମୋର ସବୁ ସ୍ୱପ୍ନ ଭାଙ୍ଗି ଯାଇଥିଲା। ହଁ ମୋ ସ୍ୱପ୍ନ ଭାଙ୍ଗିବାର କାରଣ ଅନୁରାଗ ନୁହନ୍ତି। ପ୍ରଥମ ରାତିରେ ସେ ମୋତେ ଉପହାର ଦେଇଥିଲେ ଖୁବ୍ ଦାମିକା ହାର ଏବଂ ତା' ପ୍ରତି ବଦଳରେ ନେଇ ଯାଇଥିଲେ ମୋ କୁଆଁରୀ ଶରୀର। ମୁଁ ଚାହୁଁ ଥିଲି ଜୀବନରେ ଆସିଥିବା ପ୍ରଥମ ପୁରୁଷକୁ ପ୍ରଥମ ରାତିରେ ଜୀବନର ପ୍ରତିଟି ସ୍ୱପ୍ନ ଆଉ ଇଚ୍ଛାକୁ କହି ଦେବା ପାଇଁ ହେଲେ ନା ତାଙ୍କ ପାଖରେ ଥିଲା ମୋ କଥା ଶୁଣିବା ର ଇଚ୍ଛା ନା ମୋ ପ୍ରତି କିଛି ଅନୁରାଗ। କିଛି ସମୟ ପରେ ସେ ଶୋଇ ଯାଇଥିଲେ ଗଭୀର ନିଦରେ ହେଲେ ମୋ ଆଖି ରାତି ସାରା ଥିଲା ଉଜାଗର।

ଏହା ପରେ ଅନେକ ରାତି ସେ ଗାଢ଼ ନିଦରେ ଶୋଇ ଥିବା ବେଳେ ମୁଁ ଖାଲି ତାଙ୍କ ନିଶ୍ୱାସର ପ୍ରଖରତାକୁ ମାପିଛି। ଅନେକ ରାତି ଉଜାଗର ରହି ଅତୀତ ଓ ବର୍ତ୍ତମାନକୁ ସମୀକ୍ଷା କରିଛି। ଅନେକ ରାତି ଜୀବନର ଅର୍ଥ ନିଜ ଭିତରେ ଖୋଜିବାରେ ଲାଗିଛି। ହେଲେ ମୋର ଏ ରାତି ଅନିଦ୍ରା ର କାରଣ ଯେ କେବଳ ସେ ଏକଥା ମୁଁ କେବେ କହି ପାରିବିନି। ସେ ମୋତେ ସବୁବେଳେ ଖୁସି କରିବାକୁ ଚାହିଁ ଛନ୍ତି।ଖାଇବା, ପିନ୍ଧିବା କି କୌଣସି ଜିନିଷରେ ବି ମୋର ସେ ଅଭାବ ରଖି ନାହାନ୍ତି। ଟଙ୍କା ପଇସା ମାଗିବା ପୂର୍ବରୁ ସେ ମୋ ହାତରେ ଅଜାଡ଼ି ଦେଇଛନ୍ତି।ସବୁ କିଛି ଦେଇଛନ୍ତି ଖାଲି ସମୟ ଆଉ ଭଲ ପାଇବାକୁ ଛାଡ଼ି।

ମୁଁ କେବେ ବି ଚାହୁଁ ନଥିଲି ଏମିତି କିଛି ହେଉ ବୋଲି। ଜୀବନରେ ଆସିବା ପ୍ରଥମ ପୁରୁଷକୁ ମନ ଓ ଶରୀର ଦେବା ପାଇଁ ଇଚ୍ଛା କରି ମୁଁ କେବେ କାହାକୁ ଭଲ ପାଇନଥିଲି। ମୁଁ କ'ଣ ଇଚ୍ଛା କରିଥିଲି ଖାଲି ଟିକିଏ ସ୍ନେହ ଆଉ ଆନ୍ତରିକତା ଭରା କେଇପଦ କଥା। ହେଲେ ପ୍ରତି ବଦଳରେ ପାଇଲି କ'ଣ ଖାଲି ପୂଳା ପୁଳା ନିସଂଗତା।

ଧୀରେ ଧିରେ ମୁଁ ଏ ସମ୍ପର୍କ ରେ ବାନ୍ଧି ହୋଇ ଅଣ ନିଶ୍ୱାସୀ ହେବାରେ ଲାଗିଲି। କାଠ କଣ୍ଢେଇ ଟିଏ ପରି ଖୁସି ହେବାର ଅଭିନୟ କରି କରି ମୁଁ କ୍ଳାନ୍ତ ହୋଇ ପଡ଼ିଲି। ନାରୀଟିଏ କ'ଣ ସବୁବେଳେ କ'ଣ ଖାଲି ଟଙ୍କା ପଇସା ଚାହେଁ ସେ ଅନ୍ୟ କିଛି ଚାହେଁ। ହେଲେ ସେ ସବୁ ମୋ ଭାଗ୍ୟରେ ନାହିଁ। ଏବେ ମୁଁ ତାଙ୍କଠାରୁ ଧୀରେ ଧିରେ ଦୂରେଇବାକୁ ଗଲା ବେଳେ ମୋ ଜୀବନରେ ଆସିଲା ମୋ ପୁଅ ସିପୁନ। ତା' ପାଇଁ ମୁଁ ନିଜ କଷ୍ଟ ଦୁଃଖ ଯନ୍ତ୍ରଣାକୁ ଭୁଲି ଜୀବନରେ ଖୁସି ଅଛି ବୋଲି ପୁଣି ଥରେ ଅଭିନୟ କରିଲି।

ସମ୍ପର୍କ ଶୂନ୍ୟ ଭାବରେ କର୍ତ୍ତବ୍ୟ ପାଳନ କଲେ ମଣିଷ କେବେ ବି ଶୁଖି

ହୋଇ ପାରେନା। ଠିକ୍ ସେପରି ଏତେ ବର୍ଷର ବୈବାହିକ ଜୀବନ ଭିତରେ ଆମେ କେବେ ବି ଶୁଖି ହୋଇ ପାରି ନଥିଲୁ। ମୁଁ ପ୍ରଥମେ ପ୍ରଥମେ ଭାବୁଥିଲି ସେ ମୋ ପ୍ରତି ଏତେ ଅନାଗ୍ରହ କ'ଣ ପାଇଁ ପ୍ରଥମେ ପ୍ରଥମେ ମୁଁ ଅଭିମାନ କରୁଥିଲି ଆଉ ଯେତେବେଳେ ଦେଖିଲି ତାଙ୍କ ପାଖରେ ମୋର ଅଭିମାନ ର କୌଣସି ବି ମୂଲ୍ୟ ନାହିଁ ସେବେଠାରୁ ମୁଁ ନିର୍ବିକାର ପାଲଟି ଗଲି।

ପୁଅ ଧୀରେ ଧିରେ ବଡ଼ ହେବାରେ ଲାଗିଲା। ତା' ଦାୟିତ୍ୱ ନେବା ତା'ର ଦେଖା ଶୁଣା କରିବାରେ ଧୀରେ ଧୀରେ ମୋ ଦିନ ଅତିକ୍ରାନ୍ତ ହେଇ ଯାଉଥିଲା। ଘରର ଯାବତୀୟ କାମ କରି ସାରିବା ପରେ ସେ ଯେତେବେଳେ ମୁଁ ତାଙ୍କ ପାଖକୁ ଯାଉଥିଲି ସେତେବେଳେ ସେ ମୋତେ ମୋ ମନ କଥା ପଚାରିବା ପରିବର୍ତ୍ତେ ଟିକିଏ ଭୁଲ ପାଇଁ ରାଗି ଯାଉଥିଲେ ଠିକ୍ ସେତେବେଳେ ମୋ ଅନ୍ତର ଆତ୍ମା ସତେ ସେପରି ଭିତରୁ ବିଳାପ କରି ଉଠୁଥିଲା। ହେଲେ ସବୁକିଛି ମୁଁ ମୋ ପୁଅ ପାଇଁ ସହି ଯାଉଥିଲି।

ଏହା ଭିତରେ ଅନେକ ବର୍ଷ ବିତିଗଲା, ପୁଅ ବଡ଼ ହୋଇ ବୋହୂ ଆସିଲା। ଏବେ ପୁଅର ସମସ୍ତ କାମ ବୋହୂ କରୁଛି। ଅନୁରାଗଙ୍କ ସମସ୍ତ କାମ କରିବାକୁ ଘରେ ଚାକର ପୂଜାରୀଙ୍କ ଅଭାବ ନାହିଁ। ଆଗରୁ ଆମେ ମାନସିକ ସ୍ତରରେ ଖାଲି ଦୂରେଇ ଯାଇଥିଲୁ ହେଲେ ଏବେ କିଛି ବର୍ଷ ହେଲାଣି ଆମେ ଶାରୀରିକ ସ୍ତରରେ ବି ଦୂରେଇ ଯାଇଛୁ। ଏବେ ତାଙ୍କ ଜୀବନରେ ମୋର ଆଉ କିଛି ଆବଶ୍ୟକତା ନାହିଁ।

ଧୀରେ ଧିରେ ଘରର ସମସ୍ତଙ୍କ ପାଇଁ ମୁଁ ଯେମିତି ଅନାବଶ୍ୟକ ପାଲଟି ଯାଉଛି। ଏବେ ମୋର ସମସ୍ତ ଦାୟିତ୍ୱରୁ ମୁକ୍ତ ହେବାର ସମୟ। ଏବେ ମୋତେ ମୋ ପରି ବଞ୍ଚିବାର ସମୟ। ନିଜ ଭିତରେ ନିଜ ଖୁସି ଖୋଜିବାର ସମୟ। ପିଲା ବେଳେ ମୁଁ କବିତା ଲେଖୁଥିଲେ, ପ୍ରଜାପତି ପଛେ ପଛେ ଗୋଡାଉ ଥିଲି, ବର୍ଷାରେ ମନ ଭାରି ଓଦା ହେଉଥିଲି, ଜହ୍ନ ରାତିରେ ଏକୁଟିଆ ବସି ଆକାଶକୁ ଅନାଉଥିଲି। ହେଲେ କୁଆଡେ ଗଲା ସେ ସବୁ ଦିନ। ଜୀବନର ରୁକ୍ଷ ବାସ୍ତବତା ମଧ୍ୟରେ ସତେ ଯେମିତି ମୋର ସମସ୍ତ ଇଚ୍ଛା ଆଉ ସ୍ୱପ୍ନ ଭାଙ୍ଗି ଯାଇଥିଲା। ହେଲେ ଏବେ ଆଉ ନୁହେଁ ଏବେ ମୋତେ ଯିବାକୁ ହେବ ମୋ ଖୁସିର ସନ୍ଧାନରେ।

ସେ ଶୋଇ ଗଲା ପରେ ମୁଁ ଧୀରେ ଧୀରେ ଉଠି କବାଟ ଖୋଲିଲି। ଘର, ଗେଟ, ରାସ୍ତା ଡେଇଁ ମୁଁ ଆଗକୁ ଆଗକୁ ଚାଲିଲି। ମୁଁ ଜାଣିଛି ସକାଳ ହେଲେ ମୋତେ ନପାଇ କିଛି ଦିନ ଘରେ ଚହଳ ପଡ଼ିବ। ଶିଳ୍ପପତି ଅନୁରାଗ ମହାନ୍ତି ଙ୍କ ସ୍ତ୍ରୀ ନିଖୋଜ ହେବାର ଖବର ସମସ୍ତ ଖବର କାଗଜର ପୃଷ୍ଠା ମଣ୍ଡନ କରିବ। ପୁଅ ମୋର କିଛି ଦିନ ମୋ ପାଇଁ ମନ ଦୁଃଖ କରିବ ତାପରେ ସେ ତା' ସଂସାରରେ ବ୍ୟସ୍ତ ରହିବ। ଅନୁରାଗ

ମଧ୍ୟ କିଛି ଦିନ ଲୋକ ଦେଖାଣିଆ ମୋତେ ଖୋଜିବେ, ମନ ଦୁଃଖ କରିବେ ହେଲେ ତା' ପରେ ସବୁ ସ୍ୱାଭାବିକ ହୋଇଯିବ। ସମସ୍ତେ ନିଜ ନିଜ ଜୀବନରେ ବଞ୍ଚିବେ।

ମୋର ଏବେ ସେମାନଙ୍କ କଥା ଆଉ ଭାବିବାକୁ ସମୟ ନାହିଁ। ଏବେ ମୁଁ ନିଜ ଖୁସି ଖୋଜିବାକୁ ଯିବି। ଏବେ ମୋତେ ଯିବାକୁ ହେବ କୁଆଡେ ମୁଁ ଜାଣିନି, ହେଲେ ଯୁଆଡେ ବି ଯିବି ସେଠି ମୁଁ ମୋ ପରି ବଞ୍ଚିବି, ନିଜ ଇଚ୍ଛାରେ ନିଜ ଖୁସିରେ ବଞ୍ଚିବି।ଏମିତି ଭାବି ଭାବି ମୁଁ ଆଗକୁ ଆଗକୁ ଚାଲିଛି। ବାଟରେ ଛାଡି ଆସୁଛି ମୁଁ ସ୍ନେହରେ ତିଆରି କରିଥିବା ସେ ମାଟି ତିଆରି କଣ୍ଢେଇ, ପ୍ରତିଦିନ ପାଣି ଦେଉଥିବା ଘର ସାମ୍ନାର ତୁଳସୀ ଗଛ, ଗେଟ ରେ ଲଗେଇ ଥିବା ସେ ସୁନା କନିଆରି। ପୁଅ ବାହାଘର ବେଳେ କାନ୍ଥରେ ଦେଇଥିବା ସେଇ ତିନି ଟୋପା ହଳଦୀ ଚିହ୍ନ। ଛାଡ଼ି ଆସୁଛି ମନ ଭିତରେ ଥିବା ଅଭିମାନ, କୋହ, ଯନ୍ତ୍ରଣା ଓ ପୁଳା ପୁଳା ନିସଂଗତା ଓ ଏକେଲା ପଣ।

ଧୀରେ ଧିରେ ଆଗେଇ ଚାଲୁଛି। ସେ ଚାଲିବାରେ କ୍ଳାନ୍ତି ନାହିଁ କି ନାହିଁ ବିଶ୍ରାମ ଇଚ୍ଛା। ଚାରିଆଡ଼େ ଅନ୍ଧକାର। ଘନ ଅନ୍ଧକାର। ଏମିତି ଚାଲୁଥିବା ବେଳେ ସେ ଅନ୍ଧାର ରାତିରେ ଏକ ଆଲୋକର ଶିଖା ଦେଖା ଗଲା ଏବଂ ମୁଁ ସେଇ ଆଲୋକର ଦିଗରେ ପାଦ ବଢ଼େଇଲି ସେଠି ପହଁଚି ଦେଖିଲି ଲେଖା ହୋଇଛି ଶିଶୁ ଅନାଥ ଆଶ୍ରମ - ଆସ୍ଥା। ଆସ୍ଥା ଏକ ନୂଆ ସକାଳର, ଆସ୍ଥା ଏକ ଆଲୋକ ପଥ ର।

■

ଛଟେଇ

ସେତେବେଳେ ମୁଁ ଭାବୁଥିଲି କେମିତି ଗୋଟିଏ ମୁହୂର୍ତ୍ତରେ ଭାଙ୍ଗି ଯାଇପାରେ ଟିକିଏ ପୂର୍ବରୁ ଗଢିଥିବା ସ୍ୱପ୍ନର ତାଜମହଲ। ଟିକିଏ ପୂର୍ବରୁ ମନରେ ସାଇତା ଦୃଢ଼ ଆତ୍ମବିଶ୍ୱାସ କିପରି ଦଲକାଏ ପବନରେ ଦୋହଲି ଯାଇଥାଏ। ବୈଶାଖ ମାସର ଖରାରେ ମଧ୍ୟ ଦେହ କିପରି ଥରି ଉଠିଥାଏ ଏବଂ କିପରି ପଦିଏ କଥାରେ ଭବିଷ୍ୟତ ଅନ୍ଧାର ଦେଖା ଯାଏ।

ତଥାପି ମୁଁ ନିଜକୁ ଦମ୍ଭ ଦେଉଥାଏ

– 'ଏ କିଛି ନୁହେଁ, ବାସ୍ କିଛି ମାସର କଥା ତ ସଙ୍ଗେ ସଙ୍ଗେ ଚାଲିଯିବ ତାପରେ ମୁଁ ପୁଣି ନିଜର ସ୍ୱପ୍ନର ତାଜମହଲ ଗଢ଼ିବି ଦୃଢ଼ ଆତ୍ମବିଶ୍ୱାସର ମୂଳଦୁଆ ପକେଇ। ହେଲେ ଏତେ ସବୁ ପରେ ମଧ୍ୟ ମୁଁ ନିଜକୁ ଥୟ କରେଇ ପାରୁ ନଥିଲି।'

ମନ ଭିତରେ ଅସଂଖ୍ୟ ପ୍ରଶ୍ନ ଉଙ୍କି ମାରୁଥିଲା କ'ଣ କରିବି କିଛି ବୁଝି ପାରୁ ନଥିଲି। ଜାଣିପାରୁ ନଥିଲି କ'ଣ କହିବି ମାଆକୁ। ଏଇ ଟିକିଏ ପୂର୍ବରୁ ଯିଏ ଘର କରିବା ପାଇଁ ପାଇଁ ପାଞ୍ଚ ଟଙ୍କା ସୁଧରେ ଦୁଇ ଲକ୍ଷ ଟଙ୍କା କରଜକୁ ଆଣିଛି। କ'ଣ କହିବି ସାନ ଭାଇକୁ ଯିଏ ଇଂଜିନିୟରରିଂ ପଢ଼ିବା ପାଇଁ ସ୍ୱପ୍ନ ଦେଖୁଛି, କ'ଣ କହିବି ମୋ ସାନ ଭଉଣୀକୁ ଯାହାକୁ କିଛି ସମୟ ପୂର୍ବରୁ ଫୋନଟେ ଦେବି ବୋଲି କହିଛି। କିଛି ଜାଣି ପାରୁ ନଥିଲି ଏଭଳି ପରିସ୍ଥିତିରେ ମୁଁ ନିଜକୁ କେମିତି ବୁଝେଇବି।

ଏଇ ଦୁଇ ମାସ ତଳେ ଏକ ସରକାରୀ ଅନୁଦାନ ପ୍ରାପ୍ତ ମହାବିଦ୍ୟାଳୟରେ ମୁଁ ଅତିଥି ଅଧ୍ୟାପିକା ରୂପେ ଯୋଗ ଦେଇଥିଲି।ପିଜି କରିଥିବା ସମୟରୁ ହିଁ ଇଚ୍ଛା କରିଥିଲା ଅଧ୍ୟାପିକା ଟିଏ ହେବି ବୋଲି ହେଲେ ଶେଷ ପରୀକ୍ଷା ଆଉ ମାତ୍ର ଦଶ ଦିନ ଥିଲା କରୋନା ପାଇଁ ସମସ୍ତ ଶିକ୍ଷାନୁଷ୍ଠାନ ବନ୍ଦ ହୋଇଯାଇଥିଲା। କୋରୋନା କାହା ପାଇଁ କ'ଣ ଥିଲା କେଜାଣି ହେଲେ ମୋ ପାଇଁ ଆଉ ମୋ ପରିବାର ନାହିଁ ଏହା ଜୀବନର ସବୁଠାରୁ କଷ୍ଟକର ମୁହୂର୍ତ୍ତ ଥିଲା।

ବାବା ଚାଲିଯିବା ପରେ ଆମେ ଯେତିକି କଷ୍ଟରେ ବଞ୍ଚୁଥିଲୁ କୋରନା ଆସି ତାକୁ ଅଧିକ କଷ୍ଟକର କରିଦେଲା । ଧନୀ ଲୋକ ମାନେ ସିନା ପରିବାର ସହ ସମୟ ଅତିବାହିତ କରି ଖୁସି ଅନୁଭବ କରୁଥିଲେ ହେଲେ ଆମ ପରି ଗରିବ ଲୋକ ମାନେ ଦିନେ ଖାଇ ଦୁଇ ଦିନ ଉପାସ ରହି ଜୀବନ କ'ଣ ଆଉ ଯନ୍ତ୍ରଣା କ'ଣ ଅନୁଭବ କରି ସାରିଥିଲେ । ମାର୍ଚ୍ଚ ମାସଠାରୁ ଅକ୍ଟୋବର ମାସ ପର୍ଯ୍ୟନ୍ତ ଆମ ଜୀବନର ସବୁଠାରୁ କଷ୍ଟକର ମୁହୂର୍ତ୍ତ ଥିଲା ।

ପ୍ରତି ରାତ୍ରିର ଅନ୍ଧକାର ପରେ ସକାଳେ ଆଲୋକ ନେଇ ନୂଆ ସୂର୍ଯ୍ୟୋଦୟ ହୋଇଥାଏ । ଠିକ୍ ସେପରି ଅକ୍ଟୋବର ମାସ ପରେ ପୁଣି ଜୀବନ ଚଳ ଚଞ୍ଚଳ ହୋଇଉଠିଲା । ପିଜି ପରୀକ୍ଷା ସରୁ ସରୁ ବିଭିନ୍ନ ମହାବିଦ୍ୟାଳୟର ଅତିଥି ଅଧ୍ୟାପକ ନିମନ୍ତେ ସାକ୍ଷାତକାର କରାଗଲା । ପ୍ରାୟ ଏକ ବର୍ଷ ଧରି ଶିକ୍ଷା ବ୍ୟବସ୍ଥାର ଶୋଚନୀୟ ଅବସ୍ଥା ପାଇଁ ସରକାର ଖୁବ୍ ଚିନ୍ତିତ ଥିଲେ ସେଥିପାଇଁ ଏହାର ଅବସ୍ଥା ସୁଧାରିବା ପାଇଁ ଖୁବ୍ ତତ୍ପର ହୋଇ ପଡ଼ିଥିଲେ ।

ପିଲାଟି ଦିନରୁ ଦୁଃଖକୁ ଅତି ପାଖରୁ ଅନୁଭବ କରି ଥିବାରୁ ମୁଁ ପାଠକୁ ନେଇ ଖୁବ୍ ସଚେତନ ଥିଲି ଯେଉଁ କାରଣରୁ ପ୍ରଥମ ପ୍ରଚେଷ୍ଟାରେ ହିଁ ମୁଁ ଗୋଟେ ସରକାରୀ ଅନୁଦାନ ପ୍ରାପ୍ତ ମହାବିଦ୍ୟାଳୟରେ ଅଧ୍ୟାପିକା ନିମନ୍ତେ ଯୋଗ୍ୟା ବିବେଚିତା ହୋଇଥିଲି । ଦରମା ବି ମନ୍ଦ ନଥିଲା । ଦରମା ସହ ସେଇ ଅଞ୍ଚଳର କିଛି ପିଲାଙ୍କୁ ନେଇ ମୁଁ କୋଚିଙ୍ଗ ସେଣ୍ଟର୍ ଟିଏ ଆରମ୍ଭ କରି ଅଧିକ ଦୁଇ ପଇସା ରୋଜଗାର ମଧ୍ୟ କରୁଥିଲି ।

ସମୟ ଗଡି ଚାଲିଲା । ଜୀବନ ଓ ପରିବାରର ଅବସ୍ଥା ସ୍ୱାଭାବିକ ହେବାରେ ଲାଗିଲା । ମୁଁ ମଧ୍ୟ ମୋ ନୂଆ ଜୀବନକୁ ମନ ଭରି ଉପଭୋଗ କରୁଥିଲି । ପଢ଼ିବା ଏବଂ ପଢ଼େଇବା ମଧ୍ୟରେ ଯେଉଁ ସୁନ୍ଦର ଫରକଟିଏ ଥାଏ ମୁଁ ତାକୁ ପ୍ରତି ଦିଗରୁ ବିଶ୍ଳେଷଣ କରୁଥିଲି । ନୂଆ ଜାଗା, ନୂଆ ପରିବେଶ, ନୂଆ ନୂଆ ଲୋକ, ଅଚିହ୍ନା ପିଲାଙ୍କ ସହ ମିଶିବା ପାଇଁ କିଛି ଦିନ ସମୟ ତ ଲାଗିଥିଲା ହେଲେ ସେଇ ସମୟ ଅତିକ୍ରମ କରିସାରିବା ପରେ ମୁଁ ସେମାନଙ୍କ ସହ ଖୁବ୍ ସହଜରେ ମିଶି ଯାଇଥିଲି । ସେମାନଙ୍କ ଅନାବିଳ ଭଲ ପାଇବା, ସ୍ନେହ, ଶ୍ରଦ୍ଧା, ସମ୍ମାନ ମୋତେ ସେମାନଙ୍କ ସହ ବାନ୍ଧି ଦେଇଥିଲା ।

ହେଲେ ଭଗବାନ କ'ଣ ଏତେ ସହଜରେ ଆମକୁ ଆମେ ଚାହୁଁଥିବା ଜିନିଷ ଦେଇ ଦିଅନ୍ତି ? ବେଳେବେଳେ ସେ ଆମକୁ ପରୀକ୍ଷା କରନ୍ତି । ଆମ ଧର୍ଯ୍ୟ ଓ ମାନବଲକୁ ପରଖିବା ପାଇଁ ଆମକୁ କଷ୍ଟ ଏବଂ ଦୁଃଖ ଦେଇଥାନ୍ତି । ସେ ଏମିତି ଏକ ପରିସ୍ଥିତିରେ ଆମକୁ ଆଣି ଠିଆ କରେଇ ଦିଅନ୍ତି ଯେତେବେଳେ ଆମେ କେଉଁ ନିଷ୍ପତ୍ତି ନେବା ସ୍ଥିର କରି ପାରି ନଥାଉ ।

ଏମିତି ଏକ ପରିସ୍ଥିତି ଆଜି ମୋ ସହ ହୋଇଛି। କୋରନାର ଦ୍ୱିତୀୟ ଲହର ପାଇଁ ଶିକ୍ଷାନୁଷ୍ଠାନଗୁଡ଼ିକ ପୁଣି ଅନିର୍ଦ୍ଦିଷ୍ଟ କାଳ ପାଇଁ ବନ୍ଦ ହୋଇଗଲା। ଯାହା ଫଳରେ ଅତିଥି ଅଧ୍ୟାପକ ମାନଙ୍କୁ ମଧ୍ୟ ଚାକିରିରୁ ବାହାର କରି ଦିଆଗଲା। ଥରେ ଦୁଃଖରୁ ବାହାରି ସୁଖର ସ୍ୱପ୍ନ ଦେଖିବାକୁ ଆରମ୍ଭ କରିଥିବା ଏ ହୃଦୟ ପୁଣି ଥରେ ଦୁଃଖ ସହିବାକୁ ପ୍ରସ୍ତୁତ ନଥାଏ। ଏତେ ସହଜରେ ସ୍ୱପ୍ନ ଭାଙ୍ଗି ଯାଏ ବୋଲି ମୋ ମନ ମଧ୍ୟ ଠିକ୍ ସେମିତି ଗ୍ରହଣ କରି ପାରୁ ନଥାଏ।

ମୋତେ ବେଶୀ କଷ୍ଟ ଲାଗୁଥାଏ ଏବେ ଘରେ କ'ଣ କହିବି? କେମିତି କହିବି ମୋତେ ଚାକିରିରୁ ବାହାର କରି ଦେଇଛନ୍ତି ବୋଲି? ଯେଉଁ ମାନେ ଭାବୁଥିଲି ଥରେ ମୁଁ ଚାକିରି କରିଦେଲେ ସେମାନଙ୍କ ସବୁ ଦୁଃଖ ଦୂରେଇ ଯିବ ବୋଲି। ଏମିତି ଭାବି ଭାବି ମୁଁ କେତେବେଳେ ଶୋଇ ପଡ଼ିଛି। ହଠାତ୍ ଫୋନ ରିଙ୍ଗ ହେବା ଶୁଣି ମୋ ନିଦ ଭାଙ୍ଗିଗଲା। ଫୋନ ଉଠେଇ ଦେଖେ ତ ମାଆ ଫୋନ କରିଛି। କ'ଣ କହିବି ନ କହିବି ଭାବୁ ଭାବୁ ସେ ସେପଟୁ କହିଛି

– 'ଟିଭି ରେ କ'ଣ ଦେଖାଉଥିଲେ କୋରୋନା ପାଇଁ ସବୁ ଶିକ୍ଷାନୁଷ୍ଠାନ ବନ୍ଦ ହୋଇଯାଇଛି ଆଉ କର୍ମଚାରୀ ମାନଙ୍କୁ ଛଟେଇ କରା ଦିଆଯାଇଛି। ତୁ କାଳେ କ'ଣ ଚିନ୍ତା କରିବୁ ବୋଲି ମୁଁ ଫୋନ୍ କରିଥିଲି। ତୁ ଏ ଛଟେଇକୁ ନେଇକି ମନ ଦୁଃଖ କରୁଛୁ କି? କିଛି ବି ଚିନ୍ତା କରିବୁନି। ତମ ମାନଙ୍କୁ ମୁଁ ଏତେ ଦିନ ମଣିଷ କଲି ଆଉ କ'ଣ କିଛି ଦିନ ରଖି ପାରିବିନି।'

ତା' କଥା ଶୁଣି ମୁଁ ଜୋର୍‌ସେ କାନ୍ଦି ଉଠିଥିଲି। ମୋ କାନ୍ଦ ଶୁଣି ସେ କହିଲା– 'ଛି ଏ ସାମାନ୍ୟ କଥା ପାଇଁ ତୁ କାନ୍ଦୁଛୁ? ଜୀବନରେ କେତେ ବଡ଼ ବଡ଼ ସମସ୍ୟା ଆସିବ ତୁ କ'ଣ ଏମିତି ସବୁ ବେଳେ କାନ୍ଦୁଥିବୁ?'

ଏ ଛଟେଇ ତତେ ତୋ ବର୍ତ୍ତମାନର ଚାକିରିଠାରୁ ଦୂରେଇ ଦେଇପାରେ ହେଲେ ତତେ କ'ଣ ତୋ ସ୍ୱପ୍ନଠାରୁ ଦୂରେଇ ଦେଇପାରିବ?

ତା' କଥା ଶୁଣି ମୁଁ ଲୁହ ପୋଛି ଆତ୍ମ ବିଶ୍ୱାସର ସହ ଏକ ନିଶ୍ୱାସ ମାରିଲି ସେପଟୁ ତା' ପ୍ରଖର ବିଶ୍ୱାସର ସ୍ୱର ମୋତେ ସ୍ପଷ୍ଟ ଶୁଣା ଯାଉଥିଲା।

■

ଭଡ଼ାଟିଆ

'ଶୁଣ ତମକୁ ଏବେଠୁ କହିଦେଉଚି ଆଜି ଯୋଉ ନୂଆ ଭଡ଼ାଟିଆ ଆସିବେ ତାଙ୍କ ସହ ଯେମିତି ତମେ ଆଉ ବେଶି ସମ୍ପର୍କ ଯୋଡ଼ି ନ ଦିଅ। ସେମାନଙ୍କ ସହ ବେଶି କଥା ହେବା ବି ଆମର ଦରକାର ନାହିଁ ଖାଲି ଯେତିକି ଜରୁରୀ ବାସ୍ ସେତିକି। ତାଙ୍କ ସହ ସୁଖ ଦୁଃଖ ହେବା ବି କିଛି ଆବଶ୍ୟକ ନାହିଁ। କ'ଣ ଶୁଣା ଯାଉଚି ନା ନାହିଁ ମୋ କଥା। ହେଇଟି ଶୁଭୁଚି' - ଏମିତି କେତେ କ'ଣ ରୋଷେଇ ଘରେ ଥାଇ ସୁମିତ୍ରା ଦେବୀ ପାଟି କରୁଥାନ୍ତି ହେଲେ ଏପଟେ ବସି ପେପର୍ ପଢୁଥିବା ବିକାଶ ବାବୁଙ୍କ କାନରେ ସେସବୁ କଥା ଯେମିତି ଏ କାନରେ ପଶି ସେ କାନରେ ବାହାରି ଯାଉଥାଏ।

କଥାଟା ହେଉଛି ବିକାଶ ବାବୁ ହେଉଛନ୍ତି ଅବସରପ୍ରାପ୍ତ ପ୍ରଧାନ ଶିକ୍ଷକ। ଆଉ ସୁମିତ୍ରା ଦେବୀ ହେଉଛନ୍ତି ତାଙ୍କ ପତ୍ନୀ। ଗୋଟେ ବୋଲି ପୁଅ ସେମାନଙ୍କର ହେଲେ ସେ ଯାଇକି ଆମେରିକାରେ। ସେଠି ଗୋଟେ ଝିଅ ଦେଖିକି ବାହା ହୋଇ ଯାଇଛି ଏହା ଭିତରେ ପୁଅର ଗୋଟେ ଝିଅଟେ ବି ହୋଇଛି ହେଲେ ନାତୁଣୀ ମୁହଁ ଏଯାଏଁ ବୁଢ଼ା ବୁଢ଼ୀ ଦୁଇଜଣ ଦେଖି ନାହାନ୍ତି। ଏପଟେ ଘରେ ଲୋକ କହିଲେ ଦୁଇଜଣ ବୁଢ଼ା ଆଉ ବୁଢ଼ୀ ଏତେ ଘର ବେକାର ରେ ଖାଲି ପଡ଼ିଛି। ବିନା ଲୋକରେ ଘରଟା ଭୂତ କୋଠୀ ପରି ଲାଗୁଛି ସେଥିପାଇଁ ବିକାଶ ବାବୁ ଭାବୁଛନ୍ତି କି ଉପର ମହଲାକୁ ଭଡ଼ା ବାବଦକୁ ଦେଇଦେବେ। ଆଉ ଏଥିପାଇଁ କେତେ ଜଣଙ୍କୁ କହି ସାରିଥିଲେ ମଧ୍ୟ ହେଲେ ସୁମିତ୍ରା ଦେବୀଙ୍କ ଗୋଟେ ଜିଦି ଯିଏ ବି ଭଡାକୁ ରହିବେ ସେମାନେ ଉଚ୍ଚ ଜାତିର ହୋଇଥିବେ। ଆଉ ଏଥିପାଇଁ ବିକାଶ ବାବୁ ତାଙ୍କୁ ବହୁତ୍ ବୁଝାଇଲେ ବି କିଛି ଲାଭ ନାହିଁ ସେଥିପାଇଁ ବାଧ୍ୟ ହୋଇ ବିକାଶ ବାବୁ ସୁମିତ୍ରା ଦେବୀଙ୍କ କଥାରେ ରାଜି ହୋଇଯାଇଛନ୍ତି।

ହେଲେ କଥାଟା ହେଉଛି ଏତେ ଖୋଜିଲା ପରେ ମଧ୍ୟ ସୁମିତ୍ରା ଦେବୀଙ୍କ

ମନ ପ୍ରସନ୍ଦର ଭଡାଟିଆ ମିଳିଲାନି ସେଥିପାଇଁ ବାଧ୍ୟ ହୋଇ ସେ ଘର ଖାଲି ରଖିବାକୁ ଭାବିଥିଲେ। କିନ୍ତୁ ଦୁଇ ଦିନ ହେଲା ଜଣେ ଲୋକ ଆସି ଖୁବ୍ କାକୁତି ମିନତି ହୋଇ ଘର ଭଡ଼ାରେ ଦେବାପାଇଁ କହିଲାରୁ ବିକାଶ ବାବୁଙ୍କ ମନରେ ଦୟା ହୋଇଛି ଆଉ ସେ କୌଣସି ମତେ ସୁମିତ୍ରା ଦେବୀଙ୍କୁ ରାଜି କରାଇ ସେ ଲୋକଟିଙ୍କୁ ଭଡ଼ା ଦେବାକୁ ଭାବିଛନ୍ତି। ଆଜି ଯୋଉ ଭଡାଟିଆ ଆସୁଛନ୍ତି ସେମାନେ ଉଚ୍ଚ ଜାତିର ନୁହଁନ୍ତି ଆଉ ସେଥିପାଇଁ ସୁମିତ୍ରା ଦେବୀ ବିକାଶ ବାବୁଙ୍କ ଉପରେ ରକ୍ତ ଚାଉଳ ଚିବାଉଛନ୍ତି।

ସୁମିତ୍ରା ଦେବୀଙ୍କ କଥା ସେମିତି ଚାଲିଥାଏ ହଠାତ୍ ଗୋଟେ ପାଖରେ ଗାଡି ରହିବାର ଶବ୍ଦ ଶୁଣା ଗଲା। ଆଉ ସେ ଶବ୍ଦ ଶୁଣି ବିକାଶ ବାବୁ କହିଉଠିଲେ କି - 'ଦେଖ ବୋଧେ ଭଡ଼ାଟିଆ ଆସିଗଲେ। ଆଉ ସୁମିତ୍ରା ଦେବୀ ଟିକେ ମୁହଁ ମୋଡ଼ି ଦେଇ ଘର ଭିତରକୁ ପଶିଗଲେ।

ଏହା ଭିତରେ ଜଣେ ୨୭ କି ୨୮ ବର୍ଷର ଯୁବକ ବ୍ୟାଗ୍ ଆଉ ଜିନିଷ ପତ୍ର ଧରି ଅଟୋ ରୁ ଓହ୍ଲାଇଲା। ତା' ପଛେ ପଛେ ମୁଣ୍ଡରେ ଓଢଣା ଦେଇ ୨୨ କି ୨୩ ବର୍ଷର ଜଣେ ସ୍ତ୍ରୀ ଲୋକ। ଆଉ ସବା ଶେଷକୁ ୨ କି ୩ ବର୍ଷର ଛୋଟ ଝିଅ ଟିଏ। ଅଟୋ ବାଲାକୁ ସେ ପୁଅଟି ପଇସା ଦେବା ଭିତରେ ବିକାଶ ବାବୁ ଯାଇକି ବାହାରେ ଠିଆ ହୋଇ ଯାଇଥିଲେ। ସେ ପଇସା ଦେଇ ସାରି ଆସି ମୋତେ ନମସ୍କାର କଲା। ତାକୁ ଦେଖିକି ତା' ସ୍ତ୍ରୀ ମଧ୍ୟ ନମସ୍କାର ଜଣାଇଲା ଆଉ ତା' ଝିଅକୁ କହିଲା ଦେଖେ ଜେଜେଙ୍କୁ ନମସ୍କାର କର।ଜେଜେ ଡାକ ଶୁଣି ବିକାଶ ବାବୁଙ୍କୁ ଭଲ ଲାଗିଲା ନାହିଁ। ଏତେ ଜଲ୍‌ଦୀ ଗୋଟେ ସମ୍ପର୍କରେ ପଡ଼ିବାକୁ ସେ ଚାହୁଁ ନଥିଲେ ଏପଟେ ପୁଣି ସୁମିତ୍ରା ଦେବୀଙ୍କ ପ୍ରତି ଥିବା ଡର। ।ଏହା ଭିତରେ ସେ ଯୁବକ ସହ କଥା ହେଇ ଜାଣିବାକୁ ପାଇଲେ ଯେ ସେ ଆଜିକୁ ୪ ବର୍ଷ ହେଲାଣି ସେ ଝିଅକୁ ବାହା ହୋଇଛି। ଭଲ ପାଇ ବାହା ହେଇଥିବାରୁ ଘର ଲୋକଙ୍କ ସହ ତାଙ୍କର କିଛିବି ସମ୍ପର୍କ ନାହିଁ। ପୁଅଟି ପାଖରେ ଥିବା ଏକ କମ୍ପାନୀରେ ଆଉ ତା' ସ୍ତ୍ରୀ ଏକ ମେଡ଼ିସିନ୍ ଷ୍ଟୋରରେ କାମ କରୁଛନ୍ତି। ।ଏମିତି କଥା ହେବା ଭିତରେ ସେ କହିଲା କି ସେମାନେ ସ୍ୱାମୀ ସ୍ତ୍ରୀ କାମକୁ ଗଲା ପରେ ଘରେ ତାଙ୍କର ଏକା ଝିଅ ରହୁଛି। ଏକା ଛାଡ଼ିକି ଯାଇପାରୁ ନାହାନ୍ତି ବୋଲି ସେମାନେ ସ୍କୁଲ ପାଖରେ ଏକ ଘର ଖୋଜୁଥିଲେ ଯୋଉଠି କି ଝିଅକୁ ନେଇ ଛାଡ଼ି ସେମାନେ କାମକୁ ଯାଇପାରିବେ। ଶେଷକୁ ଜଣେ ଲୋକ ବିକାଶ ବାବୁ ଙ୍କ ଘର ଠିକ'ଣା ଦେଲା କାରଣ ବିକାଶ ବାବୁଙ୍କ ଘର ପାଖରେ ଏକ ପ୍ଲେ ସ୍କୁଲ ଅଛି।

ଏହା ପରେ ସେମାନେ ଘର ଭିତରକୁ ଗଲେ। ଯିବା ଯାଏ ସେ ଛୋଟ ଝିଅଟି ବିକାଶ ବାବୁଙ୍କୁ ଏମିତି ଚାହୁଁଥାଏ ଯେମିତି ସେ ପ୍ରଥମ କରି ଗୋଟେ ଅଦ୍ଭୁତ୍ ଲୋକକୁ ଦେଖୁଚି। ସେମାନେ ଗଲା ପରେ ସୁମିତ୍ରା ଦେବୀ ଆସି କହିଲେ କ'ଣ କଥା ହେଉଥିଲ ମୋ କଥା ନ ମାନି ତ ତାଙ୍କୁ ଘରେ ରଖିଲ ଏବେ ସେମାନଙ୍କ ସହ ଏତେ ଆଉ ଭାବ ଲଗାଅନି।

ଏହା ଭିତରେ ସେମାନେ ଆସିବାର ଦଶ ଦିନ ହୋଇଗଲାଣି। ୧୦ ଦିନ ଭିତରେ ସେ ସ୍ତ୍ରୀ ଲୋକ ଜଣଙ୍କ ତିନିରୁ ଚାରି ଥର ସୁମିତ୍ରା ଦେବୀଙ୍କ ପାଖକୁ ଆସିଲାଣି। ସେ କଲୋନୀରେ କୋଉଠି କ'ଣ ମିଳୁଛି ସେ ବିଷୟରେ ବୁଝିବା ପାଇଁ। ।ସୁମିତ୍ରା ଦେବୀ ସେ ବାହାରୁ ବାହାରୁ ତା' ସହ କଥା ହୋଇ ତାକୁ ବିଦା କରି ଦିଅନ୍ତି। ସେ ଛୋଟ ଝିଅ ନାଁ ପୁତୁଲ୍। ଆଉ ତା' ବାବାଙ୍କ ନାଁ ରାଜୁ ମା ନା ହେଉଛି ରୀନା। ।ରାଜୁ ଆଉ ରିମା ଖୁବ୍ ମେଳାପି। ଉପରେ ପଡ଼ି ସାହାଯ୍ୟ କରିବା ପାଇଁ ଉଭୟ ଆଗଭର। ସେଦିନ ଗ୍ୟାସ୍ ସରିଗଲା ପରେ ରାଜୁ ନିଜେ ଯାଇ ନେଇ ଆସିଲା ଯେତେ ମନା କଲେ ମଧ୍ୟ ଶୁଣିଲା ନାହିଁ। ରିନା ମଧ୍ୟ ସେମିତି ଉପରେ ପଡି ବଗିଚାର କାମ ସବୁ କରିଦେବ। ହେଲେ ସୁମିତ୍ରା

ଦେବୀ ଙ୍କ ରାଗ ଦେଖି ବିକାଶ ବାବୁ ତାଙ୍କ ସହ ଖୋଲା ଖୋଲି ଭାବରେ ମିଶି ପାରନ୍ତି ନାହିଁ।

କୋରାନା ପାଇଁ ରାଜୁର କମ୍ପାନୀ ଆଉ ରିନାର ମେଡ଼ିସିନ୍ ଷ୍ଟୋର ବନ୍ଦ ହୋଇଗଲା ତା' ସହ ପୁତୁଲ୍ର ସ୍କୁଲ ବି। ଏଥର ପୁତୁଲ୍ ପୁରା ପୁରି ଘରେ। ବିକାଶ ବାବୁ ଦେଖନ୍ତି ଯେତେବେଳେ ସେ ସକାଳୁ ସକାଳୁ ବୁଲିବାକୁ ଯାଆନ୍ତି ପୁତୁଲ୍ ତାଙ୍କୁ ଝରକା ବାଟେ ଏକ ଲୟରେ ଅନେଇଥାଏ। ସୁମିତ୍ରା ଦେବୀ ଯେତେବେଳେ ଚଉରା ପୂଜା କରନ୍ତି ପୂତୁଲ ଝରକା ପାଖରୁ ଆସି କବାଟ ପାଖରେ ଠିଆ ହୋଇ ତାଙ୍କୁ ଅନେଇ ଥାଏ। କେବେ ପାଖକୁ ଆସେନି ଖାଲି ଦୂରରେ ଅନେଇ କ'ଣ କେଜାଣି ଭାବୁଥାଏ। ହୁଏତ ସେ ଅପେକ୍ଷା କରିଥାଏ କାଳେ ଏମାନେ ତାକୁ ପାଖକୁ ଡାକିବେ ହେଲେ ଏମାନେ ତାକୁ ଡାକିବା ଦୂରର କଥା ତାକୁ ଅନେଇ କେବେ ସ୍ନେହରେ ହସ ମଧ୍ୟ ପାରନ୍ତି ନାହିଁ। ସମ୍ପର୍କରେ ବାନ୍ଧି ହୋଇଗଲା ପରେ ମଣିଷ ସବୁବେଳେ ସେଇ ସମ୍ପର୍କକୁ ପାଖରେ ଅନୁଭବ କରିବାକୁ ଚାହିଁ ଥାଏ। ଯାହାକି ପରବର୍ତ୍ତୀ ସମୟରେ ତା' ଦୁଃଖର କାରଣ ହୋଇଥାଏ। ଯୋଉ ଦୁଃଖକୁ ବିକାଶ ବାବୁ ଏବଂ ସୁମିତ୍ରା ଦେବୀ ଆଜି ଯାଏଁ ଅନୁଭବ କରି ଆସିଛନ୍ତି ସେଥିପାଇଁ ବର୍ତ୍ତମାନ ସେମାନେ ଏମିତି ବ୍ୟବହାର କରୁଛନ୍ତି।

ଦିନେ ସକାଳୁ ସକାଳୁ ବିକାଶ ବାବୁ ବୁଲିବାକୁ ଯିବା ବେଳେ କାଇଁ କେଜାଣି ମୁଣ୍ଡଟା ଜୋରସେ ବୁଲେଇ ଦେଲା ଆଉ ସେ ପଡିଗଲେ।ସେତିକି ବେଳେ କୋଉଠି ଥିଲା କେଜାଣି ପୁତୁଲ୍ ଜେଜେ ପଡିଗଲେ ଜେଜେ ପଡିଗଲେ କହି ଚିତ୍କାର କରି ଉଠିଲା। ତା' ପାଟି ଶୁଣି ଉପର ଘରୁ ରାଜୁ ଆଉ ରିନା ଆଉ ତଳ ଘରୁ ସୁମିତ୍ରା ଦେବୀ ଦୌଡ଼ି ଆସିଲେ।ଆଉ ତାଙ୍କୁ ଘରକୁ ନେଇଗଲେ। ବିକାଶ ବାବୁଙ୍କୁ ଭଲ ଲାଗିବା ଯାଏଁ ରାଜୁ ଆଉ ରୀନା ନିଜ ଲୋକ ପରି ପାଖେ ପାଖେ ଜଗି ବସିଥିଲା। ବିକାଶ ବାବୁଙ୍କୁ ଭଲ ଲାଗିବାରୁ ସେ ଦୂରରେ ଠିଆ ହୋଇଥିବା ପୁତୁଲକୁ ପାଖକୁ ଡାକିଥିଲେ ଆଉ ସେଦିନଠୁ ସେ ଆଉ ଦୂରରେ ଠିଆ ହେଲା ନାହିଁ ଜେଜେ ଆଉ ଜେଜେ ମା କହି କହି ସେମାନଙ୍କ ପାଖ ଛାଡିଲାନି। ପ୍ରଥମେ ପ୍ରଥମେ ତ ସୁମିତ୍ରା ଦେବୀ ଆଉ ବିକାଶ ବାବୁ ଏକା ଏକା ନିସଂଗ ଜୀବନ ବିତାଉଥିଲେ ହେଲେ ଏବେ ଯେମିତି ପୁତୁଲ୍ ତାଙ୍କ ଜୀବନ ପାଲଟି ଗଲା। । ଆଜି ଯାଏଁ ଭୂତ କୋଠୀ ପରି ପଡ଼ିଥିବା ତାଙ୍କ ଘରଟି ପୁତୁଲ୍‌ର ଜେଜେ ଜେଜେ ମା ଡାକରେ କମ୍ପି ଉଠିଲ। ରାଜୁ ଆଉ ରିନା ମଧ୍ୟ ସାର୍ ଆଉ ମାଡ଼ାମ୍ ବଦଳରେ ମଉସା ମାଉସୀ ଡାକିବାକୁ ଆରମ୍ଭ କଲେ।

ଭଡାଟିଆ ହୋଇ ଆସିଥିବା ତିନୋଟି ମଣିଷ ଧୀରେ ଧୀରେ ସେ ଘରର ସଦସ୍ୟ ପାଲଟି ଗଲେ।ବିକାଶ ବାବୁଙ୍କ ମେଡ଼ିସିନ୍ ସମୟଠାରୁ ସୁମିତ୍ରା ଦେବୀଙ୍କ ସିରିଏଲ୍ ଦେଖା ସମୟ ସବୁ ପୁତୁଲର ମୁହେଁ ମୁହେଁ ଥିଲା। ଏଣିକି ସୁମିତ୍ରା ଦେବୀଙ୍କୁ ଆଉ ରୋଷେଇ କରିବାକୁ ପଡିଲା ନାହିଁ ରିନା ସଫା ସଫା ମନା କରିଦେଲା କି ମୁଁ ଥିବା ଯାଏଁ ଆପଣଙ୍କୁ ଆଉ ରୋଷେଇ କରିବା ଦରକାର ନାହିଁ। ।ଏହା ଭିତରେ ମଉସା ମାଉସୀ ରୁ ରାଜୁ ଆଉ ରିନା ବାପା ବୋଉ ଡାକିବା ଆରମ୍ଭ କରିଦେଇଥିଲେ।

ସମୟ ସହ ରିନା ରାଜୁ ଆଉ ପୁତୁଲ୍ ଏ ତିନି ଜଣଙ୍କୁ ଛାଡ଼ି ବିକାଶ ବାବୁ ଆଉ ସୁମିତ୍ରା ଦେବୀ ଏକା ରହିବା କଥା ଭାବି ପାରିଲେ ନାହିଁ। ସେମାନଙ୍କ ପାଖରେ ଟଙ୍କାର ଅଭାବ ନଥିଲା ଅଭାବ ଥିଲା ଯଦି ଖାଲି ଆତ୍ମିୟତା ଆଉ ଅପଣାପଣ। ପୁଅ ବୋହୂ ବାହାରେ ରହିଲା ପରେ ବୁଢ଼ା ବୁଢୀ ଦୁଇ ଜଣ ଖୁବ୍ ଏକୁଟିଆ ଅନୁଭବ କରୁଥିଲେ ସେଇ ଅଭାବ ଏ ତିନି ଜଣ ଖୁବ୍ କମ୍ ଦିନରେ ଦୂର କରି ଦେଇଥିଲେ। ଖାଲି ରକ୍ତର ସମ୍ପର୍କରେ ଯେ ଜଣେ ଅନ୍ୟ ଜଣଙ୍କୁ ନିଜର ଲାଗିପାରେ ବୋଲି ସୁମିତ୍ରା ଦେବି ଏବଂ ବିକାଶ ବାବୁଙ୍କ ମନରେ ଯୋଉ ଧାରଣା ଥିଲା ତାହା ଏବେ ପୁରା ପୁରି ଦୂର ହୋଇଗଲାଣି।

ହେଲେ କିଛି ଦିନ ପରେ ରାଜୁର ବଦଳି ଖବର ଆସିଲା। ତାକୁ ସେଠୁ

ଯାଇକି ଅଲଗା ଜାଗାରେ ଜଏନ କରିବାକୁ ପଡ଼ିବ ।ସେ ଖବର ମିଳିବାଠାରୁ ସେମାନେ ଘର ଛାଡ଼ିବା ଯାଏଁ ଯେଉଁ ସମୟ ଚାଲିଥିଲା ତାହା ଖୁବ୍ ଯନ୍ତ୍ରଣା ଦାୟକ ଥିଲା। ସମସ୍ତଙ୍କ ଆଖିରେ ଲୁହ ଆଉ ଛାତିରେ କୋହ ଥିଲା। ପୁତୁଲ ତ କାନ୍ଦି କାନ୍ଦି ସଫା ସଫା କହିଦେଲା କି ଏଇଟା ମୋ ଘର ମୁଁ ମୋ ଘରୁ ଜେଜେ ଆଉ ଜେଜେ ମା ଙ୍କୁ ଛାଡ଼ିକି କୁଆଡେ ଯିବିନି। ହେଲେ କିଛି ଦିନ ପରେ ପରିସ୍ଥିତି ଚାପରେ ବାଧ୍ୟ ହୋଇ ସେମାନେ ଘର ଛାଡ଼ି ନୂଆ ଜାଗାକୁ ଚାଲି ଯାଇଥିଲେ।

ସେ ଗଲା ପରେ ବିକାଶ ବାବୁ ଆଉ ସୁମିତ୍ରା ଦେବୀ ଥମ୍ ହୋଇକି ବସି ପଡ଼ିଲେ ।ଦୁଇ ଜଣଙ୍କ ଆଖିରୁ ଲୁହ ଧାର ବୋହୁଥିଲା। ମଣିଷ ସବୁବେଳେ ଏମିତି ଭଲ ପାଉଥିବା ମଣିଷ ଯେତେବେଳେ ଆମକୁ ଛାଡ଼ି ଦୂରକୁ ଚାଲି ଯାଇଥାଏ ସେତେବେଳେ ଆମକୁ ଖୁବ୍ କଷ୍ଟ ହୋଇଥାଏ। ଆଗରୁ ନିସଙ୍ଗ ଥିବା ଏମାନଙ୍କର ଜୀବନ ଏବେ ଅଧିକ ନିସଂଗତା ଆଣି ଦେଇଥିଲା। କିଛି ସମୟ ଚୁପ୍ ରହିବା ପରେ ସୁମିତ୍ରା ଦେବୀ ବିକାଶ ବାବୁ ଙ୍କୁ କହିଲେ

'ଦେଖ ତମକୁ କହୁଥିଲି ନା ଘରଭଡା ନେଉଥିବା ଲୋକଙ୍କ ସହ ବେଶି ଭାବ ଲଗେଇବନି ବୋଲି। ଦେଖିଲ ତ କ'ଣ ହେଲା। ସମସ୍ତେ କୁହନ୍ତି ସମ୍ପର୍କ ଭାଙ୍ଗିବା ବହୁତ୍ ସହଜ ହେଲେ ଯୋଡିବା ବହୁତ୍ କଷ୍ଟ। ହେଲେ ମୁଁ ତ କହିବି ସମ୍ପର୍କ ଯୋଡିବା ବହୁତ୍ ସହଜ ହେଲେ ଭାଙ୍ଗିବା ବହୁତ୍ କଷ୍ଟ ।ମଣିଷ ସମ୍ପର୍କରେ ବାନ୍ଧି ହୋଇଗଲେ କଷ୍ଟ ପାଏ।'

ସୁମିତ୍ରା ଦେବୀ ଙ୍କ କଥା ଶୁଣି ବିକାଶ ବାବୁ କ'ଣ କହିବେ ଜାଣି ପାରିଲେ ନାହିଁ। କିଛି ସମୟ ପରେ କହିଲେ ଏଥର ଭଡାଟିଆ ମାନଙ୍କୁ ଭଡାଟିଆ ପରି ହିଁ ବ୍ୟବହାର କରିବା।

ସେତିକି ବେଳେ ତାଙ୍କ ଫୋନ ବାଜି ଉଠିଲା ଫୋନ ଉଠେଇଲା ବେଳକୁ ସେପଟୁ ପୁତୁଲ୍ କହୁଥିଲା - 'ଜେଜେ ମୋ ଘରେ ଆଉ କାହାକୁ ଭଡା ଦେବନି। ତମେ ବି ମୋ ଘରେ ଯୋଉ ରହୁଛ ମୋତେ ଘରଭଡା ଦେଇଦେବ। '

ତା' କଥା ଶୁଣି ହସି ହସି ବିକାଶ ବାବୁ କହିଲେ, ' ହଁ ଲୋ ମୋ ମା ତୋ ଘର ଭଡ଼ା ପଇସା ଆମେ ଦେଇଦେବୁ। '

ତାଙ୍କ କଥା ଶୁଣି ସୁମିତ୍ରା ଦେବି ପୁତୁଲ ଫୋନ କରିଛି ଜାଣି ଖୁସି ରେ ବିକାଶ ବାବୁଙ୍କ ହାତରୁ ଫୋନ ଛଡେଇ ନେଇ କଥା ହେବାକୁ ଆରମ୍ଭ କଲେ। ଟିକିଏ ପୂର୍ବରୁ ତାଙ୍କ ମନରେ ଥିବା ରାଗ ଅଭିମାନ ସବୁ ଯେମିତି କୁଆଡେ ଉଡେଇ ଯାଇଥିଲା।

ବିକାଶ ବାବୁ ଭାବିଲେ ଏ ଇଟା ବାଲି ରେ ତିଆରି ହୋଇଥିବା ଘରେ ଭଡ଼ା ଦେଇଥିବା ମଣିଷକୁ ସିନା ଆମେ ସହଜରେ ସେ ଘରୁ କାଢ଼ି ଦେଇ ପାରିବା ହେଲେ ମନର ଘରେ ଥରେ ରହି ଯାଇଥିବା ମଣିଷକୁ କ'ଣ ଏତେ ସହଜରେ କାଢି ପାରିବା। ଏବେ ସେ ଆଖିରୁ ଝରୁଥିବା ଲୁହକୁ ପୋଛି ମନେ ମନେ ହସିବାକୁ ଲାଗିଲେ।

■

ପାଉଁଜି

ପିଲାଟି ଦିନରୁ ମୋର ପାଉଁଜି ପ୍ରତି ଖୁବ୍ ଦୁର୍ବଳତା। ତା'ର ରୁମଝୁମ୍ ଶବ୍ଦ ଶୁଣିଲେ ମନରେ ଥିବା ସବୁ ନିସଂଗତା ସତେ ଯେପରି ମୋର ଦୂର ହୋଇଯାଏ। ଅଳତା ଲଗାଇ ପାଉଁଜି ପିନ୍ଧି ଯେତେବେଳେ ମୋ ଆଗରେ କିଏ ଚାଲି ଯାଏ କେଜାଣି କେମିତି

ମୋର ମନ ଆଉ ଆଖି ଉଭୟ ତା' ତା ସହ ମୋ ବିନା ଅନୁମତିରେ ଚାଲି ଯାଇଥାନ୍ତି। ମନର ଅନୁପସ୍ଥିତିରେ ପୁରୁଣା ସ୍ମୃତି ସବୁ ଅଜାଣତରେ ଏ ହୃଦୟକୁ ଅକ୍ତକମା କରି ଦିଅନ୍ତି।

ମଣିଷ ଜୀବନରେ ହୁଏତ ସବୁବେଳେ ଏମିତି ହୁଏ। ଆମେ ଭଲ ପାଉଥିବା ମଣିଷ ହେଉ ବା ଜିନିଷ ଭଗବାନ ଆମଠୁ ହିଁ ଛଡେଇ ନିଅନ୍ତି। ପାଉଁଜିକୁ ଭଲପାଏ ବୋଲି ଆଜି ଯାଏ ମୁଁ କେବେ ପାଉଁଜି ଲଗେଇ ପାରିନି। ମୋତେ ହୁଏତ ୫-୭ ବର୍ଷ ହୋଇଥିଲା ଯେତେବେଳେ ମୋର ଜନ୍ମ ଦିନରେ ମାମୁ ମୋତେ ଗୋଟେ ପାଉଁଜି ଆଣି ଦେଇଥିଲେ। ସେ ପାଉଁଜି ଟି ଖୁବ୍ ସୁନ୍ଦର ଥିଲା, ଚାରି ପଟେ ଥିବା ଘୁଁଙ୍ଗୁର ତାକୁ ଅଧିକ ଆକର୍ଷଣୀୟକରି ଦେଉଥିଲା। ତାକୁ ପିନ୍ଧି ଘର ସାରା ଗୋଟେ ଚୁଲବୁଲି ପ୍ରଜାପତି ପରି ମୁଁ ଉଡ଼ି ବୁଲୁଥିଲି। ଟିକି ଟିକି ପାଦରେ ଗାଆଁଟା ସାରା ମୁଁ ସେ ପାଉଁଜି ପିନ୍ଧି ବୁଲି ଆସୁଥିଲି।ସେ ସମୟର ସେ ହିଁ ଥିଲା ମୋ ପାଇଁ ସବୁଠୁ ବେଶି ଆକର୍ଷଣୀୟ ଆଉ ମୂଲ୍ୟବାନ ଜିନିଷ। ନିଜଠୁ ମୁଁ ସେ ପାଉଁଜିକୁ କେବେ ବି ଅଲଗା କରୁ ନଥିଲି।

କିଛିଦିନ ପରେ ଯେତେବେଳେ ବାବା ମଦ ପିଇବା ପାଇଁ ଘରର ସବୁ ଜିନିଷ ବିକି ସାରିବା ପରେ ପଇସା ଦେବା ପାଇଁ ମାଆକୁ ମାଡ଼ ମାରୁଥିଲେ ସେଦିନ ତାଙ୍କ ଆଖି ପଡ଼ିଲା ମୋ ପାଦରେ ଥିବା ସେଇ ପାଉଁଜି ଉପରେ। ଆଉ ସେଇ

ମୁହୂର୍ତ୍ତରେ ସେ ଆସି ମୋ ପାଦରୁ ସେ ପାଉଁଜି କାଢି ନେଇ ଯାଇଥିଲେ। ଅନ୍ୟ ଦିନ ମାନଙ୍କରେ ମୋ ଠୁ କିଏ ପାଉଁଜି ନେଇଗଲେ ମୁଁ ଖୁବ୍ କାନ୍ଦୁଥିଲି, ଝଗଡ଼ା କରୁଥିଲି। ହେଲେ କେଜାଣି କାହିଁକି ସେଦିନ ବାବା ପାଉଁଜି ନେଲା ପରେ ମାଆ ଖୁବ୍ ଜୋରସେ କାନ୍ଦୁଥିଲେ ମଧ୍ୟ ମୋ ଆଖିରେ ଟୋପେ ବି ଲୁହ ନଥିଲା। ପିଲାଟି ଦିନରୁ ମୁଁ ଖୁବ୍ ଅଭିମାନୀ ଥିଲି। ସେଇ କଅଁଳ ମନରେ କେଜାଣି ମୋର କି ଭାବନା ଆସିଥିଲା ମୁଁ ସେଦିନ ଠୁ ପାଉଁଜି ପିନ୍ଧିବା ଛାଡ଼ି ଦେଇଥିଲି।

ତା' ପରଠୁ ମୁଁ ଆଉ କେବେ ପାଉଁଜି ପିନ୍ଧି ନଥିଲି। ବାବାଙ୍କ ନିଶା ଖାଇବା ଅଭ୍ୟାସ, ମାଆର ଅସହାୟତା ମୁଣ୍ଡ ଉପରେ ଦୁଇ ଭାଇ ଭଉଣୀଙ୍କ ଭବିଷ୍ୟତ ଭିତରେ ମୁଁ ମୋ ନିଜ ଇଚ୍ଛା ଆଉ ଖୁସିକୁ ଧୀରେ ଧୀରେ ଭୁଲିବାକୁ ଆରମ୍ଭ କରିଥିଲି।

ନିଦାଘର ଯନ୍ତ୍ରଣା ପରେ ବର୍ଷାର ଶିତଳତା ପରି ମୋ ଜୀବନରେ ଆସିଥିଲେ ବିବେକ। ଆଜି ଯାଏଁ ଅନ୍ୟ ପାଇଁ ବଞ୍ଚି ଆସୁଥିବା ମୋ ମନକୁ ସେ ଭଲ ପାଇବାର ରଙ୍ଗରେ ରଙ୍ଗୀନ କରିଦେଇଥିଲେ। ମୋ ଇଚ୍ଛା ମୋ ଖୁସି ଆଉ ମୋ ମନକୁ ବୁଝି ସେ ମୋତେ ଖୁବ୍ କମ୍ ଦିନରେ ଆପଣାର କରି ଦେଇଥିଲେ। ଥରେ ସେ ମୋତେ ଆଣି ଦେଇଥିଲେ ହଳେ ପାଉଁଜି। ସେଇ ପାଉଁଜି ଦେଖି ମୋର ପୁଣି ସବୁ ପୁରୁଣା କଥା ମନେ ପଡ଼ି ଯାଇଥିଲା କେମିତି ବାପା ହୋଇ ଝିଅର ପାଦରୁ ଜଣେ ପାଉଁଜି କାଢି ନେଇପାରେ ତାହା ପୁଣି ନିଶା ଖାଇବା ପାଇଁ। ସେକଥା ଭାବି ମୁଁ ସେ ପାଉଁଜି ପିନ୍ଧିବାକୁ ମନା କରିଥିଲି ହେଲେ ବିବେକ ମୋତେ ତାଙ୍କ ପ୍ରେମର ରାଣ ଦେଇ କହିଥିଲେ କି ସେ ପାଉଁଜି ମୋ ପାଦରେ ଥିଲେ ମୋତେ ଲାଗିବ ଯେମିତି ସେ ମୋ ପାଖେ ପାଖେ ଅଛନ୍ତି। ତାଙ୍କ କଥା ରଖି ମୁଁ ସେ ପାଉଁଜିକୁ ପିନ୍ଧିଥିଲି ଆଉ ନିଜ ଖୁସିରେ ପୁଣି ଥରେ ସୁନ୍ଦର ପ୍ରଜାପତି ପରି ଉଡିବାକୁ ସ୍ୱପ୍ନ ଦେଖିବା ଆରମ୍ଭ କରି ଦେଇଥିଲି।

ବେଳେବେଳେ ଆମେ ଦେଖିଥିବା ସ୍ୱପ୍ନର ଅବଧି ଖୁବ୍ କମ୍ ହୋଇଥାଏ। ସ୍ୱପ୍ନ ଭାଙ୍ଗି ଗଲେ ଆମକୁ ବାସ୍ତବତାକୁ ଫେରି ଆସିବାକୁ ଖୁବ୍ କଷ୍ଟ ହୁଏ ଯେମିତି ହୋଇଥିଲା ବିବେକ ମୋ ଜୀବନରୁ ଚାଲିଗଲା ପରେ। ଉଚ୍ଚଶିକ୍ଷା ପାଇଁ ସେ ଆମେରିକା ଯାଇ ସେଠାରେ ବାହା ହୋଇ ଯାଇଥିଲେ। ସେ ଗଲା ପରେ ପରେ ମୁଁ ଖୁବ୍ ଭାଙ୍ଗି ଯାଇଥିଲି। ଅଭିମାନରେ ତାଙ୍କ ସହ ଜଡ଼ିତ ସମସ୍ତ ସ୍ମୃତିକୁ ହୃଦୟରୁ ପୋଛି ଦେବା ପାଇଁ ଚେଷ୍ଟା କରି ସେ ଦେଇଥିବା ପାଉଁଜିକୁ ମଧ୍ୟ ସେଇ ମୁହୂର୍ତ୍ତରେ ପାଦରୁ କାଢି ଫିଙ୍ଗି ଦେଇଥିଲି। ଆଉ ପାଉଁଜି କେବେ ପିନ୍ଧିବିନି ବୋଲି ମଧ୍ୟ ଆଉ ଥରେ ନିଜ ପାଖରେ ଶପଥ କରିଥିଲି।

ହେଲେ ବେଳେବେଳେ ଆମେ କରିଥିବା ଶପଥ ପରିସ୍ଥିତି ଆଉ ପରିବେଶକୁ ନେଇ ପରିବର୍ତ୍ତିତ ହୋଇଯାଇଥାଏ। ବିବେକ ବାହା ହେବାର କିଛି ଦିନ ପରେ ଘର ଲୋକଙ୍କ ଚାପରେ ଆସି ମୁଁ ବାହା ହୋଇ ଥିଲି ବିମଳଙ୍କୁ। ବାହା ହେବା ପରେ ସାମାଜିକ ରୀତି ଅନୁସାରେ ପାଉଁଜି ପିନ୍ଧିବା ଗୋଟିଏ ସଧବା ନାରୀର ଲକ୍ଷଣ ସେଥିପାଇଁ ମନର ଶପଥ ମନରେ ରଖି ମୁଁ ପୁଣି ଥରେ ପାଉଁଜି ପିନ୍ଧିବାକୁ ଆରମ୍ଭ କରିଥିଲି ହେଲେ ବିମଳ ଙ୍କୁ ପାଉଁଜି ଶବ୍ଦ ଶୁଣିଲେ ଖୁବ୍ ବିରକ୍ତ ଲାଗୁଥିଲା। ସେ ଏମିତି ଜଣେ ମଣିଷ ଥିଲେ ଯାହାଙ୍କ ପାଖରେ ଅନ୍ୟର ମନକୁ ବୁଝିବାର ଇଚ୍ଛା ନଥିଲା। ନିଜ ଇଚ୍ଛା ନିଜ ଖୁସି ପାଇଁ ସେ ଯେ କୌଣସି ସ୍ତରକୁ ବି ଚାଲି ଯାଉଥିଲେ। ବାହାଘରର ପାଞ୍ଚ ଦିନ ପରେ ହିଁ ସେ ମୋତେ କଡା ନିର୍ଦ୍ଦେଶ ଦେଇଥିଲେ ପାଉଁଜି ନ ପିନ୍ଧିବା ପାଇଁ ଆଉ ସେତେବେଳେ ମୁଁ ମଧ୍ୟ ତାଙ୍କ କଥାକୁ ନୀରବରେ ମାନି ନେଇଥିଲି।

କଥା ଖାଲି ପାଉଁଜି ପିନ୍ଧିବା ମଧ୍ୟରେ ସୀମିତ ନଥିଲା ସେ ମୋର ସବୁ ଇଚ୍ଛା ଆଉ ସବୁ ଖୁସିକୁ ତାଙ୍କ ଅନୁଶାସନ ଏବଂ ଶୃଙ୍ଖଳା ମଧ୍ୟରେ ବାନ୍ଧି ରଖିଥିଲେ। ପ୍ରଥମେ ପ୍ରଥମେ ମୁଁ ଅଭିମାନ କରୁଥିଲି ହେଲେ ଧୀରେ ଧିରେ ସେ ଅଭିମାନ ଗୁଡ଼ା ମୋ ମନ ଭିତରେ ଶୀତଳ ନିଆଁ ପରି ଜଳି ପୁଣି ବେଳେବେଳେ ଅଭିମାନରେ ମନ ଭିତରେ କୁହୁଳି ଉଠୁଥିଲା। ମୋ ପାଉଁଜି ସହ ସେ ନେଇ ଯାଇଥିଲେ ମୋ ମନର ଖୁସି ଆଉ ଓଠର ହସ। ସେବେଠୁ ଆସି ପଚିଶି ବର୍ଷ ହେଲାଣି ନା ମୁଁ କେବେ ପାଉଁଜି କିଣିଛି ନା ମୋତେ କିଏ ପାଉଁଜି ପିନ୍ଧିବାକୁ ବାଧ କରିଛି।ଅନ୍ୟମାନଙ୍କ ବିଶ୍ୱାସଘାତକତା, ଅନ୍ୟ ମାନଙ୍କ ଇଚ୍ଛା ପାଇଁ ମୁଁ ମୋ ଇଚ୍ଛା ମୋ ଖୁସିକୁ ଧୀରେ ଧୀରେ ଭୁଲି ଗଲାଣି। ପାଉଁଜି ଆଉ ତା' ଶବ୍ଦ ମୋତେ ଖୁବ୍ ଭଲ ଲାଗୁଥିଲେ ମଧ୍ୟ କେବେ ତାକୁ ଆଣି ପୁଣି ଥରେ ପିନ୍ଧିବାକୁ ମୁଁ ଇଚ୍ଛା କରିନି।

ଏହା ଭିତରେ ଅନେକ ଦିନ ବିତିଗଲାଣି। ବାଲ୍ୟ, ଯୌବନର ପାହାଚ ଅତିକ୍ରମ କରି ମୁଁ ବୟସ ଅପରାହ୍ନରେ ପାଦ ଦେବାକୁ ବସିଲାଣି। ଜୀବନର ଏଇ ଲମ୍ବା ରାସ୍ତାରେ ଚାଲୁ ଚାଲୁ ମୋତେ ଅନ୍ୟ ମାନଙ୍କ ଖୁସି ପାଇଁ କେବଳ ଅଭିନୟ କରିବାକୁ ପଡିଛି। ଭଲ ଲାଗୁଥିବା ଅନେକ ଜିନିଷକୁ ଅଣଦେଖା କରି ଭଲ ଲାଗୁ ନଥିବା ଅନେକ ଜିନିଷକୁ ଗ୍ରହଣ କରିବାକୁ ପଡିଛି। ସ୍ୱାମୀ, ସନ୍ତାନ ଓ ସଂସାର ଭିତରେ ମୁଁ ନିଜକୁ ଭୁଲି ଯିବାକୁ ବାଧ ହୋଇଛି। ସମସ୍ତଙ୍କ ଖୁସିରେ ନିଜ ଖୁସି ଖୋଜିବାକୁ ଚେଷ୍ଟା କରିଛି। ହେଲେ ବେଳେବେଳେ ନିଜକୁ ଖୁବ୍ ଏକୁଟିଆ ପାଇଛି। ପୁଣି ଥରେ ଛୋଟ ଝିଅଟିଏ ପରି ପାଉଁଜି ପିନ୍ଧି ମନ ଖୁସିରେ ଘର ସାରା ବୁଲିବାକୁ ଇଚ୍ଛା ହୋଇଛି।ତା'ର ରୁମ୍ ଝୁମ୍ ଶବଦରେ ନିଜ ଭିତରର ସବୁ ଦୁଃଖ ଯନ୍ତ୍ରଣାକୁ ଭୁଲି

ଯିବାକୁ ଇଚ୍ଛା ହୋଇଛି। ହେଲେ ସଂସାରର ଶିକୁଳିରେ ମୋ ପାଦ ଏମିତି ବାନ୍ଧି ହୋଇଛି ଯେ ସେ ପାଦରେ ପାଉଁଜି ପିନ୍ଧିବାକୁ ଆଉ ଜାଗା ନାହିଁ।

ଏହା ଭିତରେ ପୁଅ ମୋର ବାହା ହୋଇ ଘରକୁ ବୋହୂ ଆସିଛି। ଝିଅ ନାହିଁ ବୋଲି ମୋ ମନରେ ଥିବା ଦୁଃଖ ବୋହୂ ଆସିବା ପରେ ଧୀରେ ଧିରେ କମିବାରେ ଲାଗିଛି। ବୋହୁ ମୋର ସାଧାରଣ ଘରର ଝିଅଟିଏ। ପିଲାଟି ଦିନରୁ ଖୁବ୍ ମେଧାବୀ ବୋଲି ପଢା ସରୁ ସରୁ ଚାକିରିଟିଏ ପାଇଛି। ଦରମା ବେଶୀ ନୁହେଁ ହେଲେ ସେଥିରେ ସେ ଖୁବ୍ ଖୁସି ଅଛି। ବୋହୁ ମୋର ଖୁବ୍ ଆତ୍ମ ସ୍ୱାଭିମାନୀ ଝିଅଟିଏ। ଅନ୍ୟ ଦୁଃଖରେ ସେ କାନ୍ଦି ପାରେ ଏବଂ ଭୁଲ କରୁଥିବା ଲୋକକୁ କନ୍ଦେଇ ବି ପାରେ ହେଲେ ପୁଅ ମୋର ଠିକ୍ ତା' ବାପା ପରି ହୋଇଛି ଖୁବ୍ ଆତ୍ମ ଅହଙ୍କାରୀ ଏବଂ ନିଜ ଇଚ୍ଛାରେ ମାଲିକ। ବାହାଘର ପରେ ପରେ ହିଁ ସେ ବୋହୂକୁ କହିଛି ଚାକିରି ନକରିବା ପାଇଁ ହେଲେ ବୋହୂ ସିଧା ସିଧା କହି ଦେଇଛି ବୋହୂ ହେବାର ସବୁ କର୍ତ୍ତବ୍ୟ ସେ କରି ପାରିବ ହେଲେ ଚାକିରୀ ଛାଡ଼ିବ ନାହିଁ। ଚାକିରି କରିବା ବୋଲି ସେ ଯେ କେତେ ରାତି ଅନିଦ୍ରା ହୋଇଛି, କେତେ ପରିଶ୍ରମ କରିଛି ତାକୁ ସେ ଅନ୍ୟ କାହା କଥାରେ ଛାଡି ପାରିବ ନାହିଁ।ଖାଲି ପଇସା ପାଇଁ ନୁହେଁ ସେ ନିଜ ମନର ଶାନ୍ତି ପାଇଁ ଚାକିରି କରିବ ତା' ସହ ବୋହୂ ହେବାର ସମସ୍ତ ଦାୟିତ୍ୱ ମଧ୍ୟ ଠିକ୍ ରେ ତୁଲାଇ ପାରିବ। ତା' କଥା ଶୁଣି ମୁଁ ସେଦିନ ଭାବୁଥିଲି କେତେ ସହଜରେ ସେ କେତେ ବଡ଼ କଥା କହିଦେଲା ହେଲେ ମୁଁ ଆଜି ଯାଏଁ ନିଜ ଇଚ୍ଛାରେ ପାଉଁଜିଟିଏ ବି ପିନ୍ଧି ପାରିଲି ନାହିଁ।

ସେଦିନ ସକାଳୁ ସକାଳୁ ମୁଁ ଉଠି ମନ୍ଦିର ଯାଇଥିଲି। ଫେରିଲା ବେଳକୁ ମୋ ଘରେ ଥୁଆ ହୋଇଛି ଗୋଟେ ବ୍ୟାଗ୍। କ'ଣ ଅଛି ବୋଲି ମୁଁ ତାକୁ ଖୋଲିଲା ବେଳକୁ ସେଥିରୁ ବାହାରିଲା ଗୋଟେ ସୁନ୍ଦର ପାଉଁଜି। କିଏ ଆଣିଚି ବୋଲି ଭାବିବା ଆଗରୁ

ବୋହୂ ଆସି କହିଲା – 'ଏଇଟା ତମ ପାଇଁ ମାଆ, ମୁଁ ମୋ ନିଜ ପଇସାରେ ଆଣିଛି।'

ତା' କଥା ଶୁଣି ମୁଁ କହିଲି 'ଆଲୋ ମୋ ମା ଏ ବୟସରେ ମୁଁ କ'ଣ ଆଉ ପାଉଁଜି ପିନ୍ଧିବି, ଲୋକ ହସିବେନି। ଆଉ ବି ମୋତେ ଯେ ପାଉଁଜି ପିନ୍ଧିବାକୁ ଭଲ ଲାଗେ ସେକଥା ମୁଁ କେବେ ଠୁ ଭୁଲି ଗଲାଣି।'

ମୋ କଥା ଶୁଣି ସେ ଟିକେ ହସିଲା ଆଉ କହିଲା – 'ମା ଆମ ନିଜ ଖୁସି ଆମ ହାତରେ, ଆମ ଉପରେ ନିର୍ଭର କରେ ଆମେ ପାଦରେ ଶିଙ୍କୁଳି ପିନ୍ଧିବା ନା ପାଉଁଜି।'

ତା' କଥା ଶୁଣି ମୁଁ ଭାବୁଥିଲି ପରିସ୍ଥିତିର ଚାପରେ ନିଜ ଇଚ୍ଛାକୁ ମାରିଦେବା ଅପେକ୍ଷା ରାଗ ଓ ଅଭିମାନକୁ ଭୁଲି ସାହସର ସହିତ ପରିସ୍ଥିତି ସହ ଲଢ଼ି ଅନ୍ୟମାନଙ୍କ ଖୁସି ସହ ନିଜ ଖୁସିକୁ ବଜାୟୀ ରଖିବା କେବେ ଅସମ୍ଭବ ନୁହେଁ। ଜୀବନ ଆମକୁ କଷ୍ଟ ଦିଏ, ସମସ୍ୟା ଦିଏ ହେଲେ ଆମେ ଜୀବନ ସହ ସାଲିସ କରିବା କି ସଂଗ୍ରାମ କରିବା ସେଇଟା ଆମ ଉପରେ ନିର୍ଭର କରେ।

ମୋର ଏ ଭାବନା ଭିତରେ ସେ ମୋତେ ଆଣି ପିନ୍ଧେଇ ଦେଇଥିଲା ସେଇ ପାଉଁଜିକୁ। ଆଉ ସବୁଥର ପରି ମୁଁ ତା' ପାଇଁ ତା' ମନ ପସନ୍ଦର ପିଠା କରିବା ପାଇଁ ରୋଷେଇ ଘରକୁ ତରତର ହୋଇ ଚାଲି ଯାଉଥିଲି। ସେଦିନ ମୋ ମନର ଖୁସି ମୋ ପାଦ ପାଉଁଜିର ଶବ୍ଦ ସହ ମିଶି ସତେ ଯେମିତି ସାରା ଘରକୁ ମୁଖରିତ କରି ଦେଉଥିଲା।

ଆଖି

ସବୁଦିନ ମୁଁ କଲେଜ ସାରି ଆସିଲା ବେଳକୁ ବରଗଛ ମୂଳେ ସେଇ ନିରୀହ ଆଖି ଯୋଡ଼ିକ ଦେଖିବାକୁ ପାଇଥାଏ। ଖୁବ୍ ନିରୀହ ଚାହାଣୀ ସେ ଆଖିରେ ଭରି ରହିଥାଏ। ଆଖିରେ ଯେ ଜଣେ ମଣିଷ କଥା କହି ପାରେ ବୋଲି କାହାଣୀରେ ଲେଖା ଥିବା କଥାର ଯେ ସତ୍ୟତା ଅଛି ତାକୁ ଦେଖିଲେ ଜଣା ପଡ଼ିଯାଏ। କାହିଁକି କେଜାଣି ସେ ଆଖି ଯୋଡ଼ିକ ଦେଖିବା କ୍ଷଣି ମୁଁ ମୋ ଅଜାଣତରେ ଅନ୍ୟମନସ୍କ ହୋଇଯାଏ ଏବଂ ସେଇ ଆଡ଼କୁ ଚାଲିଯାଏ। ଘରୁ ବାଟରେ ଖାଇବା ପାଇଁ ଆଣିଥିବା ଦଶ ଟଙ୍କାରୁ ପାଞ୍ଚ ଟଙ୍କା ତାକୁ ଦେଇଦିଏ। ଏଇ କଥା ପାଇଁ ମୋ ସାଙ୍ଗ ମାନେ ମୋତେ ବହୁତ୍ ଥଟା କରନ୍ତି ହେଲେ ସେମାନଙ୍କ ଥଟା ମୋ ଉପରେ କିଛି ପ୍ରଭାବ ପକାଏ ନାହିଁ। ଏମିତି ପ୍ରତିଦିନ ହୁଏ ସମସ୍ତଙ୍କ କଥାକୁ କାଟି ମୁଁ ସେଇ ନିର୍ଦ୍ଦିଷ୍ଟ ସମୟରେ ସେଇ ନିର୍ଦ୍ଧାରିତ ଜାଗାକୁ ପଳାଇ ଥାଏ।

ସେଇ ଆଖି ଯୋଡ଼ାକ ଛଡା ତା' ଚେହେରାରେ ଆଉ କିଛି ଆକର୍ଷଣ ଥିଲା କି ନାହିଁ ସେକଥା ମୁଁ କେବେ ନିରୀକ୍ଷଣ କରିନି। ସେ ଥିଲା ଦଶ କି ଏଗାର ବର୍ଷର ଝିଅଟିଏ। ଖାଦ୍ୟ ଅଭାବରୁ ଖୁବ୍ ପତଳା ଆଉ ତେଲ ଅଭାବରୁ ନୁଖୁରା ଚର୍ମକୁ ନେଇ ତା' ଚେହେରା। ମୁଣ୍ଡର ଚୁଟି ସବୁ ଅପରିଷ୍କାର ହେଲେ ବି ଆଖି ଯୋଡ଼ିକ ଖୁବ୍ ମନଲୋଭା ଆଉ କଥା କୁହା। ସେଇ ଅପରିଷ୍କାର ଦେହ ଆଉ କଥା କୁହା ଆଖିକୁ ନେଇ ସେ ସବୁବେଳେ ସେଇ ନିର୍ଦ୍ଦିଷ୍ଟ ବରଗଛ ମୂଳେ ଠିଆ ହୋଇଥାଏ। କେବେକେବେ ବସ ଝରକା ପାଖରେ ତ ପୁଣି କେତେବେଳେ ବସ ଭିତରକୁ ପଶି ଆସିଥାଏ। ହାତରେ ଗୋଟେ ଥାଳି ଧରି ଲୋକଙ୍କୁ ଟଙ୍କା ଦେବା ପାଇଁ ଅନୁରୋଧ କରିଥାଏ।

ସେ ବସ ଭିତରକୁ ଆସିଲେ ହାତ ଗଣତି କେତେ ଲୋକ ତାକୁ ଟଙ୍କା

ଦିଅନ୍ତି ହେଲେ ତାକୁ ଟଙ୍କା ଦେଉଥିବା ଲୋକଙ୍କଠାରୁ ଟଙ୍କା ନଦେଇ ସମାଲୋଚନା କରିବାକୁ ଅନେକ ଲୋକ ଆଗେଇ ଆସନ୍ତି। ବସ ଭିତରେ ତାକୁ ନେଇ ସମସ୍ତଙ୍କର ମନୋରଞ୍ଜନ ହୋଇଥାଏ। କିଏ ତାକୁ କେତେ କଥା କହୁଥାଏ, କିଏ ଟଙ୍କାଟିଏ ଦେଇ ଅନେକ ଉପଦେଶ ଦେଇଥାଏ ପୁଣି କିଏ ତାକୁ ବିଭିନ୍ନ ପ୍ରକାର ଅଜବ କଥା କହି ପରିହାସ କରେ। ସେ ଯିବା ପରେ ଅନେକ ଲୋକ ତ ବିଷୟରେ ବହୁତ୍ ଖରାପ କଥା କୁହନ୍ତି କେହି କେହି ତା' ସାମ୍ନାରେ ମଧ୍ୟ କହିବାକୁ ପଛାନ୍ତି ନାହିଁ। ବସ କଣ୍ଡକ୍ଟର ମଧ୍ୟ ତା' ତା ଉପରେ ଖୁବ୍ ରାଗେ ହେଲେ ସେ ସବୁବେଳେ ସେମିତି ନିର୍ବିକାର। କାଇଁ କେଜାଣି ସେ କାହାକୁ କିଛି କୁହେ ନାହିଁ। ଯିଏ ଯାହା କହିଲେ ବି ସେ କେମିତି ଏକ ନିରୀହ ଚାହାଣୀରେ ସେମାନଙ୍କୁ ଖାଲି ଚାହିଁ ରହିଥାଏ।

ହେଲେ ତା' ସହ ଏଇ ଅଳ୍ପ ଦିନରେ କେମିତି ଗୋଟେ ଆତ୍ମୀୟତା ଏ କିଛି ଦିନ ଭିତରେ ଗଢି ଉଠିଛି। ସମସ୍ତଙ୍କୁ କାଟି ସେ ଯେତେବେଳେ ମୋ ପାଖରେ ଆସି ଠିଆ ହୁଏ ସେତେବେଳେ ମୁଁ ତାକୁ ଦେଖି ଟିକେ ହସିଦିଏ ଆଉ ସେ ମୋତେ ତା'ର ସେ କଥା କୁହା ଆଖିରେ ଅନେକ ଅକୁହା କଥା କହିବାକୁ ଚେଷ୍ଟା କରୁଥାଏ। ଦୁନିଆରେ ଆମେ ପ୍ରତିଦିନ ଅନେକ ଲୋକଙ୍କୁ ପ୍ରତିଦିନ ଦେଖୁଥାଉ ହେଲେ ସେମାନଙ୍କ ମଧ୍ୟରେ କିଛି ଜଣ ହିଁ ଆମକୁ ଖୁବ୍ ନିଜର ଲାଗି ଥାଆନ୍ତି।

ସେଦିନ ସେ ବସ୍ ଭିତରକୁ ପଶୁ ପଶୁ ମୋ ପାଖରେ ବସିଥିବା ଜଣେ ଲୋକ କହି ଉଠିଲେ –' ଆଉ ଝିଅ ପଇସା ନେଇ କେତେ ମଦ କିଣା ହେଉଛି। '

ତାଙ୍କ କଥା ଶୁଣି ସେ କିଛି ନକହି ସେଠୁ ଚାଲି ଯାଇଥିଲା। ସେ ଗଲା ପରେ ମୁଁ କିଛି ନ ବୁଝି ପାରି ସେ ଭଦ୍ର ଲୋକଙ୍କୁ ପଚାରିଲି ତାଙ୍କ କଥାର ଉର୍ଦ୍ଦେଶ୍ୟ କ'ଣ। ସେ କହିଲେ ଏ ଝିଅ ସକାଳେ ଭିକ ମାଗିବ ଆଉ ରାତି ହେଲେ ସେଇ ପଇସାରେ ମଦ କିଣି ଆଣିବ। ପ୍ରଥମେ ତ ମୁଁ ଏ କଥାକୁ ବିଶ୍ୱାସ କରି ନଥିଲି ହେଲେ ବସ ଭିତରେ ଥିବା ଅନେକ ଲୋକ ଏ କଥାରେ ସହମତି ପ୍ରକାଶ କରିବାକୁ ମୁଁ ବିଶ୍ୱାସ କରିବାକୁ ବାଧ ହୋଇଥିଲି। କୋଉ ଲୋକ କହିଲା କି ଏ ପିଲା ମାନଙ୍କର କାମ ହେଉଛି ସେଇଆ ଏମିତି ଦିନରେ ଭିକ ମାଗିବେ ଆଉ ରାତି ହେଲେ ମଦ କିଣି ପିଇବେ। ଆଉ କିଏ କହିଲା ସେ ଅନେକ ଥର ଦେଖିଚି ଏ ଝିଅ ମଦ କିଣି ନେବାର। ସମସ୍ତଙ୍କ କଥା ଶୁଣି ମୋତେ ଖୁବ୍ ରାଗ ଲାଗିଲା। ସେ ନିରୀହ ଆଖି ଥିବା ପିଲା ର ମନରେ ଯେ ଏତେ ବିଷ ଭରି ରହିଛି ଭାବି ତା' ପ୍ରତି ମୋର ଘୃଣା ଭାବ ଜାତ ହୋଇଗଲା

ତା' ପର ଦିନ ସେ ପୁଣି ସେଇ ନିର୍ଦ୍ଦିଷ୍ଟ ସ୍ଥାନରେ ଠିଆ ହୋଇଥିଲା। ହେଲେ କାଲିର ଘଟଣା ମୋର ଏଯାଏଁ ମନରୁ ଯାଇ ନଥିବାରୁ ମୁଁ ତା' ପାଖକୁ ଯାଇ ନଥିଲି। ତାକୁ କାଟି ଆଗକୁ ଗଲା ବେଳକୁ ସେ ଆସି ମୋ ଆଗରେ ଠିଆ ହେଲା। ଭାବିଥିଲି ତାକୁ କିଛି କହିବି ନାହିଁ ହେଲେ ସେ ଯେବେ ଆସି ମୋ ଆଗରେ ଠିଆ ହେଲା ମୁଁ ଆଉ ମୋ ରାଗକୁ ସମ୍ଭାଳି ପାରିଲି ନାହିଁ। ତା' ଉପରେ ଖୁବ୍ ଜୋରସେ ରାଗି ଯାଇଥିଲି। ସେ ରାଗ ତାକୁ ଆଜି ଯାଏଁ ଦେଇଥିବା ପଇସାଠାରୁ ଖୁବ୍ ଅଧିକ ଥିଲା। ମୋ ମନକୁ ଯାହା ଆସିଲା ମୁଁ ତାକୁ କହି ଦେଇଥିଲି। ତାକୁ କହିଲି ସେ କେମିତି ଲୋକଙ୍କୁ ଠକି ପଇସା ନେଉଛି ଆଉ ଯେଉଁ କାରଣରୁ ଲୋକ ଅନ୍ୟ ପିଲାଙ୍କୁ ପଇସା ଦେବାକୁ ଇଚ୍ଛା ପ୍ରକାଶ କରୁ ନାହାନ୍ତି।

ମୋ କଥା ଶୁଣି ସେ କିଛି ସମୟ ଚୁପ୍ ରହିଲା ଆଉ କ'ଣ ଭାବିଲା କେଜାଣି ସେଠୁ ଚାଲି ଯାଇଥିଲା। ତା' ନିରବତା ହିଁ ସେ ଦୋଷୀ ବୋଲି ପ୍ରମାଣିତ କରୁଥିଲା ବୋଲି ମୁଁ ସହଜରେ ଗ୍ରହଣ କରିଦେଲି।

ଏହା ପରେ ଦୁଇ ଦିନ କଲେଜ ଯିବା ବାଟରେ ମୁଁ ସେ ଆଖି ଯୋଡ଼ିକ ଆଉ ଦେଖିବାକୁ ପାଇଲି ନାହିଁ। ଖୋଜିବାକୁ ଚେଷ୍ଟା ନକଲେ ମଧ୍ୟ ମୋ ଆଖି ଯୋଡ଼ିକ ସେ ଠିଆ ହେଉଥିବା ସ୍ଥାନକୁ ଚାଲି ଯାଉଥିଲା। ଏମିତି ତିନି ଦିନ ଗଲା ପରେ ମୁଁ ଦେଖିଲି ସେ ମୋ ପଛେ ପଛେ ଦୌଡ଼ି ଦୌଡ଼ି ଆସୁଚି। ତାକୁ ଦେଖିକି ମୁଁ ରହିଗଲି ଆଉ ସେ ଆସି ମୋ ପାଖରେ ଠିଆ ହେଲା।

ସେ ମୋ ସାମ୍ନାରେ ଦୋଷୀ ଟିଏ ପରି ଠିଆ ହୋଇଥିଲା ମୁଣ୍ଡକୁ ତଳକୁ କରି। କିଛି ସମୟର ନିରବତା ପରେ ସେ କହି ଉଠିଲା କି ମୁଁ ଯୋଉ ମଦ କିଣିବା କଥା ପଚାରୁ ଥିଲି ସେ ସବୁ ସତ। ସେ ପ୍ରତିଦିନ ମାଗିକି ନେଇଥିବା ପଇସାରେ ମଦ କିଣି ଥାଏ।

ତା' କଥା ଶୁଣି ମୋ ଦେହରେ ଯେମିତି ବିଷ ଚରିଗଲା। ତାକୁ କିଛି ନକହି ସେଠୁ ରାଗିକି ଚାଲି ଯିବାକୁ ବସିଲା ବେଳେ ସେ କହି ଉଠିଲା କି ସେ ମଦ ନିଏ ହେଲେ ନିଜ ପାଇଁ ନୁହେଁ। ତା' ବାପାଙ୍କ ପାଇଁ। ଯଦି ସେ ମଦ ନ ନେବ ତେବେ ତା' ବାପା ଆସିବେ, ମା'କୁ ପଇସା ମାଗିବେ ନଦେଲେ ବଡେଇବେ। ଏମିତି କି ସେ ପ୍ରତିବାଦ କଲେ ତାକୁ ବି ବାଡେଇବାକୁ ପଛାଇବେ ନାହିଁ।

କାଲି ରାତିରେ ମଦ ନେଇ ନଥିବାରୁ ତା' ବାପା କେମିତି ତାକୁ ଆଉ ତା' ମାଆକୁ ଉର ମଲା ପରି ବାଡେଇଛନ୍ତି ତା'ର ପ୍ରମାଣ ଦେବାକୁ ଯାଇ ତା' ଡ୍ରେସ ତଳୁ ନାଲି ଦାଗ ଥିବା ମାଡ଼ ର ଚିହ୍ନ ଦେଖେଇ ଥିଲା।

ତା' କଥା ଶୁଣି ମୁଁ ଆଉ ନିଜକୁ ସମ୍ଭାଳି ପାରିଲି ନାହିଁ। କେଜାଣି ସେତେବେଳେ ସେ ଆଖି ଯୋଡ଼ିକ ମୋତେ କ'ଣ କହୁଥିଲା। ହେଲେ ସେଇ ଆଖିକୁ ଚାହିଁବା ପାଇଁ ମୋର ପାଖରେ ଆଉ ସାହସ ନଥିଲା। ନିଜକୁ ଖୁବ୍ ଛୋଟ ଲାଗିଲା। ବିନା ଦୋଷରେ ତାକୁ ଦଣ୍ଡ ଦେଇଥିବାରୁ ମୋ ଆଖି ଦୁଇଟି ଲୁହରେ ପୂର୍ଣ୍ଣ ହୋଇ ଉଠିଥିଲା।

ମାଛମୁଣ୍ଡ

'ମାଆ ଜାଣିଛୁ ନା ଆଜି ମୀନା ଖୁଡି ଘରେ ମାଛ ତରକାରି ହୋଇଥିଲା ସେ ପୁଣି ବଡ଼ ମାଛ ମୁଣ୍ଡ ତରକାରି।

ସେ ମାଛର କେତେ ବଡ଼ ମୁଣ୍ଡ।

ମାଛ ମୁଣ୍ଡରେ ବୁଦ୍ଧି ଥିବା ନା ?

ତାକୁ ଯିଏ ଖାଇବ ତା' ମୁଣ୍ଡରେ ବି ଅଧିକ ବୁଦ୍ଧି ହୋଇଯିବ ନା ?

ନା ନା ମାଛ ମୁଣ୍ଡରେ ଜମା ବୁଦ୍ଧି ନଥିବ ଯଦି ତା' ମୁଣ୍ଡରେ ବୁଦ୍ଧି ଥାଆନ୍ତା ତେବେ ସେ କ'ଣ ଜାଲ ରେ ପଡ଼ିଥାନ୍ତା ?'

ଏମିତି କେତେ କ'ଣ ଗପି ଚାଲିଥିଲା ମୋର ଆଠ ବର୍ଷର ପୁଅ ମୁନା। ବାସନ ମାଜିବା ସମୟରେ ତା' କଥା ମୁଁ ଶୁଣୁଥାଏ ଆଉ କେତେବେଳେ ଟିକେ ହସି ତ ପୁଣି କେତେବେଳେ ମୁଣ୍ଡ ହଲାଇ ତା' କଥାରେ ହଁ କରୁଥାଏ। ତା' ମନରେ ଉଙ୍କି ମାରୁଥିବା ପ୍ରଶ୍ନଗୁଡ଼ିକର ଉତ୍ତର ଯେ ମୋ ପାଖରେ ନଥିଲା ସେକଥା ନୁହେଁ ହେଲେ ସେ କହୁଥିବା କଥା ଶୁଣିବାକୁ ଏତେ ଆକର୍ଷଣୀୟ ଓ ମନ ମୁଗ୍ଧକର ଥିଲା ଯେ ମୁଁ ଉତ୍ତର ଦେଇ ସେଥିରେ ବାଧା ଦେବା ପାଇଁ ଚାହୁଁ ନଥିଲି।

ମୋ ପୁଅ ମୁନା। ବୟସ ତୁଳନାରେ ଟିକେ ଅଧିକ ବୁଦ୍ଧିଆ। ସେ ପାଠ ହେଉ କି ହେଉ ଖେଳକୁଦ ସବୁଥିରେ ସେ ପ୍ରଥମ। ତା' ଆଖିରେ ଅନେକ ସ୍ୱପ୍ନ। ବର୍ତ୍ତମାନର ବାସ୍ତବତାକୁ ଦେଖି ସେ ଭବିଷ୍ୟତ ପାଇଁ ସ୍ୱପ୍ନ ଦେଖୁଥାଏ। ତାକୁ କିଛି ବୁଝାଇବାକୁ ପଡେନାହିଁ ସେ ଆପେ ଆପେ ସବୁ ବୁଝି ଯାଏ। ତା' ବାପା ଚାଲିଗଲା ପରେ ତାକୁ ମୁଁ କେତେ କଷ୍ଟରେ ମଣିଷ କରୁଛି ସେ କଥା ତାକୁ ନକହିଲେ ସେ ବୁଝିପାରେ। ସେଥିପାଇଁ ତା'ର କୌଣସି କଥାରେ ଅଳି ଥାଏ ନା ଥାଏ ଅର୍ଦ୍ଦଳି।

ପରିସ୍ଥିତି ବୁଝି ସେ ବେଳେବେଳେ ମୋତେ ବୁଝେଇ ହାରି ଯାଉଥିବା ବେଳେ ସାହସ ଦେଇଥାଏ।

ସେ ପେଟରେ ଥିଲା ବେଳେ ହିଁ ତା' ବାବା ଆମକୁ ଛାଡି ଚାଲି ଯାଇଥିଲେ। ଗଞ୍ଜେଇ ଖାଇ ଖାଇ ସିନା ତା' ବାପା ଏ ଦୁନିଆରୁ ଚାଲିଗଲେ ହେଲେ ମୋ ମୁଣ୍ଡରେ ଦେଇଗଲେ ବାପା ଛେଉଣ୍ଡ ଛୋଟ ଛୁଆର ବୋଝ। ସ୍ୱାମୀ ବିନା ଏ ଦୁନିଆରେ ବଞ୍ଚିବା କେତେ କଷ୍ଟ ସେ କଥା କେବଳ ସ୍ୱାମୀକୁ ହରେଇ ଥିବା ନାରୀଟିଏ ଅନୁଭବ କରିପାରେ। ବିବାହ ର ଗୋଟେ ବର୍ଷ ଭିତରେ ସ୍ୱାମୀଠାରୁ ମୁଁ କେବଳ ମୁନା ବିନା ଆଉ କିଛି ବି ପାଇ ନଥିଲି। ସ୍ନେହ ଓ ଭଲ ପାଇବା ତ ଦୂରର କଥା ସେ କେବେ ବି ଭଲରେ ମୋ ସହ କଥା ହେଉନଥିଲେ। ସବୁବେଳେ ସେ ନିଶା ଦ୍ରବ୍ୟରେ ମଶଗୁଲ ରହୁଥିଲେ। ଯଦି ମୁଁ କେବେ ତାଙ୍କୁ ଏଥିପାଇଁ ବାରଣ କରୁଥିଲି ତା' ପ୍ରତି ବଦଳରେ ସେ ମୋତେ ଦେଉ ଥିଲେ ଅକଥନୀୟ ଶାରୀରିକ ନିର୍ଯାତନା। ହେଲେ ସେ ଚାଲିଗଲା ପରେ ଏ ସମାଜ ମୋତେ ଅନୁକମ୍ପା ବଦଳରେ ମାନସିକ ନିର୍ଯ୍ୟାତନା ଦେବା ଆରମ୍ଭ କରି ଦେଇଥିଲା।

ସବୁ ପରେ ବି ମୁଁ ବଞ୍ଚିଥିଲି କେବଳ ମୁନା ପାଇଁ। ସ୍ୱାମୀ ଗଲା ପରେ ଅନେକ ନାରୀ ନିଜ ପିଲାଙ୍କ ପାଇଁ ଅସରନ୍ତି ଦୁଃଖକୁ ଛାତିରେ ଚାପି ରଖି ଦୁନିଆ ସାମ୍ନାରେ ସ୍ୱୟଂସିଧା ପାଲଟି ଯାଆନ୍ତି। ମୁଁ ମଧ୍ୟ ଠିକ୍ ସେଇ ପରି ମୁନା ମୁହଁକୁ ଚାହିଁ ନିଜକୁ ସମ୍ଭାଳି ନେଇଥିଲି। ଦୁନିଆକୁ ସାମ୍ନା କରି ନିଜେ ନିଜେ ଜୀବନ ସହ ସଂଗ୍ରାମ କରି ପୁଣିଥରେ ବଞ୍ଚିବାକୁ ଚେଷ୍ଟା କରିଥିଲି ହେଲେ ଦିନକୁ ଦିନ ମୁନା ଯେତିକି ବଡ଼ ହେଇ ହେଇ ଯାଉଛି ଏ ଜୀବନ ଟା ସେତେ ଅଧିକ ଜଞ୍ଜାଳମୟ ହୋଇ ଯାଉଛି।

ଆଜି ମୁନା ମୁହଁରୁ ମାଛ ମୁଣ୍ଡ କଥା ଶୁଣି ଛାତି ଭିତରଟା କେମିତି ଗୋଟେ ଅଜଣା ଯନ୍ତ୍ରଣାରେ ଛଟପଟ ହେବାକୁ ଲାଗିଲା। ଅଜାଣତରେ ଛାତି ଭିତରେ ସାଇତି ଥିବା ଅଦମ୍ୟ ସାହସ ସତେ ଯେମିତି ନିମିଷକ ମଧ୍ୟରେ ହଲଚଲ ହୋଇ ଉଠିଲା। ମଣିଷ ଯେତେ ବି ନିଜକୁ ଶକ୍ତିଶାଳୀ ଭାବୁ ନା କାହିଁକି କିଛି ଟା ଘଟଣା ଓ କିଛି ପରିସ୍ଥିତି ତାକୁ ଦୁର୍ବଳ କରି ଦେଇଥାଏ। ନିଜର ଏ ପରିସ୍ଥିତି ଓ ଅସହାୟତା ପାଇଁ ଭଗବାନଙ୍କୁ ଧିକ୍କାର କରିବାକୁ ଇଚ୍ଛା ହେଲା।

ପିଲାଟିର ଅନେକ ଦିନରୁ ଇଚ୍ଛା ବଡ଼ ମାଛ ମୁଣ୍ଡ ଖାଇବ। ତାକୁ ମଣିଷ କରିବାକୁ ମୁଁ ଯେତିକି ପରିଶ୍ରମ କରୁଛି ସେତିକି ଆମ ଦୁଇ ଜଣଙ୍କ ପେଟକୁ ଭାତ ଡାଲି ଦେବାରେ ସରି ଯାଉଛି।ଆଉ ଭଲମନ୍ଦ କି ଆମିଷ କହିଲେ କେତେବେଳେ କେମିତି ଏ ଲୁଣି ମାଛ। ବଡ଼ ମାଛ ଯେତେ ଚେଷ୍ଟା କଲେ ମଧ୍ୟ ଆଣି ହେଉନି। ସାହି

ପଡିଶାରେ ଯେତେବେଳେ ଯିଏ ମାଛ ତରକାରୀ ଦିଏ ତେବେ ସେ ମାଛ ମୁଣ୍ଡ କ'ଣ ପାଇ ଦେବ। ହେଲେ ପିଲାଟିର ବହୁତ୍ ଇଛା ମାଛ ମୁଣ୍ଡ ଖାଇବାକୁ।

ଏମିତି ଭାବୁ ଭାବୁ କେତେବେଳେ ମୋର ବାସନ ମଜା ସରି ଯାଇଥିଲା ମୁଁ ଜାଣି ପାରିଲି ନାହିଁ। ବାସନ ମାଜି ତାକୁ ଆଣି ଘରେ ସଜାଡି ରଖି ଚୁଲି ଉପରେ ରାତି ପାଇଁ ଜାଳ ରଖିଲା ବେଳକୁ ମୁନା ପୁଣି ଥରେ ଆସି ମୋ ପାଖରେ ଠିଆ ହେଲା।

ଟିକେ ରହି କହିଲା -'ମା ମୁଁ ବଡ଼ ହେଲେ ଗୋଟେ ବଡ଼ ଚାକିରି କରିବି ଆଉ ମାଛ ମୁଣ୍ଡ ଘରକୁ ଆଣିବି। ଆଉ ତାକୁ ଏକା ଖାଇବି ହିଁ ହଁ ତତେ ବି ଖାଇବାକୁ ଦେବି। ଆମେ ଦୁଇ ଜଣ ମିଶିକି ଖାଇବା'

ତା' କଥା ଶୁଣି ମୋ ଆଖିରୁ ଦୁଇ ଟୋପା ଲୁହ ଝରି ଆସିଲା।

ଏମିତି କିଛି ଦିନ ଗଲା ପରେ ମୋ ହାତକୁ କିଛି ଟଙ୍କା ଆସିଲା। ବାତ୍ୟାରେ ଭାଙ୍ଗି ଯାଇଥିବା ନଡ଼ିଆ ଗଛ ବାବଦକୁ ମୋତେ ସରକାରଙ୍କ ତରଫରୁ ଦୁଇ ଶହ ଟଙ୍କା ମିଳି ଥିଲ। ଭାବିଲି ଆଜି ମୁନାର ଇଛା ପୂରଣ କରିବାକୁ ଗୋଟେ ବଡ଼ ମାଛ ଆଣିବି।

ସେଦିନ ରବିବାର ଥିବାରୁ ମୁନାର ସ୍କୁଲ ଛୁଟି ଥାଏ। ଗାଆଁକୁ ଆସିଥିବା ମାଛ ବେପାରୀ କାଳିଆଠାରୁ ୧୮୦ ଟଙ୍କା ଦେଇକି ମାଛ କିଲେ କିଣିଲି। ଆଉ ୨୦ ଟଙ୍କାର ମସଲା। ମାଛ କିଣା ହେବ କଥା ଶୁଣି ମୂନାର ଖୁସି କହିଲେ ନ ସରେ। ମାଛ କିଣା ହେବାଠାରୁ ତରକାରି ହେବା ଯାଏ ତା'ର ଅନେକ ପ୍ରଶ୍ନ।

ମାଛ କେମିତି ଜାଲରେ ପଡିଲା ?

ସେତେବେଳେ ମାଛ ର ବାପା କ'ଣ କରୁଥିଲ ?

ଠାକୁର କ'ଣ ପାଇଁ ମାଛକୁ ବଞ୍ଚାଇବାକୁ ଆସିଲେନି ?

ଏବେ ମାଛର ମା ତାକୁ ନପାଇ କେତେ କାନ୍ଦୁଥିବ ?

ଏମିତି ଅନେକ ପ୍ରଶ୍ନ ... ତା'ର କେତେକ ପ୍ରଶ୍ନର ଉତ୍ତର ହସରେ ଆଉ କେତେକ ପ୍ରଶ୍ନର ଉତ୍ତର ମୁଣ୍ଡ ହଲେଇ ଦେଇ ମୁଁ ତରକାରି କରିବାରେ ମନ ଦେଲି।

କିଛି ସମୟ ପରେ ସେ ପୁଣି ଫେରିଲା ଆଉ ମୋତେ ଆସି କହିଲା -' ମାଆ ମୁଁ ବି ଯଦି କୁଆଡେ ହଜିଯାଏ ତୁ ବି ମୋତେ ଖୋଜି କାନ୍ଦିବୁ ନା ? ତା' କଥା ଶୁଣି ମୁଁ ଉଠି ଯାଇ ତା' ଉପରେ ରାଗି ଯାଇ କହିଲି ଏମିତି କଥା କେବେ କହିବୁନି। ତୁ ମୋ ଜୀବନ ତତେ ଛାଡିକି ମୁଁ କେମିତି ବଞ୍ଚିବି ରେ ଧନ। ସେ କହି ଉଠିଲା ମା ତୁ ହସିଲେ ସୁନ୍ଦର ଦେଖା ଯାଉ ସବୁବେଳେ ଏମିତି ହସିବୁ। ମୁଁ ତତେ ଛାଡ଼ି କୁଆଡେ ବି ଯିବିନି। ତୁ ଯା ଜଲଦି ରୋଷେଇ କରିଦେ ମୋତେ ଭୋକ ଲାଗିଲାଣି। ତା' କଥା ଶୁଣି ଲୁହ ପୋଛି ମୁଁ ରୋଷେଇ କରିବାକୁ ଚାଲିଗଲି।

ସେତେବେଳକୁ ସମୟ ଆସି ୧୨.୩୦ । ତରକାରିକୁ ଚୁଲିରେ ଯୋଗାଡି ଦେଇ ମୁଁ ତାକୁ ଡାକିବାକୁ ଆସିଲି ।ଦାଣ୍ଡରେ ସେ ଆଉ ତା'ର ତିନି ଜଣ ସାଙ୍ଗ ମିଶିକି ଖେଳୁଥିଲେ ।

ତାକୁ ଡାକି କହିଲି - ' ଆରେ ବାବା ଜଲଦି ଆସେ, ତତେ ପରା ତୋ ମାଛ ମୁଣ୍ଡ ଡାକୁଛି । '

ମୋ କଥା ଶୁଣି ସେ କହିଲା ତୁ ଯା ମୁଁ ମୋ ସାଙ୍ଗ ମାନଙ୍କ ସହ ଗାଧେଇବାକୁ ଯାଉଛି । ତା' କଥା ଭଲସେ ନ ଶୁଣି ମୁଁ ଘରକୁ ପଳେଇ ଆସିଲି କାଳେ ଚୁଲିରେ ବସିଥିବା ମାଛ ତରକାରୀ ପୋଡ଼ିଯିବ ଭାବି ।

ଏପଟେ ମାଛ ତରକାରୀ ସାରିଲାଣି ।କାଇଁ ମୁନା ଏଯାଏଁ ଆସିନି ଭାବି କହିଲି -' ଏବେ କହୁଥିଲା ଭୋକ ଲାଗିଲାଣି ଦେଖ କୁଆଡେ ଅଛି । '

କାଳେ ଆସୁଥିବା ଭାବି ମାଛ ତରକାରି ବାଢ଼ିବାକୁ ଗଲା ବେଳେ ମାଛ ତରକାରି କାଇଁ ଆଜି ବେଶୀ ନାଲି ଦେଖା ଯାଉଥିଲା । ତରକାରି ବାଢ଼ି ରଖିବାକୁ ଗଲା ବେଳକୁ ବାହାରେ କାହାର ପାଟି ଶୁଣା ଗଲା । ମୁନା ଆସିଲା ବୋଲି ଭାବି ସେଇ ତରକାରି ତାଟିଆ ସହ ବାହାରକୁ ଆସି କହିଲି -'ଆରେ ବାବା କୁଆଡେ ଯାଇଥିଲୁ ତତେ ଅନେଇ ଅନେଇ ବା ମାଛ ମୁଣ୍ଡ ବିରକ୍ତ ହୋଇଗଲାଣି । ମୋତେ ଖାଲି କହୁଚି କେତେବେଳେ ମୁନା ଭାଇ ଆସିବ ଆଉ ମୋତେ ଖାଇବ । '

ଏତିକି କହି ବାହାରକୁ ଆସିଲା ବେଳକୁ ଦେଖିଲି ବାହାରେ ପ୍ରବଳ ଲୋକ । କ'ଣ ହୋଇଛି କିଛି ବୁଝିବା ଆଗରୁ ଆମ ଗାଆଁ ଶିବ କାନ୍ଧରେ ମୋ ପୁଅ ମୁନା ।

ମୁଁ କିଛି ପଚାରିବା ଆଗରୁ ଶିବୁ କହି ଉଠିଲା -'ମୁନା, ବାପି, ଆଉ କାଳିଆ ଗାଧେଇବାକୁ ନଇକୁ ଯାଇଥିଲେ, ନଈରେ ପାଣି ଅଧିକ ଥିବାରୁ ସେମାନେ ବୁଡି ଯାଇଥିଲେ । ବାପି ଆଉ କାଳିଆକୁ ତ ଆମେ ବଞ୍ଚେଇ ଦେଲୁ ହେଲେ ମୁନା..

ସେ କେତେ କ'ଣ କହି ଚାଲିଥିଲା ହେଲେ ମୋତେ କିଛି ଆଉ ତା' କଥା ଶୁଣା ଯାଉ ନଥିଲା । ହାତରୁ ତରକାରି ଗିନାଟା ତଳେ ପଡିଯାଇଥିଲା ଆଉ ସେ କାଳୀ ବିଲେଇ ଆନନ୍ଦରେ ସେ ବଡ଼ ମାଛ ମୁଣ୍ଡକୁ ଖାଇବାରେ ଲାଗିଥିଲା ।

■

ତଥାପି ନିଆରା

ଦିଦି ରାଗୁଥିଲା ମନେ ମନେ। ତା' ଭିତରର ଅଭିମାନ ସବୁ ଧୀରେ ଧୀରେ ପୁଞ୍ଜିଭୂତ ହୋଇ ରାଗର ରୂପ ନେଇ ସାରିଥିଲା। ସେ ରାଗିଲେ ଠିକ ଛୋଟ ଝିଅଟିଏ ପରି ଦେଖାଯାଏ। ଗୋରା ତକତକ ମୁହଁ ତା'ର ରାଗିବା ସମୟରେ ନାଲି ପଡ଼ିଯାଏ, ନାକ ପୁଡ଼ା ଫୁଲିଉଠେ, ଓଠ ଥରୁଯାଏ। ତା' ରାଗ ଆଉ ଲୁହ ଏକା ସାଙ୍ଗରେ ଆବେଗ ସହ ମିଶି ବାହାରକୁ ଚାଲି ଆସନ୍ତି। ଛୋଟ ଛୋଟ କଥାରେ ଖୁସି ହୋଇଯାଉଥିବା ତା' ମନ ଟିକେ ଟିକେ କଥାରେ ଖୁବ୍ ଆଘାତ ପାଇଥାଏ। ସେ ପ୍ରଥମେ ଆପଣାର ଭାବୁଥିବା ମଣିଷଠାରୁ କିଛି ଆଶା ରଖେ, ଆଶା ପୂରଣ ନହେଲେ ଅଭିମାନ କରେ ପରେ ରାଗେ ଶେଷରେ ନିଜେ ନିଜେ କାନ୍ଦେ ଆଉ ଟିକେ ବୁଝେଇ ଦେଲେ ଛୋଟ ଛୁଆଟେ ପରି ସବୁକିଛି ଭୁଲିଯାଇ ପୁଣି ପୂର୍ବ ପରି ଓଠରେ ହସ ଖେଳାଏ।

ହେଲେ ଆଜିର ଘଟଣା ଆଉ ପରିସ୍ଥିତି ଟିକେ ଅଲଗା। ଆଜି ସକାଳୁ ସକାଳୁ ଦିଦିର ମନ ପୁରା ଖରାପ।

ଝିଅ ମାନଙ୍କର ମନ ଖରାପ ହେବା ପାଇଁ ଖୁବ୍ ଛୋଟ କାରଣ ବି ଯଥେଷ୍ଟ ହୋଇଥିବା ବେଳେ ଦିଦିର ଆଜି ମନ ଖରାପ ର କାରଣ ଖୁବ୍ ବଡ଼ ନହେଲେ ବି ଖୁବ୍ ଛୋଟ ମଧ୍ୟ ନୁହଁ। ଆଜି ହେଉଛି ଭାଇ ଆଉ ତା'ର ବିବାହ ବାର୍ଷିକ। ସକାଳୁ ଅନେକ ଲୋକ ତାକୁ ବିବାହ ବାର୍ଷିକର ଶୁଭେଚ୍ଛା ଜଣାଇ ସାରିଲେଣି ହେଲେ ଯିଏ ପ୍ରଥମେ ଶୁଭେଚ୍ଛା ଜଣେଇବା କଥା ତା' ପତିଦେବ ଅର୍ଥାତ ଭାଇ ସକାଳୁ ହିଁ ଅଫିସ ପଳାଇଛନ୍ତି। ଆଜି ପରି ଦିନରେ ଭାଇ ଅଫିସ ଗଲେ ବୋଲି ନୁହେଁ ଏଯାଏଁ ଗୋଟେ କଲ କି ମେସେଜ କରି ନାହାନ୍ତି ବୋଲି ହିଁ ଦିଦିର ମନ ଭାରି ଦୁଃଖୀ।

ସମୟ ବଢିବା ସହ ତା' ରାଗର ପରିମାଣ ମଧ୍ୟ ବଢିବାରେ ଲାଗିଛି। ଦିନ ସାରା ଫୋନକୁ ଦେଖି ସେ ରାଗି ଯାଉଛି ଆଉ ମନେ ମନେ ଭାଇଙ୍କୁ ଖୁବ୍ ଗାଳି

କରୁଛି। କୋଉଥିରେ ମଧ୍ୟ ତା'ର ଆଜି ମନ ନାହିଁ, ନା ରୋଷେଇ କରିବା, ନା କାହା ସହ କଥା ହେବା। କେମିତି ଗୋଟେ ଚିଡ଼ ଚିଡ ହେଉଛି। ସେ ପିଲାଟି ଦିନରୁ ସେମିତି ମନରେ ଥିବା ଅନେକ କଥାକୁ ସେ ସାମ୍ନା ଲୋକ ଲୋକ ଆଗରେ କହି ପାରେନି। ମନ ଭିତର ରେ ଅଜସ୍ର ଅଭିମାନ ରଖି ସେ ଖାଲି ବିରକ୍ତ ଭାବ ପ୍ରକାଶ କରିଥାଏ। ତା' ଅଭିମାନ ପ୍ରଥମେ ଅଭିମାନ, ତା' ପରେ ରାଗ ଏବଂ ସବା ଶେଷରେ ଲୁହ ମାଧ୍ୟମରେ ବାହାରକୁ ବାହାରି ଆସେ।

ଏବେ ତ ତା' ଅଭିମାନ ରାଗ ସ୍ତରରେ ପହଁଚି ସାରିଛି। ରୋଷେଇ କରିବା ବେଳେ ସେ ମନେ ମନେ କହି ଚାଲିଛି -

-'କେମିତି ଲୋକଟେ ମ, କେବେ ବି ଥରେ କୋଉ କଥା ମନେ ରଖି ପାରୁନାହାନ୍ତି। ସ୍ୱାମୀ ମାନେ ସ୍ତ୍ରୀକୁ ଖୁସି କରିବା ପାଇଁ କେତେ କ'ଣ କରୁଛନ୍ତି ହେଲେ ଆମ ବାବୁଙ୍କୁ ଦେଖ ଖାଲି ଅଫିସ କାମ ମାନେ କାମ। କ'ଣ ଏ ଦୁନିଆରେ ସେ ଏକା ଖାଲି କାମ କରୁଛନ୍ତି କି। ଆଜି ଆସନ୍ତୁ ତାଙ୍କୁ ସିଧା ସିଧା କହିଦେବି ଏଣିକି ତମେ ତମ କାମ କର ଆଉ ମୁଁ ବି ମୋ କାମ କରିବି। ଆଜିଠାରୁ ତାଙ୍କ ସହ କଥା ହେବା ବନ୍ଦ।'

ଏମିତି କେତେ କ'ଣ ମନକୁ ମନ ଗାଳି ଦେଇଚାଲିଥାଏ ଆଉ ମଝିରେ ମଝିରେ ମୋତେ ଶୁଣେଇ ଶୁଣେଇ କହି ଚାଲୁଛି

-' ଦେଖେ ମୁନି, ଆଜି ଆସନ୍ତୁ ଭାଇ ତାଙ୍କ ସହ ଜମା ବି କଥା ହେବିନି। ତୁ ଯେବେ ବାହା ହେବୁ ମୋ ପରି ଜମା ହେବୁନି। ପ୍ରଥମରୁ ସ୍ୱାମୀକୁ ହାତରେ ରଖିବୁ ନହେଲେ ତୋ ଅବସ୍ଥା ମୋ ପରି ହେବ ଆଉ କାନ୍ଦି କାନ୍ଦି ତୋର ଜୀବନ ଯିବ। '

ତା' କଥା ଶୁଣି ମୁଁ କହିଥିଲି

-'ତୁ କେତେବେଳେ କାନ୍ଦିଲୁ ଯେ ତତେ ତ ଭାଇ ପୂରା ରାଣୀ ପରି ରଖିଛନ୍ତି। ସବୁ କଥାରେ ତତେ ସ୍ୱାଧୀନତା ଦେଇଛନ୍ତି ତତେ ତୋ ପରି ବଞ୍ଚିବାକୁ ସୁଯୋଗ ଦେଇଛନ୍ତି। ତୁ ନିଜେ ଖୋଜିଥିଲେ ବି ଏମିତି ସ୍ୱାମୀଟେ ପାଇ ନଥାନ୍ତୁ ମୋ ବାବାଙ୍କୁ ଧନ୍ୟବାଦ ଦେ କାହିଁକି ନା ସେ ତୋ ପାଇଁ ଏତେ ଭଲ ବର ଗୋଟେ ବାଛି ଦେଇଛନ୍ତି।'

ମୋ କଥା ଶୁଣି ସେ ମୁହଁ ମୋଡ଼ି ଦେଇ କହିଲା-

-'ଉଁ ରାଣୀ ନା ଆଉ କ'ଣ। ପିଲା ଦିନରୁ ସୋମବାର କରିଥିଲି ଭଲ ବର ପାଇବି ବୋଲି ହେଲେ ଏମିତି ବର ପାଇଲି ଯେ ବର ତ ନୁହେଁ ଗୋଟେ ନିଦା ବିଷ୍ଣୁ।'

ତା' କଥା ଶୁଣି କିଛି ନକହି ମୁଁ ଖାଲି ଟିକେ ହସି ଦେଇଥିଲି।

ସେଦିନ ଦିନ ସାରା ଦିଦି ଖାଲି ରାଗିକି ଚିଡ଼ି ଚିଡ଼ି ହେଉଥାଏ। ଭାଇଙ୍କ ଉପରେ ରାଗି ଆଜି ସେ ମନ୍ଦିର ଗଲାନି କି ନୂଆ ଶାଢ଼ୀ ମଧ୍ୟ ପିନ୍ଧିଲାନି। ସବୁବେଳେ ଖାଲି ସେ ଫୋନ ଆଉ ମଝିରେ ମଝିରେ ଝରକା ପାଖକୁ ଯାଇ ଗେଟ ଆଡ଼କୁ ବି ଦେଖୁଥାଏ। ଏମିତି ହେଉ ହେଉ ଖରା ବେଳଟା କଟିଗଲା। ସେଦିନ ଭାଇ ଖାଇବାକୁ ବି ଆସିଲେନି। ଫୋନ ଲଗେଇବାରୁ ଫୋନ ଅଫ୍ ଆସିଲା। ଏଥର ଦିଦିର ରାଗଟା ତା' ଚିନ୍ତାରେ ପରିଣତ ହେବାକୁ ବସିଲା ହେଲେ ମନକୁ ମନ ବୁଝି ଯାଇ କହିଲା ଆଜି ଆସନ୍ତୁ କେତେବେଳେ ଆସିବେ। ଆଜି ତାଙ୍କର ଦିନକୁ ମୋର ଦିନେ।

ସେଦିନ ଖରା ବେଳେ ଦିଦି କିଛି ଖାଇଲାନି। ଭାଇଙ୍କ ଉପରେ ରାଗି ଥିଲେ ମଧ୍ୟ ସେ ଭାଇ ଖରାବେଳେ ଖାଇ ନାହାନ୍ତି ବୋଲି ନିଜେ ଖାଇ ପାରିଲାନି। ପଚାରିବାରୁ କହିଲା ଦେହ ଭଲ ନାହିଁ, ଖାଇବାକୁ ଇଚ୍ଛା ନାହିଁ। ହେଲେ ସେ ନ ଖାଇବାର କାରଣ ଘରର ସମସ୍ତଙ୍କୁ ଜଣା ଥିଲା। ଦିନ ଯାଇ ରାତି ହେଲା ଏଥର ଦିଦିର ଚିନ୍ତା ଆଉ ରାଗ ଉଭେଇଯାଇ କୋହ ଆଉ ନାନା ଖରାପ୍ ଭାବନାରେ ପରିଣତ ହୋଇସାରିଥିଲା। ବେଳକୁ ବେଳ ସେ ନିଜ ଭିତରେ ଘାଣ୍ଟି ହେଉଥିଲା। ଭାଇଙ୍କର ସବୁ ସାଙ୍ଗ ସାଥିଙ୍କ ଘରକୁ କଲ କରି ଭାଇଙ୍କ କଥା ପଚାରି ସାରିଥିଲେ ବି ଭାଇଙ୍କ ଖବର କାହା ପାଖରେ ବି ନଥିଲା।

କୌଣସି ଘଟଣା ଘଟିବା ପୂର୍ବରୁ ମଣିଷ ମନରେ ନାନା ପ୍ରକାର ଭାବନା ଉଙ୍କି ମାରି ଥାଏ। ମଣିଷ ସବୁବେଳେ ଏମିତି ନାନା ଅଜବ ଭାବନାର ବୁଡି ରହି ମନକୁ କଷ୍ଟ ଦେଇଥାଏ। ଏମିତି ନାନା ଆଶଙ୍କାରେ ଘରର ସମସ୍ତ ଲୋକ ବସିଥିବା ବେଳେ ହଠାତ୍ କବାଟ ଠକ୍ ଠକ୍ ଶବ୍ଦ ଶୁଣା ଗଲା। ସେ ଶବ୍ଦ ଶୁଣି କେହି କିଛି ବୁଝିବା ଆଗରୁ ଦିଦି ଯାଇ କବାଟ ଖୋଲି ସାରିଥିଲା।

କବାଟ ସେପାଖରେ ଭାଇ ଠିଆ ହୋଇ ଏକ ସ୍ମିତ ହାସ୍ୟ ଚାହାଣୀରେ ଦିଦିକୁ ଚାଂହିଥିଲେ। ଆଉ କହୁଥିଲେ ଆଜି କେମିତି ଅଫିସରେ ତାଙ୍କୁ ବହୁତ୍ ଗୁରୁତ୍ୱପୂର୍ଣ୍ଣ ମିଟିଙ୍ଗରେ ରହିବାକୁ ପଡ଼ିଲା ଆଉ ଫୋନରେ ବି ଚାର୍ଜ କମ୍ ଥିଲା ଏତେ କାମ ଯେ ସେ କେମିତି ଫୋନ ଚାର୍ଜ କରି ଘରକୁ କଲ କରିବାକୁ ବି ସମୟ ପାଇଲେନି। ହେଲେ ଦିଦି ତାଙ୍କ କଥା ଶୁଣିବା ଅବସ୍ଥାରେ ନି ନଥିଲା ତାଙ୍କୁ ଦେଖି ଦିଦି ଏମିତି ଖୁସି ହୋଇଗଲା ଯେମିତି ସେ ବହୁତ୍ ବର୍ଷ ପରେ ତାଙ୍କୁ ଦେଖୁଛି। ତା' ରାଗ ଅଭିମାନ କୁଆଡେ ଯେମିତି ପାଣିରେ ମିଶି ଯାଇଥିଲା।

କାହାକୁ କିଛି ନକହି ସିଧା ଯାଇ ରୋଷେଇ ଘରୁ ଭାଇଙ୍କ ମନ ପସନ୍ଦ ର

ଖାଇବା ଜିନିଷ ତିଆରି କରି ଭାଇଙ୍କ ଆଗରେ ରଖିଦେଲା। ଆଜି ଏତେ ପ୍ରକାର ଖାଇବା ଦେଖି ଭାଇ ପଚାରିଲେ

– 'ଆରେ ଆଜି କ'ଣ କି ?କିଛି ଖାସ୍ ଦିନ ଅଛି କି ?

ତାଙ୍କ କଥା ଶୁଣି ଦିଦି ରାଗିବା ପରିବର୍ତ୍ତେ ହସିଦେଇ କହିଲା

–'ହଁ ପରା ଆଜି ହେଉଛି ସେଇ ଖାସ୍ ଦିନ ଯେଉଁ ଦିନକୁ ଆଜି ଯାଏଁ ତମେ କେବେ ବି ମନେ ରଖିନ।'

ତା' କଥା ଶୁଣି ଭାଇ ଟିକେ ହସିଦେଇ କହିଲେ

– 'ଆଉ କ'ଣ ନା; ଆଜିର ଦିନକୁ ମୁଁ ପୁଣି ଭୁଲି ପାରିବି ଆଜି ପରା ମୋ ଜୀବନରେ ମୁଁ କରିଥିବା ସବୁଠୁ ବଡ଼ ଭୁଲର ଦିନ। ଯେଉଁ ଦିନ ତମ ପରି ଦେବୀଙ୍କ ବିଷ ଦୃଷ୍ଟି ମୋ ଉପରେ ପଡିଥିଲା।'

ଭାଇଙ୍କ କଥା ଶୁଣି ଦିଦି ଅଭିମାନ କରି ଯେତିକି ଯେତିକି ଦୂରକୁ ଘୁଞ୍ଚିଯାଉଥିଲା ଭାଇ ତାକୁ ମନାଇବାକୁ ଯାଇ ତା' ପାଖକୁ ସେତିକି ସେତିକି ଲାଗି ଯାଉଥିଲେ। ଆଉ ସେମାନଙ୍କ ଭିତରେ ଥିବା ସ୍ନେହ, ଶ୍ରଦ୍ଧା, ଆଉ ଭଲପାଇବା ସେମାନଙ୍କ ଆଖିରେ ଫୁଟିଉଠୁଥିଲା।

ମୁଁ ଦୂରରେ ଥାଇ ଲକ୍ଷ୍ୟ କରୁଥିଲି ସତରେ କେତେ ନିଆରା ଏମାନେ। କିଛି ପ୍ରେମକୁ ପ୍ରମାଣିତ କରିବା ପାଇଁ କୌଣସି ପ୍ରମାଣର ଆବଶ୍ୟକତା ପଡି ନଥାଏ ବରଂ କିଛିଟା ଅଦେଖା ଦାୟିତ୍ୱ ବୋଧ ଆଉ କିଛିଟା ସ୍ନେହ, ଶ୍ରଦ୍ଧା ଭଲପାଇବା ଆଉ ଆନ୍ତରିକତା ମଧ୍ୟରେ ଏ ପ୍ରେମ ନିଆରା ହୋଇ ଗଢି ଉଠେ। ରାଗ, ରୁଷା ଅଭିମାନ ମଧ୍ୟରେ ଆଧୁନିକ ଜୀବନ ଶୈଳୀରୁ ବହୁ ଦୂରରେ ଥିବା ସର୍ତ୍ତେ ଏମାନେ ତଥାପି ନିଆରା।

■

ବେପାରୀ

ଦିନର ଆରମ୍ଭ ଯଦି ଖରାପ ହୁଏ ତେବେ ଦିନ ସାରା କେମିତି ଗୋଟେ ଅସ୍ୱସ୍ତିକର ଅନୁଭବ ହୋଇଥାଏ। ସାରାଦିନ ଖାଲି କେମିତି ଗୋଟେ ବିରକ୍ତି ଭାବ ମନ ଭିତରେ ଆସିଥାଏ। ବିନା କାରଣରେ ରାଗ ଲାଗିବା, ସାମ୍ନା ଲୋକ ଉପରେ ଚିଡ୍ ଚିଡ ହେବା ନିଜ ଅଜାଣତରେ ଘଟି ଯାଇଥାଏ। କୌଣସି କାମରେ ମନ ଲାଗି ନଥାଏ। ଏମିତି କିଛି ଆଜି ମୋ ସହ ହୋଇଥିଲା।

ଆଜି ସକାଳେ ଟିକେ ଲେଟରେ ଉଠିଲି ବୋଲି ମାଆର ଗାଳି ସାଙ୍ଗକୁ ବାବାଙ୍କର ପରୀକ୍ଷା ରେଜଲ୍ଟ କୁ ନେଇ ମୋ ଉପରେ ଅସନ୍ତୁଷ୍ଟ ମୋତେ ଖୁବ୍ ବିରକ୍ତ କରିଦେଇଥିଲା। ଦୁଇ ଜଣଙ୍କଠୁ ଗାଳି ଶୁଣି ସକାଳୁ ମୁଣ୍ଡ ପୁରା ଗରମ। ମନେ ମନେ ଖୁବ୍ ରାଗୁଥିଲି ଆଉ ଭାବୁଥିଲି ଘରକୁ ଆଉ ଆସିବିନି। ସପ୍ତାହକୁ ଗୋଟେ ଦିନ ପାଇଁ ଘରକୁ ଆସିବି ପୁଣି ତା' ସହ ଏତେ କଥା। ଏମିତି ଭାବି ଭାବି ରାଗ ତମ ତମ ହୋଇ ଗାଧେଇ ସାରି ଖାଇବାକୁ ବସିଛି ତ ହଠାତ୍ ବାହାରେ କିଏ ଜଣେ ବଡ଼ ପାଟିରେ ଡାକିଲା ପରି ଶୁଣା ଗଲା ଆଉ ସହ ରୋଷେଇ ଘରୁ ମା କହି ଉଠିଲା

- 'ଗୁଲୁ ଦେଖିଲୁ କିଏ ଜଣେ ବାହାରେ ଡାକୁଛି କି କ'ଣ? ଯା ଆଗ ଦେଖିକି ଆସେ ତାପରେ ଖାଇବୁ।'

ଇଚ୍ଛା ନଥାଇ ମଧ୍ୟ ବାଧ୍ୟ ହୋଇ ଅଧା ଖାଇବାରୁ ଉଠିକି ଯିବାକୁ ପଡ଼ିଲା। ଆଉ ସକାଳର ସମସ୍ତ ରାଗ ସେ ବାହାରେ ଥିବା ମଣିଷ ଉପରକୁ ସତେ ଯେମିତି ଅଜାଡ଼ି ହୋଇପଡ଼ିଲା। ଔଷଦ ରାଗରେ ତାଟିଆ କାମୁଡିଲା ପରି ମା ଉପରେ ଥିବା ରାଗକୁ ମନ ଭିତରେ ରଖି ମୁଁ ଦୁମ୍ ଦୁମ୍ ହୋଇ ଗେଟ ପାଖକୁ ଯାଇଥିଲି। ଯାଇ ଦେଖେ ତ ଜଣେ ବୁଢା ଲୋକ ସାଇକଲ ଧରି ଠିଆ ହୋଇଛନ୍ତି। କାହିଁକି କେଜାଣି

ତାଙ୍କୁ ଦେଖି ଖୁବ୍ ରାଗ ଲାଗିଲା । ହେଲେ ମୋତେ ଦେଖି ସେ ନିଜର ଲୋକ ପରି ଏକ ସୁନ୍ଦର ହସ ତାଙ୍କ ଓଠରେ ଖେଳେଇ ଦେଲେ ।

ସକାଳର ସମସ୍ତ ରାଗ ତାଙ୍କ ଉପରେ ତ ଆଗରୁ ଥିଲା ଏବେ ତାଙ୍କ ହସ ଦେଖି ସେ ରାଗ ଆହୁରି ଅଧିକା ହୋଇ ଉଠିଲା । ରାଗ ଆଉ ଘୃଣା ମିଶା ଚାହାଣୀରେ ତାଙ୍କୁ ଚାହିଁ ସେ କ'ଣ ପାଇଁ ଆସିଛନ୍ତି ପଚାରିବାକୁ ଗଲା ବେଳକୁ ସେ ମନକୁ ମନ କହି ଚାଲିଥିଲେ

'- ଆଲୋ ତୁ ଆମ ମା ର ବଡ଼ ଝିଅଟି । ଛୁଟି ଅଛି କି କଲେଜ, କାଲି ବୋଧେ ଘରକୁ ଆସିଛୁ, ରହିବୁ ନା ପଳେଇବୁ, ପଢା ପଢ଼ି ଠିକରେ ଚାଲିଛି ଟି, ମନ ଦେଇ ପାଠ ପଢ ଆଉ ବାବା ମାଙ୍କ ନାଁ ରଖ । ତୁ ତ ଆମର ବହୁତ୍ ଭଲ ଝିଅ । '

ଏକା ସାଙ୍ଗରେ ଏତେ ଗୁଡ଼ିଏ ପ୍ରଶ୍ନ ସେ ମୋତେ କାହିଁକି ପଚାରୁଛନ୍ତି ଭାବି ସେ କିଏ ବୋଲି ତାଙ୍କୁ ପଚାରି ବାକୁ ଗଲା ବେଳକୁ ପଛ ଆଡୁ ମା ର ସ୍ୱର ଶୁଭିଲା

- ' କିଏ ମଉସା କି ? ଆସନ୍ତୁ ଆସନ୍ତୁ ଭିତରକୁ । ମୁଁ ଏବେ ଆପଣଙ୍କ କଥା ଭାବୁଥିଲି, ଆଜି ଏତେ ଡେରି ଯେ ..

ଏହା ଭିତରେ ମୋତେ ବାଟ କାଟି ସେ ବୁଢ଼ା ଲୋକଟି ଘର ଭିତରକୁ ପଶି ଆସିଲେ । ଆଉ ତାଙ୍କର ସେ ହସ ସହ ଆମ ଘରର ସବୁ ଲୋକଙ୍କ ହସ ମିଶି ମୋତେ ଅଧିକ ବିରକ୍ତ କରିଦେଲା ।

ରାଗରେ ଗେଟ୍ ଦେଇ ଘରକୁ ଆସୁ ଆସୁ ସାନ ଭାଇକୁ ପଚାରିଲି - ଇଏ କିଏ କିରେ ?

ସେ କହିଲା - 'ସେ ଚାଉଳ ବେପାର କରନ୍ତି । ପ୍ରତି ରବିବାର ଦିନ ଆମ ଘରକୁ ଆସନ୍ତି । ତୁ ତ କିଛି ଦିନ ହେଲା ତୋ ପରୀକ୍ଷା ପାଇଁ ଘରକୁ ଆସି ନଥିଲୁ ସେଥିପାଇଁ ତାଙ୍କୁ ଜାଣିନୁ । '

ହେଲେ ଏବେ ତ ଆମ ଘରେ ବେଶି ଚାଉଳ ନାହିଁ ତେବେ ସେ କ'ଣ ପାଇଁ ଆସିଛନ୍ତି - ତା' କଥା ଶୁଣି ମୁଁ କହି ଉଠିଲି ।

ସେ କହିଲା - ଆଲୋ ଅପା ତୁ ଜାଣିନୁ କି ସେ ବା ଆମ ମାଆକୁ ଝିଅ କରିଛନ୍ତି । ସେଥିପାଇଁ ପ୍ରାୟ ସବୁ ରବିବାର ଦିନ ସେ ଆମ ଘରକୁ ଆସନ୍ତି ଆଉ କିଛି ସମୟ କଥା ହୋଇ ଚାଲିଯାଆନ୍ତି । ଯଦି କେବେ ନ ଆସନ୍ତି ମାଆ ତାଙ୍କୁ ଫୋନ କରିକି ଆସିବାକୁ କୁହେ ।

ଆମ କଥା ସରିବା ପୂର୍ବରୁ ମା ଡାକ ପକେଇଲା - 'ଆଲୋ ଗୁଲୁ ଏ ଘରକୁ ଆସିଲୁ । ତୁ ମଉସାଙ୍କୁ ନମସ୍କାର କରିଛୁ ନା ନାହିଁ । ଆଜିକାଲିର ଛୁଆ ଟିକେ ସଂସ୍କାର

ଶିଖି ପାରିଲେ ନାହିଁ, ଏତେ ପାଠ ପଢ଼ିକି ଲାଭ କ'ଣ, ଯଦି ଗୁରୁଜନଙ୍କୁ ସମ୍ମାନ ଦେବା ଶିଖିନ। 'ଏମିତି କେତେ କ'ଣ ସେ କହି ଚାଲିଥିଲା।

ଏମିତିରେ ସକାଳୁ ତ ମୁଁ ଗାଳି ଖାଇଥିଲି ପୁଣି ଏବେ ଆଉ ଥରେ ସେ ବୁଢ଼ା ମଉସାଙ୍କ ପାଇଁ ଗାଳି ଖାଇବା ପାଇଁ ମୋ ରାଗ ଦୁଇ ଗୁଣିତ ହୋଇଗଲା। ମନେ ମନେ ଭାବିଲି ଯାଉଛି ମା'କୁ କହିବି କ'ଣ ପାଇଁ ମୋତେ ସବୁବେଳେ ବାହାର ଲୋକଙ୍କ ଆଗରେ ବିନା କାରଣରେ ଗାଳି କରୁଛି ଆଉ କହିବି ମୁଁ କେମିତି ଜାଣିଲି ସେ କିଏ ବୋଲି, ଏମିତି କ'ଣ ଘରକୁ ଯୋଉ ବି ବେପାରୀ ଆସିବେ ସମସ୍ତଙ୍କୁ ମୁଁ ନମସ୍କାର କରିବି।

ହେଲେ ମୁଁ କିଛି କହିବା ଆଗରୁ ହିଁ ସେ ବେପାରୀ ମଉସା ହସି ହସି ଖୁବ୍ ଆତ୍ମୀୟତାର ସହ କହି ଉଠିଲେ

-' ହଁ ସେ ମୋତେ ଦେଖିଲା ବେଳେ ନମସ୍କାର କରିଥିଲା। ଖୁବ୍ ଭଲ ଝିଅଟିଏ ସେ। ସେ ତୋ ନାଁ ରଖିବ। ତୁ ଜମା ବ୍ୟସ୍ତ ହେବୁନି। '

ଆରେ ମୁଁ ତ ତାଙ୍କୁ ନମସ୍କାର କରିନି ସେ କ'ଣ ପାଇଁ ମିଛ କହୁଛନ୍ତି ଭାବି ମୋତେ ତାଙ୍କ ଉପରେ ଅଧିକ ରାଗ ଲାଗିଲା। ନିଜକୁ ମହାନ ଦେଖେଇ ହେଇ ସେ ମିଛ କହି ମୋତେ ସମାଲୋଚନା କରୁଛନ୍ତି ଭାବି ସକାଳର ରାଗର ଅଜାଣତରେ ତାଙ୍କ ପାଖକୁ ଚାଲି ଯାଇଥିଲା।

ମୁଁ ଲକ୍ଷ୍ୟ କଲି କି ବୁଢା ବେପାରୀ ମଉସାଟି ଖୁବ୍ ମେଳାପି। ସବୁବେଳେ ଓଠରେ ଧାରେ ହସ। କଥାରେ ସମସ୍ତଙ୍କୁ ବାନ୍ଧି ନେବା କଳା ଯେମିତି ସେ ଖୁବ୍ ଭଲ ଭାବରେ ଜାଣନ୍ତି। ହେଲେ କେଜାଣି କ'ଣ ପାଇଁ ତାଙ୍କୁ ଦେଖିଲେ ମୋତେ ଖୁବ୍ ରାଗ ଲାଗୁଥିଲା। ମନେ ମନେ ଭାବୁଥିଲି ବେପାର କରିବାକୁ ଆସିଛନ୍ତି ତ ବେପାର କରିବେ ଏତେ କଥା କ'ଣ ପାଇଁ ଗପୁଛନ୍ତି ଯେ। ସେ ବୁଢ଼ାର ବୋଧେ ଆଉ କିଛି ଅଲଗା ମତଲବ ଅଛି।

ସେଦିନ ମା ସହ କଥା ହୋଇ ସାରି ସେ ଯିବାକୁ ବାହାରିଲେ ଆଉ ଗଲା ବେଳେ ମୋତେ ଡାକି ଚକଲେଟ୍ ଦେଇ ମୋ ମୁଣ୍ଡକୁ ଟିକେ ଆଉଁସି ଦେଲେ ଆଉ ପୂର୍ବ ପରି ହସି ହସି ଚାଲିଗଲେ।

ସେ ଗଲା ପରେ ପରେ ମୁଁ ବଡ଼ ପାଟିରେ ମା'କୁ କହି ଉଠିଲି

'- ଏ ବୁଢ଼ା କେତେ ଗପୁଛନ୍ତି ଯେ। ଚାଉଳ ବେପାର କରୁଛନ୍ତି ନା ଲୋକ ବେପାର। ତାଙ୍କ ଚକଲେଟ୍ କେହି ବି ଖାଇବନି ବୁଝିଲ। କାଲେ ଗୁଣି କରିକି ଆଣିଥିବେ। ଏତିକି କହି ସେ ଚକଲେଟକୁ ଫୋପାଡି ଦେଇ ଚାଲି ଆସିଲି।

ମା ମୋତେ କିଛି କହିଲାନି ହେଲେ ତା' ମୁହଁରେ ଏକ ଅସନ୍ତୁଷ୍ଟିର ରେଖା ଖୁବ୍ ବାରି ହୋଇ ପଡୁଥିଲା।

ସେଦିନ ପରଠୁ ସେ ବୁଢ଼ା ଲୋକ ଅନେକ ଥର ଆମ ଘରକୁ ଆସିଛନ୍ତି। ହେଲେ ତାଙ୍କୁ ଦେଖିଲା ବେଳେ ସବୁଥର ମୋତେ ରାଗ ଲାଗିଛି ଆଉ ପ୍ରତି ଥର ସେ ପୂର୍ବ ପରି ହସି ଦେଇଥାନ୍ତି।

ପ୍ରତି ଶନିବାର ଦିନ ମୁଁ ହଷ୍ଟେଲରୁ ଘରକୁ ଯାଏ ଆଉ ରବିବାର ଦିନ ସେ ଆମ ଘରକୁ ଆସନ୍ତି। ତାଙ୍କର ଆମ ଘରକୁ ଆସିବା, ମାଆ ସହ କଥା ହୋଇ ହସର ପସରା ମେଲାଇ ଦେବା ଆଉ ଗଲା ବେଳେ ମୋ ହାତରେ ଚକୋଲେଟ ଦେବା ପ୍ରତି ରବିବାର ଦିନ ଯେମିତି ପୁନରାବୃତ୍ତି ହେଉଥାଏ ଠିକ୍ ଯେମିତି ତାଙ୍କୁ ଦେଖି ମୋର ଅସନ୍ତୁଷ୍ଟତା ତାଙ୍କ ପ୍ରତି ମୋର ରାଗ ଆଉ ବିରକ୍ତି ଭାବର ମଧ୍ୟ ପୁନରାବୃତ୍ତି ହେଉ ଥାଏ। ମୁଁ ସବୁବେଳେ ଭାବୁଥାଏ ସେ କ'ଣ ପାଇଁ ଆସୁଛନ୍ତି। ମୁଁ ଜାଣି ପାରୁ ନଥାଏ ତାଙ୍କ ଉପରେ ଏତେ ବିରକ୍ତ ହେବାର ମୋ ପାଖରେ କି କାରଣ ଅଛି ହେଲେ ପ୍ରତି ଥର ମୋ ବିରକ୍ତି ଭାବ ର ପରିମାଣ ବଢୁଥାଏ ସିନା କମିବାର ନାଁ ଧରୁ ନଥାଏ।

ଏହା ଭିତରେ ଆହୁରି ତିନି ମାସ ଗଡି ଗଲାଣି। ଗ୍ରୀଷ୍ମ ଛୁଟି ଚାଲି ଥିବାରୁ ମୁଁ ଘରକୁ ଆସିଥିଲି। ସେଥର ସରକାରଙ୍କ ତରଫରୁ ଏକ ବେଳେ ତିନି ମାସ ପାଇଁ ମାଗଣା ଚାଉଳ ମିଳିଥିଲା। ଘରେ ସମସ୍ତେ ପ୍ରାୟ ରୁଟି ଖାଉ ଥିବାରୁ ଚାଉଳ ରହି ରହି ସେଥିରେ ପୋକ ଲାଗିବାକୁ ଆରମ୍ଭ କରି ଦେଇଥିଲା। ଚାଉଳ ପୋକ ଘର ସାରା ହୋଇ ଯିବାରୁ ମା ବ୍ୟସ୍ତ ହୋଇ ପଡୁଥିଲା। ବାବାଙ୍କୁ ଥରେ ସେ କହିବାର ମୁଁ ଶୁଣିଲି - ଏ ଚାଉଳ ବିକ୍ରି କରିଦେବା, ତମେ ଜଣେ ଚାଉଳ ବେପାରୀ ଠିକ୍ କର। ତା' କଥା ଶୁଣି ମୁଁ କହିଲି କାଇଁ ତୋର ସେ ବେପାରୀ ମଉସା କୁଆଡେ ଗଲେ କି? ସବୁବେଳେ ତ ଖାଲି ମା ମା ହୁଅନ୍ତି ହେଲେ କାମ ଥିଲା ବେଳେ ଦେଖା ନାହାନ୍ତି। ବୋଧ ହୁଏ ଏହା ଭିତରେ ସେ ଆଉ ଜଣେ ନୂଆ ଝିଅ ଠିକ୍ କରି ସାରିଛନ୍ତି।

ମୋ କଥା ଶୁଣି ମା କହିଲା ତାଙ୍କର କାଳେ କ'ଣ କାମ ଥିବ। ହେଲେ ପରେ ପରେ ମା ଖୁବ୍ ଚିନ୍ତିତ ହୋଇପଡ଼ିଥିଲା ଚାଉଳ ବିକ୍ରି ପାଇଁ ନୁହେଁ ବରଂ ସେ ବେପାରୀ ମଉସାଙ୍କ ପାଇଁ ତାଙ୍କ ଫୋନ ବି କାଇଁ କିଛି ଦିନ ହେଲା ଲାଗୁନଥିଲା।

ଏହା ପରେ ବାବା ଆଉ ଜଣେ ନୂଆ ବେପାରୀକୁ ଡାକି ଆଣିଲେ। ସେ ନୂଆ ବେପାରୀ ଙ୍କ ସେ ରାଗ ତମତମ କଥା ଆଉ ମୁହଁରେ ସେ ବେଖାତିର୍ ଭାବ ଦେଖି ସେ ପୁରୁଣା ବେପାରୀ ମଉସାଙ୍କ କଥା ଖୁବ୍ ସେଦିନ ମନେ ପଡ଼ିଲା। ଏହା ପରେ ଯେବେ ବି କିଏ ଗେଟ ପାଖରେ ଡାକେ ମୁଁ ଆଗ ଯାଇ ଗେଟ ଖୋଲେ

କାଳେ ସେ ମଉସା ଆସିଥିବେ ହେଲେ ପ୍ରତିଥର ମୋ ଆଶଙ୍କା ଭୁଲ ବୋଲି ପ୍ରମାଣିତ ହୁଏ।

କିଛି ଦିନ ହେଲା ପରୀକ୍ଷା ପାଇଁ ଆଉ ମୁଁ ଘରକୁ ଯାଇ ପାରିନି ସେଥିପାଇଁ ସେ ବୁଢ଼ା ମଉସାଙ୍କ ଖବର ମୁଁ ଆଉ ରଖି ପାରିନି। ପରୀକ୍ଷା, କଲେଜ ରେ ଏତେ ବ୍ୟସ୍ତ ରହି ଯାଇଛି ଯେ ମା'କୁ ତାଙ୍କ କଥା ପଚାରିବି ପଚାରିବି ହୋଇ ଆଉ ପଚାରି ପାରିନି। କେବେ କେମିତି ରାସ୍ତା ରେ କୋଉ ବେପାରୀଙ୍କୁ ଦେଖିଲେ ମୋର ତାଙ୍କ କଥା ମନେ ପଡେ ହେଲେ ତାଙ୍କ ସହ ତା' ପରଠୁ କେବେ ଦେଖା ହେଉ ନଥାଏ।

ଏହା ଭିତରେ ପରୀକ୍ଷା ସରି ଯାଇଥାଏ। ହଷ୍ଟେଲ ଛୁଟି ହେବାରୁ ସମସ୍ତ ପିଲା ଘରକୁ ଯାଉଥାନ୍ତି। ମୁଁ ମଧ୍ୟ ଘରକୁ ଯିବା ପାଇଁ ବସ ଷ୍ଟାଣ୍ଡ ଯାଉଥାଏ। ପରୀକ୍ଷା ପାଇଁ ରାତି ଅନିଦ୍ରା ସାଙ୍ଗକୁ ଖାଇବା ଏପଟ ସେପଟ କାରଣରୁ ମୁଣ୍ଡଟା ଜୋରସେ ବିନ୍ଧା ହେଉଥାଏ।ଏତେ ଜୋରସେ ବିନ୍ଧା ହେଉଥାଏ ଯେ ମୋତେ ଲାଗୁଥାଏ ଯେମିତି ଆକାଶଟା ମୋ ଉପରେ ପଡିଯିବ। ସେଦିନ କ'ଣ ପାଇଁ କେଜାଣି ବସ ବି ମିଳୁ ନଥାଏ। ଖୁବ୍ ବ୍ୟସ୍ତ ଲାଗୁଥାଏ। ମୁଣ୍ଡ ବିନ୍ଧା ସହ ଖରା ମଧ୍ୟ ଜୋରସେ ହେଉଥାଏ। ।ଏହା ଭିତରେ ମୋତେ ଲାଗିଲା ଯେମିତି ମୁଁ ପଡିଯିବି। ।ଆଉ କିଛି ଭାବିବା ଆଗରୁ ହିଁ ପଡ଼ିଯାଇଥିଲି।

ଆଖି ଖୋଲିଲା ବେଳକୁ ମୁଁ ଦେଖିଲି ମୁଁ ଯାଇ ମେଡିକାଲ୍ ବେଡରେ। ଆଉ ମୋ ପାଖରେ ସେ ବୁଢ଼ା ବେପାରୀ ମଉସା। କିଛି ବୁଝିବା ଆଗରୁ ସେ କହି ଉଠିଲେ --'ମା ତୁ ବ୍ୟସ୍ତ ହୁଅନା। ମୁଁ ଅଛି।

ଆଉ କିଛି ପଚାରିବା ଆଗରୁ ସେ କହି ଉଠିଲେ - ମୋ ଦେହ ଟିକେ ଭଲ ନଥିଲା ବୋଲି ମୁଁ ଆଜି ମେଡିକାଲ୍ ଆସିଥିଲି। ମୋ ସହ ମୋ ଝିଅ ବି ଆସିଛି। ହେଲେ ଏଠି ଆସି ଦେଖେ ତ ତୁ ଏଠି ପଡିଛୁ। ଏମିତି କେତେ କ'ଣ ସେ କହି ଉଠୁଥିଲେ। ।

ସେଦିନ କ'ଣ ପାଇଁ କେଜାଣି ସେ ମଉସାଙ୍କୁ ଦେଖି ମନରେ ସାହସ ଆସିଲା। ପ୍ରଥମ କରି ମେଡିକାଲ ରେ ଏତେ ଲୋକଙ୍କ ଭିତରେ ସେ ମୋତେ ଖୁବ୍ ଆପଣାର ଲାଗିଲେ। ମୋତେ ଲାଗିଲା ଯେମିତି ସେ ମୋର ଖୁବ୍ ନିଜର ମୋ ପରିବାରର କେହି ଜଣେ।

ସେ ମଧ୍ୟ ମୋର ନିଜର ଲୋକ ପରି ମୋ ପାଖରେ ବସି ରହିଥିଲେ। ତାଙ୍କ ଝିଅ ବହୁତ୍ ଥର ଆସି ତାଙ୍କୁ ଡକ୍ଟର ଙ୍କ ପାଖକୁ ଯିବା ପାଇଁ କହିଲା ପରେ ବି ସେ ମୋ ପାଖରୁ ଯାଉ ନଥିଲେ। ଆତ୍ମ ଗ୍ଲାନି ରେ ମୋ ଆଖି ଓଦା ହୋଇ ଆସିଥିଲା।

ଆଜି ଯାଏଁ ସାମାନ୍ୟ ବେପାରୀ ବୋଲି ମୁଁ ଯାହାକୁ ଭାବୁଥିଲି କିଛି କ୍ଷଣ ମଧ୍ୟରେ ସେ ମୋର ଖୁବ୍ ଆପଣାର ପାଲଟି ଯାଇଥିଲେ।

କିଛି ସମୟ ଭିତରେ ବାବା ଆସି ମେଡିକାଲ ରେ ପହଁଚି ସାରିଥିଲେ। ତାଙ୍କ ସହ ଘରକୁ ଗଲାବେଳେ କେଜାଣି କ'ଣ ପାଇଁ ମୁଁ ସେ ବୁଢ଼ା ମଉସାଙ୍କ ପାଦ ଛୁଇଁ ମୁଣ୍ଡିଆ ମାରିଥିଲି। ଆଉ ସେ ସବୁଥର ପରି ମୋ ମୁଣ୍ଡକୁ ଟିକିଏ ଆଉଁଶି ଦେଇ ମୋ ହାତରେ ଚକୋଲେଟ ଦେଇଥିଲେ। ସେତେବେଳେ ସେ ମୋ ପାଇଁ ଖାଲି ଜଣେ ବେପାରୀ ନଥିଲେ ଖୁବ୍ ଆପଣାର ମଣିଷଟିଏ ପାଲଟି ଯାଇଥିଲେ।

ଫେରିଲା ବେଳେ ବାବା ହସି ହସି ମୋତେ ଦେଖେଇ ଦେଖେଇ ପଚାରିଲେ ତୁ କେମିତି ଆଜି ତାଙ୍କୁ ମୁଣ୍ଡିଆ ମାରିଲୁ ସେ ପରା ଜଣେ ବାହାରର ବେପାରୀ। ଆଉ ସେ ଦେଇଥିବା ଚକୋଲେଟକୁ ତୁ ଏଯାଏଁ ଧରିଛୁ କେମିତି ଫୋପାଡି ଦେ କାଳେ କ'ଣ ମିଶେଇକି ଦେଇଥିବେ ଯେତେ ଯାହା ହେଲେ ବି ସେ ଜଣେ ବାହାରର ବେପାରୀ ନା।

ତାଙ୍କ କଥା ଶୁଣି ମୁଁ କହିଲି ହଁ ସେ ବେପାରୀ ହେଲେ କୌଣସି ଜିନିଷର ନୁହେଁ ସ୍ନେହ ଆଉ ନିସ୍ୱାର୍ଥପର ଭଲ ପାଇବାର। ବେପାରୀ ଅନ୍ୟକୁ ଆପଣାଇ ନେଉଥିବା କଳାର।

ମୋ କଥା ଶୁଣି ବାବାଙ୍କ ଓଠରେ ସନ୍ତୋଷର ହସ ଥିଲା ଆଉ ମୋ ଆଖିରେ ଅନୁତାପ ଲୁହଥିଲା।

■

ବଦଳୁ ଥିବା ସମୟ

ସକାଳ ସମୟଟା ଖୁବ୍ ବ୍ୟସ୍ତ ଭିତରେ କଟି ଯାଏ ସୀମାର। ଝିଅର ଗାଧୁଆ, ଡ୍ରେସ ପିନ୍ଧା, ମୁଣ୍ଡ ବନ୍ଧା, ଟିଫିନ୍ ସଜାଡ଼ିବାଠାରୁ ଆରମ୍ଭ କରି ସ୍ୱାମୀଙ୍କ ସାର୍ଟରେ ଆଇରନ ଦେବା, ଜୋତା ଠିକ୍ କରି ରଖିବା, ଖରାବେଳ ପାଇଁ ଲଞ୍ଚ ପ୍ରସ୍ତୁତ କରିବାରେ ସୀମାର ସକାଳ ସମୟଟା କଟିଯାଏ। କାହା ସହ କଥା ହେବା କି କୌଣସି କଥା ଭାବିବାକୁ ସକାଳେ ତା'ର ସମୟ ନଥାଏ। ପ୍ରାୟତଃ ଆଜିକା ସମୟର ସବୁ ସ୍ତ୍ରୀ ଲୋକଙ୍କ ସକାଳ ଏମିତିରେ ହିଁ କଟି ଯାଇ ଥାଏ।

ସେଦିନ ରୋଷେଇ କରୁଥିବା ସମୟରେ ହଠାତ୍ ତା' ଫୋନ୍ ବାଜି ଉଠିଲା। ସବୁବେଳେ ଏମିତି ହୁଏ ଯେତେବେଳେ ସେ କିଛି କାମ କରୁଥିବା କି ବ୍ୟସ୍ତ ଥିବ ସେଇ ସମୟରେ ହିଁ କେହି ନା କେହି ଫୋନ୍ କରିବେ। ଖୁବ୍ ବିରକ୍ତ ଲାଗିଲା ତାକୁ ସେଥିପାଇଁ ପ୍ରଥମ ଥର ସେ ଫୋନ ଉଠେଇ ନଥିଲା ପୁଣି ଥରେ କଲ ଆସିବାରୁ ସେ ଚକଟୁ ଥିବା ଅଟା ହାତ ଧୋଇ ଫୋନ୍ ପାଖକୁ ଆସିଲା। ଫୋନ୍ ଦେଖିଲା ବେଳକୁ ହିଁ କଟି ସାରିଥିଲା। କିଏ ଫୋନ କରିଛି ଦେଖିବାକୁ ଗଲା ବେଳକୁ କୁନି ମାଉସୀଙ୍କ ଦୁଇ ଥର ମିସ କଲ ଥିଲା। କ'ଣ ପାଇଁ ସକାଳୁ ଫୋନ୍ କରିଛନ୍ତି କିଛି ଅସୁବିଧା ହୋଇଛି କି କ'ଣ ଭାବି କଲ କଲା ବେଳକୁ ସେପଟୁ ମଉସାଙ୍କ ସ୍ୱର ଶୁଣା ଗଲା।

ସେପଟୁ ମଉସା ଫୋନ୍ ଉଠେଇ କହିଲେ

-' ହଁ ମା କ'ଣ କହୁଥିଲୁ ?

ତୋ ମାଉସୀ କ'ଣ କଥା ହେବ ବୋଲି ଫୋନ୍ ଲଗେଇଥିଲା ଯେ ଏବେ ସେ ଛାତ ଉପରକୁ ଯାଇଛି। ସେ ଆସୁ ପୁଣି ତତେ ଫୋନ୍ କରିବ।'

ଏହାପରେ ମଉସାଙ୍କ ସହ କିଛି ସମୟ କଥା ହେଇ ସେ ଫୋନ୍ ରଖିଦେଲା।

ଅଧାରୁ ଛାଡ଼ି ଆସିଥିବା ରୋଷେଇକୁ ଜଲ୍‌ଦୀ ଜଲ୍‌ଦୀ ସାରିବାକୁ ଚେଷ୍ଟା କଲା। ଜଲ୍‌ଦୀ ରୋଷେଇ ସାରିଲେ ପାର୍ଥ ଅଫିସକୁ ଆଉ ଝିଅ ପରୀକ୍ଷା ଦେବାକୁ ଯିବେ।

ସେଦିନ କାମ ଭିତରେ ସେ ଆଉ କୁନି ମାଉସୀ ଙ୍କୁ ଫୋନ୍ କରିବାକୁ ସମୟ ପାଇଲା ନାହିଁ। ସନ୍ଧ୍ୟା ବେଳେ କାମ ସାରି ଚା ପିଇବା ବେଳକୁ ବୋଉର ଫୋନ୍ ଆସିଲା। ବୋଉ କହିଲା କି କାଲି ଭାଇର ଶ୍ରାଦ୍ଧ ଅଛି ସେଥିପାଇଁ ପାର୍ଥ ଆଉ ଝିଅକୁ ନେଇ ଘରକୁ ଯିବା ପାଇଁ। ତାପରେ ବୋଉର ପୁଣି କାନ୍ଦ ଆରମ୍ଭ ହେଇଗଲା। ପୂର୍ବରୁ କରିଥିବା ଭୁଲ୍ ପାଇଁ ଆଜି ବି ତା' ଆଖିରେ ପଶ୍ଚାତାପର ଲୁହ ଥିଲା।

ଆଜିକୁ ଭାଇର ଆମକୁ ଛାଡି ଚାଲିଯିବାର ପାଞ୍ଚ ବର୍ଷ ହୋଇଗଲାଣି। ହେଲେ ବୋଉ ଏବେ ବି ଝୁରୁଛି। ଝୁରିବନି ବି କେମିତି ଘରର ବଡ଼ ପୁଅ ଥିଲା ଭାଇ। ଦେଖିବାକୁ ଯେମିତି ପାଠ ପଢିବାରେ ବି ସେମିତି। ରୂପରେ ଗୁଣରେ କେହି ବି ତାକୁ ଖୁଣି ପାରିବେ ନାହିଁ। ବୋଉ ତାକୁ ଖୁବ୍ ଭଲ ପାଉଥିଲା ଭାଇ ବି ବାବାଙ୍କଠାରୁ ବୋଉକୁ ଅଧିକ ଭଲ ପାଉଥିଲା। ବଡ଼ ପୁଅ ହୋଇ ତାକୁ ପ୍ରଥମେ ମା ହେବାର ସୁଯୋଗ ଦେଇଥିବାରୁ ସେ ତାକୁ ଅଧିକ ଭଲ ପାଉଛି ବୋଲି କହି ଭାଇ ମୋତେ ଛୋଟ ବେଳେ ଖୁବ୍ ଚିଡାଉଥିଲା।

ତା' ଜୀବନରେ ଘଟୁଥିବା ପ୍ରତିଟି କଥା ସେ ଆସି ପ୍ରଥମେ ବୋଉ ଆଗରେ କହୁଥିଲା। ଥରେ କଲେଜରେ ପଢୁଥିବା ବେଳେ ବୋଉକୁ କହିଲା ସେ ଭଲ ପାଉଥିବା ଝିଅ ବିଷୟରେ। ତା' ସାଙ୍ଗରେ ସେ ଝିଅ ପଢୁଥିଲା। ଖୁବ୍ ଭଲ ଝିଅଟେ ବୋଲି କହି ବୋଉ ସହ ତା'ର ଦେଖା କରେଇବ ବୋଲି ସେ ବୋଉର ଅନୁମତି ମାଗିଥିଲା

ବୋଉର ଗୋଟେ କଥା ଥିଲା କି ଝିଅ ଯେମିତି ହେଇଥାଉ ନା କାହିଁକି ଜାତି ସମାନ ହେବା ଦରକାର। ହେଲେ ଅସୁବିଧା ଥିଲା ଝିଅଟି ଆମ ଜାତିର ନଥିଲା। ଭାଇ ବହୁତ୍ ଚେଷ୍ଟା କଲା ଘରେ ସମସ୍ତଙ୍କୁ ରାଜି କରାଇବା ପାଇଁ ହେଲେ ତା' କଥାର କିଛି ବି ପ୍ରଭାବ ଘରେ କାହା ଉପରେ ପଡ଼ିଲା ନାହିଁ। ସେ ଜାଣିଥିଲା କେହି ତା' କଥା ନ ଶୁଣିଲେ ବି ବୋଉ ତା' କଥା ଶୁଣିବ। ହେଲେ ବୋଉ ବେଶୀ ଡରିଲା ମାମୁଁ, ମାଉସୀ ଆଉ ଏ ସମାଜ କ'ଣ କହିବ। ଭାଇକୁ ବୁଝିବା ପରିବର୍ତ୍ତେ ସେ ବୁଝାଇବାକୁ ଚେଷ୍ଟା କଲା ସେ ଝିଅକୁ ଭୁଲିଯିବା ପାଇଁ। ଭାଇକୁ କହିଲା ଏ ସମାଜ କଥା, ମାମୁଙ୍କ କଥା ଆଉ କୁନି ମାଉସୀ କଥା, କେମିତି ଛୋଟ ଜାତିର ଝିଅକୁ ବାହା ହେଲେ ସମାଜ କେତେ କଥା କହିବ। ଆଉକୁନି ମାଉସୀ ତ ଜାଣିଲେ ଆଉ ଆମ ଘରକୁ ଆସିବ ନାହିଁ।

ସବୁ ଭାବି ସେ ସିଧା ସିଧା ଭାଇକୁ ମନା କରିଦେଲା। ସେ ଭାବିଥିଲା ତା'ର ସବୁ କଥା ଆଜି ଯାଏଁ ମାନୁଥିବା ପୁଅଟି ଏ କଥା ମଧ୍ୟ ସୁନା ପିଲା ପରି ମାନିଯାଇ ସେ ଝିଅକୁ ଭୁଲିଯିବ ହେଲେ କିଏ କ'ଣ ଜାଣିଥିଲା ଭାଇ ଏ କଥା ଶୁଣି ଆତ୍ମହତ୍ୟା କରିଦେବ ବୋଲି। ଭାଇ ଚାହିଁ ଥିଲେ ସେ ଝିଅକୁ ନେଇ ଘର ଛାଡ଼ି ଚାଲି ଯାଇଥାନ୍ତେ ହେଲେ ସେ ଚାହୁଁ ନଥିଲେ ଏମିତି କରିବାକୁ। ବୋଉ କି ସେ ଝିଅ କାହାକୁ ଛାଡ଼ି ନ ପାରି ସେ ଜୀବନ ହାରିଦେବାକୁ ଠିକ୍ ବୋଲି ଭାବି ନେଇଥିଲେ। ଏହା ପରେ ସମୟ ବିତିବାରେ ଲାଗିଲା ହେଲେ ବୋଉ ସେ ପାଞ୍ଚ ବର୍ଷ ତଳ ସମୟରେ ଅଟକି ଗଲା।

କାଲି ଭାଇର ଶ୍ରାଦ୍ଧ କଥା ଶୁଣି ପୁଣି ପୁରୁଣା କଥା ମନେ ପଡିଗଲା। ଆଖିରୁ ଲୁହ ପୋଛି କାଲି ପାଇଁ ନିଜକୁ ପ୍ରସ୍ତୁତ କରୁଥିବା ବେଳେ ପୁଣି କୁନି ମାଉସୀଙ୍କ ଫୋନ ଆସିଲା। କୁନି ମାଉସୀ କହୁଥିଲେ କି ତାଙ୍କ ପୁଅ ବିମଳର ବାହାଘର ଆସନ୍ତା ଜାନୁଆରୀ ମାସରେ ହେବାକୁ ଯାଉଛି। ଆଉ ମଧ୍ୟ କହିଲେ କି ସେ କେମିତି ଝିଅଟି ଅଲଗା ଜାତିର ହୋଇ ଥିବାରୁ ରାଜି ହେଉନଥିଲେ ହେଲେ ପରେ ପୁଅର ଖୁସି ପାଇଁ ରାଜି ହେଲେ। ଆଉ ଝିଅ ସହ କଥା ହେଲା ପରେ ତାଙ୍କ ମନ ପୁରା ଖୁସି। ତା' ବ୍ୟବହାର ତାଙ୍କୁ ବହୁତ୍ ଭଲ ଲାଗିଲା। ସେ ଝିଅଟି ଏତେ ଭଲ ଯେ ମାଉସୀ ଖୋଜିଥିଲେ ବି ଏମିତି ଝିଅ ଆଉ କୋଉଠି ପାଇ ନଥାନ୍ତେ। ନିଜ ପୁଅ ଖୁସି ପାଇଁ ସେ ଆଉ କାହା କଥାକୁ ନଶୁଣି ସେ ଝିଅ ସହ ବାହାଘର ଠିକ୍ କରିଦେଲେ।

ସେ ଫୋନ୍ ରଖିଲା ପରେ ମୁଁ ଭାବୁଥିଲି ଯଦି ଆଜକୁ ପ୍ରାୟ ୫ବର୍ଷ ତଳେ ବୋଉ ଠିକ୍ ଏମିତି ମାଉସୀ ଙ୍କ ପରି ଚିନ୍ତା କରିଥାନ୍ତା ତେବେ ହୁଏତ ଭାଇ ଆମ ସହ ଥାଆନ୍ତା। ବଦଳୁ ଥିବା ସମୟରେ ଯଦି ବୋଉ ବି ବଦଳି ଯାଇଥାନ୍ତା ତେବେ ଭାଇ ମୁହଁରୁ ଏବେ ବି ସେ ବୋଉ ଡ଼ାକ ଶୁଣିବାକୁ ପାଇଥାନ୍ତା।

■

ଅଜଣା ଆତ୍ମୀୟତା

ଆଜି କଲେଜ ଯିବାକୁ ଜମାରୁ ଇଚ୍ଛା ନଥିଲା ସ୍ମୃତିର। ଆଜିକୁ ପନ୍ଦର ଦିନ ଧରି ହୋଇଥିଲା ଜ୍ୱର କାରଣରୁ ସେ ଖୁବ୍ ଦୁର୍ବଳ ହୋଇ ପଡ଼ିଥିଲା। କୁଆଡ଼େ ଯିବା ପାଇଁ କି କାହା ସହ କଥା ହେବା ପାଇଁ ତା'ର ଇଚ୍ଛା ହେଉ ନଥିଲା। ଦେହର ଦୁର୍ବଳତା ସତେ ଯେମିତି ତା' ମନକୁ ଦୁର୍ବଳ କରି ଦେଇଥିଲା। ହେଲେ ଏତେ ଦିନ ଧରି କଲେଜ ବନ୍ଦ ହୋଇଥିବାରୁ ବାଧ୍ୟ ହୋଇ ଆଜି କଲେଜ ଯିବାକୁ ବାହାରି ପଡ଼ିଲା। ସକାଳୁ ସକାଳୁ ଖୁବ୍ ବ୍ୟସ୍ତ ଲାଗୁଥିଲା ତାକୁ। ସେଥି ପାଇଁ ଧୀରେ ଧୀରେ ସେ ସବୁ କାମ ପୁରା ମାନ୍ଦା ହୋଇ କରୁଥିବାରୁ ସମୟ ଖୁବ୍ ଡେରି ହୋଇ ଯାଇଥିଲା। ଏତେ ଦିନ ପରେ କଲେଜ ଯିବାକୁ ବାହାରିଛି ପୁଣି ଯୋଗକୁ ଏତେ ଡେରି ହେଇଗଲାଣି ସେଥିପାଇଁ କିଛି ନ ଖାଇ କଲେଜ୍ ବାହାରି ପଡ଼ିଲା ସେ।

ଘରୁ ବାହାରିବା ବେଳେ ମାଆ ଆସି ତାକୁ ଟିଫିନ୍ ଦେଇ କହିଲା

– 'ଆସିଲା ବେଳକୁ କେତେ ଲେଟ୍ ହବ ଜଣାନାହିଁ ଏ ଟିଫିନ୍ ରଖ। ସମୟ ଦେଖି ଖାଇଦବୁ।'

ମା କଥା ମାନି ସେ ଟିଫିନ୍ ଆଣି ବ୍ୟାଗ୍ ରେ ରଖିଲା। ତର୍ ତର ହୋଇ କଲେଜ୍ ଯିବାପାଇଁ ବସରେ ଚଢ଼ିଲା ବେଳକୁ ବସରେ ସବୁ ସିଟ ପୁରା ଫିଲପ୍। ବସିବାକୁ ଜାଗା ନାହିଁ। ଏପଟେ ସମୟ ବି ନାହିଁ ଆଉ ପରବର୍ତ୍ତୀ ବସ୍ କୁ ଅପେକ୍ଷା କରିବାପାଇଁ। ବାଧ୍ୟ ହୋଇ ସେଇ ବସ୍ ରେ ଚଢ଼ିଗଲା ସ୍ମୃତି।

ବସ୍ ଏତେ ଭିଡ଼ ଥିଲା ଯେ ନିଜ ବ୍ୟାଗକୁ ବି ପାଖରେ ରଖି ଠିଆ ହେବା ସମ୍ଭବ ନଥିଲା। ଏହା ଭିତରେ ପାଖରେ ବସିଥିବା ଜଣେ ପଚିଶ କି ଛବିଶ ବର୍ଷର ପୁଅ ତା' ହାତରୁ ବ୍ୟାଗ୍ ନେଇ ନିଜେ ଧରିଲେ ଆଉ ଆଉ ତାଙ୍କ ସିଟ ଛାଡ଼ିଦେଲେ ସ୍ମୃତିକୁ ବସିବା ପାଇଁ। ଦେହ ଦୁର୍ବଳ ଲାଗୁଥିବାରୁ ସେ ଆଉ କିଛି ନକହି ସିଟ ରେ

ବସି ପଡିଲା। କିଛି ସମୟ ପରେ ସାଇଡ୍ ଥିବା ସିଟ ଖାଲି ହେବାରୁ ସେ ପୁଅଟି ଆସି ତା' ପାଖରେ ବସିଲା। ସ୍ମୃତିକୁ ଟିକେ ଅଡୁଆ ଲାଗୁଥିଲେ ମଧ୍ୟ ଏତେ ଭିଡ଼ ଭିତରେ ବି ତା' ପାଇଁ ସିଟ ରଖିଥିବାରୁ ସେ ଅଜଣା ପୁଅ ପ୍ରତି ଧନ୍ୟବାଦ୍ ଅର୍ପଣ କରିଥିଲା।

ଏହା ପରେ ସେ ପୁଅଟି ନିଜ ଆଡୁ କଥା କହିବା ଆରମ୍ଭ କଲେ। କିଛି ସମୟ ଭିତରେ ସେ ସ୍ମୃତି ସହିତ ପୁରା ନିଜର ପରି ମିଶିବାକୁ ଚେଷ୍ଟା କଲେ। ଏସବୁ ସ୍ମୃତିକୁ ଭଲ ଲାଗୁନଥିଲା। ଆଜି କାଲି ଯୋଉ ଯୁଗ ଟିକେ ଭଲରେ କାହା ସହ କଥା ହେଇଗଲେ ସେ ତା'ର ଫାଇଦା ଉଠେଇବାରେ ଲାଗିଯିବ। ସେଥିପାଇଁ ତା'ର ଦଶ ପଦ ପ୍ରଶ୍ନର ଉତ୍ତର ଗୋଟେ ପଦରେ ଦଉଥିଲା। ଖୁବ୍ ରାଗ ଲାଗୁଥାଏ ସେ ଅଜଣା ପୁଅ ଉପରେ। କ'ଣ ଯେ ସେ ଏତେ କଥା ଗପୁଚି।

ସେ ସେଇ ପୁଅକୁ ଅଣଦେଖା କରିବା ପାଇଁ ବ୍ୟାଗରୁ ଟିଫିନ ବାହାର କରି ଖାଇବାକୁ ଲାଗିଲା। ଆଉ ଠିକ୍ ସେତିକି ବେଳେ ସେ ପୁଅ କହି ଉଠିଲା –

କ'ଣ ଚକୁଳି ପିଠା ଖାଉଚ କି ? ମୋର ଚକୁଳି ପିଠା ବହୁତ୍ ପସନ୍ଦ ହେଲେ ମା ଚାଲିଯିବା ପରଠାରୁ ପିଠା ଖାଇବା ଯେମିତି ସ୍ୱପ୍ନ। ତାଙ୍କ କଥା ଶୁଣି ସ୍ମୃତି ବାଧ୍ୟ ହେଇ ତାଙ୍କୁ ଖାଇବାକୁ ଯାଚିଲା। ଆଉ ସେ ପୁଅଟି ଅତି ଆଗ୍ରହ ରେ ଟିଫିନ୍ ନେଇ ଖାଇବା ଆରମ୍ଭ କଲେ।

ଏହା ଭିତରେ ସ୍ମୃତି ର ଫୋନ୍ ରିଙ୍ଗ ହେବାକୁ ଲାଗିଲା ଫୋନ ଉଠେଇ କଥା ହୋଇସାରିବା ପରେ ତା' ମୁହଁର ରଙ୍ଗ ଫିକା ପଡିଯାଇଥିଲା। ଆଜି କଲେଜରେ ରି – ଆଡମିସନ୍ କରିବାର ଶେଷ ତାରିଖ ଥିଲା ହେଲେ ଏକଥା ତ ତାକୁ ଆଗରୁ କେହି କହିନାହାନ୍ତି। ଦେହ ଖରାପ ଥିବାରୁ ସେ ବି କିଛିଦିନ କଲେଜ୍ ଯାଇନଥିଲା। ଆଉ ଏବେ ଯାଉ ଯାଉ ହଠାତ୍ ଏମିତି ପଇସା କଥା ଶୁଣି ସେ କ'ଣ କରିବ ଭାବି ପାରୁ ନଥିଲା। ଘରକୁ ଫୋନ୍ କରି ପଇସା କଥା କହିବ ଭାବି ଫୋନ୍ ଲଗାଏ ତ ଫୋନ୍ ଲାଗିଲାନି। ଏପଟେ ବାବା ବି ଘରେ ନାହାନ୍ତି କ'ଣ କରିବ ସେ ଭାବି ଭାବି ତା'ର ଗୋଟେ ସାଙ୍ଗକୁ ଫୋନ୍ କରି ପଇସା କଥା କହିବାରୁ ସେ ମନା କଲା। ବହୁତ୍ ଚେଷ୍ଟା କରି ବିଫଳ ହେଲା ପରେ ସେ ଆଖିବନ୍ଦ୍ କରି ଶୋଇପଡ଼ିଲା।

କିଛି ସମୟ ପରେ କଣ୍ଡକ୍ଟରର ସ୍ୱର ଶୁଣି ଉଠି ଦେଖେତ କଣ୍ଡକ୍ଟର ପଇସା ମାଗୁଚି। ପଇସା ଦେବା ପାଇଁ ବ୍ୟାଗ୍ ଖୋଜି ଦେଖେତ ବ୍ୟାଗ୍ ନାହିଁ କି ପାଖରେ ବସିଥିବା ସେ ଅଜଣା ପୁଅ ମଧ୍ୟ ନାହାନ୍ତି। ସେ କିଛି କହିବା ପୂର୍ବରୁ ପଛ ସିଟରେ ବସିଥିବା ଜଣେ ବୁଢା ମଉସା କହିଲେ ଝିଅ ବ୍ୟାଗ୍ ଖୋଜୁଚୁ କି ତୋ ବ୍ୟାଗ୍ ଡ୍ରାଇଭର ପାଖରେ ଅଛି। ସେଠୁ ନେଇଆସେ। କିଛି ଭାବିବା ଆଗରୁ କଣ୍ଡକ୍ଟର ବ୍ୟାଗ୍ ଆଣି

ତାକୁ ଦେଇଦେଲା ଆଉ କହିଲା ସେ ପୁଅଟି ଭୁଲ୍‌ରେ ନେଇ ପଳେଇଥିଲା, ପୁଣି ମନେ ପଡ଼ିବାରୁ ଆଣି ଦେଇଗଲେ। ବସ୍ ଜାମ ଥିଲା ସେଥିପାଇଁ ତମ ପାଖକୁ ଆସି ପାରିଲାନି। ଆଉ କିଛି ନକହି ସ୍ମୃତି ବ୍ୟାଗ୍ ଆଣି ବସରୁ ଓହ୍ଲେଇ ପଡ଼ିଲା ଆଉ କଲେଜ୍ ଯିବାକୁ ବାହାରିଲା। ପଇସା କଥା କ'ଣ କରିବ କୋଉଠୁ ଆଣି କଲେଜରେ ଡିପୋଜିଟ କରିବ ଭାବି ଭାବି କେତେବେଳେ ଯାଇ କଲେଜରେ ପହଞ୍ଚି ଯାଇଥିଲା ସେ ନିଜେ ବି ଜାଣିନି।

କଲେଜରେ ପହଞ୍ଚି ବ୍ୟାଗରୁ ଫୋନ୍ କାଢ଼ିବାକୁ ଗଲାବେଳେ ହଠାତ୍ ଟିଫିନ୍ ବ୍ୟାଗରୁ ଖସିପଡ଼ି ତଳେ ପଡିଗଲା। ଟିଫିନକୁ ଉଠେଇବାକୁ ଯାଇ ଦେଖିଲା ଯେ ଟିଫିନ୍ ଖୋଲି ଯାଇଛି ଆଉ ତା' ଭିତରେ ଥିବା ଟଙ୍କା ତଳେ ପଡ଼ିଯାଇଛି। ଟିଫିନ୍ ଭିତରେ ଥିବା ଟଙ୍କା କୋଉଠୁ ଆସିଲା ଭାବି ସେ ଟଙ୍କା ଉଠେଇବାକୁ ଗଲା ବେଳକୁ ଟଙ୍କା ସହ ଏକ କାଗଜ ମଧ୍ୟ ପଡିଥିବାର ଦେଖିଲା।

ଯେଉଁଥିରେ ଲେଖାଥିଲା ବହୁତ୍ ଦିନ ପରେ ଏମିତି ଘର ତିଆରି ଖାଇବା ଖାଇଲି। ବହୁତ୍ ଭଲ ଲାଗିଲା ଭଉଣୀ। ଆଜି ହୁଏତ ରାକ୍ଷୀ ପୂର୍ଣ୍ଣିମା ନୁହେଁ କି ତମେ ମୋ ହାତରେ ରାଖି ବାନ୍ଧି ନ ହେଲେ ଏ ଅଜଣା ଭାଇ ତରଫରୁ ଏତିକି ପଇସା ତମ ପାଇଁ। ମୋର କେହି ଭଉଣୀ ନାହାନ୍ତି ହେଲେ କାହିଁକି କେଜାଣି ତମକୁ ଦେଖିଲା ପରେ ତୁମେ କେମିତି ଗୋଟେ ନିଜର ନିଜର ଲାଗିଲ। କେମିତି ଗୋଟେ ଅଜଣା ଆତ୍ମିୟତା ତୁମ ପାଇଁ ମୋ ମନରେ ଜାଗ୍ରତ ହେଲା। ସେ ଅତ୍ମୀୟତା ଆଉ କିଛି ବି ନୁହେଁ ଗୋଟେ ଭଉଣୀ ପ୍ରତି ଥିବା ତା' ଭାଇର ଭଲ ପାଇବା କହିପାର। ମୁଁ ଜାଣେ ତମର ଏବେ ପଇସା ଦରକାର ଅଛି କିଛି ନ ଭାବି ଏ ପଇସା ରଖିଦବ। ଏତିକି ତମ ଅଜଣା ଭାଇ ପାଇଁ କରିବ।

ଇତି ତମ ଅଜଣା ଭାଇ।

ସେ ଲେଖା ପଢ଼ିସାରିବା ପରେ ସ୍ମୃତିର ଆଖିରୁ ତା' ଅଜାଣତରେ ଲୁହ ଦୁଇ ଧାର ଝରିପଡ଼ିଲା। ଆଉ ସେ ଅଜଣା ଭାଇ ପାଇଁ ତା' ମନରେ ବି ଏକ ଅଜଣା ଆତ୍ମୀୟତା ସୃଷ୍ଟି ହେଇଯାଇଥିଲା।

■

BLACK EAGLE BOOKS

www.blackeaglebooks.org
info@blackeaglebooks.org

Black Eagle Books, an independent publisher, was founded as
a nonprofit organization in April, 2019. It is our mission to
connect and engage the Indian diaspora and the world at large
with the best of works of world literature published on a
collaborative platform, with special emphasis on
foregrounding Contemporary Classics and New Writing.